उसी शहर में उसका घर

उसी शहर में उसका घर

ध्रुव शुक्ल

उपन्यास कविताएँ कहानियाँ

वाणी प्रकाशन

वाणी प्रकाशन

'लोगो' वाणी प्रकाशन : मक़बूल फ़िदा हुसेन

वाणी प्रकाशन, 4695, 21-ए, दरियागंज, नयी दिल्ली-110002
वाणी प्रकाशन, अशोक राजपथ (पटना कॉलेज के सामने), पटना (बिहार)

USI SHAHAR MEIN USKA GHAR

by Dhruv Shukla

Novel/Poems/Stories

ISBN : 978-93-5000-518-7

प्रथम संस्करण

मूल्य : 395/-

वाणी प्रकाशन

फोन : 0091#11#23273167, फोन व फैक्स 23275710
वेबसाइट : www.vaniprakashan.in
ई-मेल : vaniprakashan@gmail.com

जी.एस. ऑफसेट द्वारा दिल्ली-110032 में मुद्रित

श्यामला के लिए

अनुक्रम

उपन्यास

कविताएँ

कहानियाँ

उसी शहर में

उपन्यास

पूरे घर में डर भरा था। हम डरते नहीं थे और नहीं जानते थे कि हम निडर हैं। माँ-बाप हमें देखकर साहस बटोरते रहे होंगे। हमें बाद में पता चला कि वे अकेले में रोते हैं। एक दिन हमने उन्हें रोते हुए देख लिया। वे हमें देखकर शरमाये और हँसने लगे—आँसुओं में डूबी विषाद से घिरी हँसी को हमने पहली बार देखा था। धीरे-धीरे उनकी विपत्ति हमारी विपत्ति बनी और हम उनके साथ भोगने लगे जब हम भोगना भी नहीं जानते थे। उनने डरना किससे सीखा, हम कभी न पूछ पाये। वे हमें साहसी भी न बना पाये। जब हमने साहस की बातें कीं, तब हम डरना सीख चुके थे। अब तो डरे हुए हम हार जाने के डर से पीछे हट जाते हैं...

दादी घर में हमेशा थोड़ी-सी आग छिपाकर रखती थी। उसे जब चूल्हा जलाना होता थोड़ी-सी आग बाहर निकालती उससे चूल्हा जलाती और खाना बनाने के बाद बची हुई आग को फिर से छिपा देती। दादी ने मिट्टी का एक कूँढ़ा बनाया था, जिसमें राख भरी रहती थी। इसी राख में दादी आग छिपाती थी। एक अधजला कण्डा चौबीसों घण्टे हमारे घर में धुँधवाता रहता। कभी-कभी जब जोर की हवा आती तो राख के बीच से आग झाँकती। दादी उसे फिर राख से ढँक देती। न कभी आग खत्म होने देती, न राख। कूँढ़े में राख रोज बढ़ जाती थी। उससे घर के बर्तन माँजे जाते। कभी-कभी जब मंजन खत्म हो जाता हम इसी राख से दाँत माँजते थे। जैसे बरतन चमकते थे वैसे ही दाँत चमकने लगते।

मैंने कहा–दादी, आग लग जाएगी घर में! भला कोई घर में आग छिपाकर रखता है! सब लोग माचिस से चूल्हा जलाते हैं। घर में माचिस भी है। दादी कहती–बेटा, यह आगी देवता है। कोई देवता को बुझाता है! देवता हमेशा अपने पास रहना चाहिए। अन्न भी तो देवता है। घर में आग नहीं रहेगी तो खाना कैसे पकेगा, खाना नहीं पकेगा तो भगवान को भोग कैसे लगेगा, भोग नहीं लगेगा तो हम किस मुँह से खायेंगे। घर की आग ठंडी हो जाय, यह असगुन माना जाता है। एक देवता के चले जाने से दूसरा देवता भी चला जाता है। जबसे इस घर में आयी हूँ, इस घर की आग कभी ठंडी नहीं हुई।

मैं सोचा करता, अगर पूरी दुनिया की आग ठंडी हो जाये तो मेरे घर में जरूर बची रहेगी।

हम हर साल अपने घर में नयी आग लाते थे। फागुन की पूर्णिमा को होली जलती थी, हम उसी में से थोड़ी-सी आग उठाते थे। उस आग से हमारे घर की छोटी-सी होली जलती थी। शहर के हर मुहल्ले में एक बड़ी होली जलती थी। इतनी बड़ी कि सब थोड़ी-थोड़ी आग अपने घर ले जा सकें। होली जलाने की तैयारियाँ महीने भर पहले से होने लगतीं। मैं मुहल्ले के लड़कों के साथ होली उगाने जाता। हम हरेक घर से एक-एक लकड़ी वसूल करते, उन्हें एक जगह रखते जाते। महीने भर में बहुत-सी लकड़ियाँ इकट्ठी हो जातीं। होली के दिन चौराहे पर हम उनकी होली सजाते। रंग-बिरंगे कागजों से बनी होलिका लकड़ियों के ढेर पर बैठायी जाती। उसकी गोद में मिट्टी के बने प्रहलाद होते। होलिका जल जाती और प्रहलाद बच जाते। वे आग में तपकर सुर्ख हो जाते।

प्रहलाद हमारा दोस्त था। वह बड़ा शरारती था। पंडित जी जब होली की पूजा करवाने आते तो वह उनकी धोती खोल देता। उनका मज़ाक उड़ाता। पंडित जी कहते–साले, तू होली में फेंक देने लायक है। प्रहलाद कहता–मैं तो प्रहलाद हूँ, मैं नहीं जलूँगा। वह पंडित जी को हिरण्यकश्यपु और उनकी बहन को होलिका कहता। इस पर पंडितजी और चिढ़ते। मुहल्ले के लोग खड़े-खड़े हँसते रहते। हँसी-ठिठोली में पूरी रात गुजर जाती। सबेरे से पूरे शहर में धुरेड़ी की धूम मचती। रंग-गुलाल में सने लोग ईसुरी की फागें गाते, झूमते-नाचते सड़कों पर निकल पड़ते। सब आपस में गले मिलते। गालियाँ भी मिश्री-सी मीठी लगतीं। दादी कहती–होली के दिन लोग अपना सारा बैर-भाव भूल जाते हैं। दुश्मन भी दोस्त बन जाते हैं। प्रेम के रंग में रंग जाते हैं।

कैसा होता होगा प्रेम का रंग–हरा, गुलाबी, पीला, नीला, केशरिया, लाल, सफेद? मैं सोचता–सब रंगों को मिलाकर प्रेम का रंग बनाया जा सकता है। मैं सब रंग ले आया। एक तश्तरी में उनको आपस में मिलाया। सब रंग मिलकर काले हो गये। काला नहीं होता होगा प्रेम का रंग–मैंने सोचा। मुझे याद आया–माँ बड़े प्रेम से काले रंग का डिठौना लगाती थी। मुझे लगता–हर रंग प्रेम का रंग है। काला रंग भी

प्रेम के रंग को बचाने का रंग है।

जब दोस्त अधिक थे, तब रंग कम नहीं पड़ते थे। दुश्मनों के बढ़ जाने से रंग कम पड़ने लगे। लोग रंगों की जगह एक दूसरे पर कीचड़ उछालने लगे। धुरेड़ी के दिन कुछ लोग तो मन मसोसकर घर में ही रह जाते। जो घर से बाहर निकलते वे गालियाँ खाकर कीचड़ में लथपथ घर लौटते, जो सबके घर से बाहर की नालियों में रोज बहता रहता था। उसी में सनकर आते। मेरे दोस्त मोटर गाड़ियों का जला हुआ डीजल मुँह पर चुपड़ देते। सबके चेहरे काले हो जाते। आपस में जले-भुने सब एक से दिखते। हम एक-दूसरे को खूब गालियाँ बकते और अपनी पूरी भड़ास निकालते। होली की आड़ में हम बदले भी लेने लगे। चाहे जिसके कपड़े फाड़ देते, उसे नंगा करते, दिल दुःखाते। वह चुपचाप सहता और जब नहीं सह पाता तो वह भी अपनी भड़ास निकाल लेता।

उस दिन धुरेड़ी की दोपहर में एक जलता हुआ आदमी शहर के मुख्य चौराहे पर दौड़ रहा था। उसके पूरे शरीर से लपटें निकल रही थीं। वह चीख रहा था—मुझे बचा लो! सब स्तब्ध उसे देख रहे थे। किसी के पास पानी नहीं था। न पानी में घुले हुए रंग। सबके हाथ काले डीजल से सने थे। सबके चेहरे एक से काले। वह हम में से किसी अपने को पहचान नहीं पा रहा था। चीखते-चीखते उसकी आवाज थक गयी। आग बुझ गयी। वह सड़क पर बेपहचान गिरा। उसका चेहरा झुलसकर अब और भी काला पड़ गया जिसे कोई पहचान नहीं पा रहा था। सब उसे घेरे खड़े थे। वह कह रहा था—किसी ने पेट्रोल में रंग घोलकर मुझे धोखा दिया है। सब पूछ रहे थे—किसने? वह किसी की तरफ इशारा नहीं कर पा रहा था।

खाकी रंग से कोई होली नहीं खेलता। खाकी रंग पर कोई रंग नहीं डालता। अनुशासन के रंग पर कोई और रंग नहीं चढ़ता—पुलिस आ गयी तो भगदड़ मच गयी। पूरे बेपहचान शहर के पीछे भाग रही थी पुलिस। थोड़ी-सी देर में सन्नाटे से भर गया शहर। चैत की चिलकती धूप में कीचड़ और रंगों की मिलीजुली पर्तें सड़कों पर पपड़ाने लगीं। घरों की मुहरियों से काला मटमैला पानी नालियों में फिर बहने लगा।

कुछ साल और बीते। लकड़ियाँ महँगी बिकने लगीं। लोगों ने होली के लिए लकड़ियाँ देना बन्द कर दिया। जिसके घर जाओ वही कहता—रोटी बनाने और मुर्दा फूँकने को लकड़ी नहीं मिलती, होली जलाने को कहाँ से दें। तब हम लकड़ी के बदले पैसे वसूलने लगे। पैसों से लकड़ी खरीदी जाती, फिर होली जलती। हमारे मुहल्ले में एक नेताजी रहते थे। उनका लकड़ी का धन्धा था। वे जंगल से लकड़ी चुराकर शहर में बेचते थे। वे कहा करते—होली जलाना ईंधन का दुरुपयोग है। वे इसके लिए जनमत तैयार करना चाहते थे। धीरे-धीरे हमें चन्दा मिलना भी बन्द हो गया। जिसके घर जाओ वही

गाली देता—चोर, डाकू, लफंगे, बदमाश। हम कहते—हम नेता नहीं हैं। तब हमें थोड़े-से पैसे मिल पाते। थोड़े-से पैसों में थोड़ी-सी लकड़ी आती। हम लकड़ी चुराने लगे। आधी रात के बाद हम घर से निकलते और शहर के टालों से लकड़ी चुराकर लाते। एक बार हम रंगे हाथों पकड़ लिये गये।

उस साल होली इतनी छोटी जली कि मुहल्ले के लोग थोड़ी-थोड़ी आग भी अपने घर नहीं ले जा पाये। जब लकड़ी ही शामिल नहीं थी, किसी की तो आग कहाँ से पैदा होती। होली जल नहीं रही थी, धुँधवा रही थी। इतनी ठंडी आग कि घर लाते-लाते रास्ते में ही बुझ जाती थी। मैंने दो-तीन बार उठायी फिर गुस्से में चिमटा दादी के पास फेंक दिया। दादी कुछ नहीं बोली। चुपचाप घर में गयी अपने कूँढ़े से आग लेकर आयी। तब हमारे घर की होली जली। हमने गेहूँ की हरी-हरी बालें भूनकर खायीं। पड़ोसी भी थोड़ी-थोड़ी आग हमारे घर से ले गये। जरा-सी देर में हर घर के सामने छोटी-छोटी होलियाँ जल उठीं। दादी जितनी आग घर से निकाल कर लायी थी उतनी ही फिर वापस ले गयी। दादी इसे नयी आग कहती थी। मैं कहता—आग में नया और पुराना क्या? दादी कहती—पेट की आग बुझाने के लिए हर बार आग जलाना पड़ती है। नया अन्न पकने से आग नयी होती है...

चार दिशाओं से आती चार सड़कें मस्जिद पर आकर समाप्त होतीं। बाजार से घर लौटते हुए लगता कि सड़कें मस्जिद से निकली हैं। शहर के मुख्य चौराहे पर दूध-सी सफेद मस्जिद। चार दिशाओं में चार ऊँची मीनारें। कहीं मस्जिद को नजर न लग जाए—एक मीनार पर डिठौने की तरह लटकता काला चोंगा। चोंगे से जुड़ा एक तार मीनार के सहारे हवा में झूलता-नीचे की ओर...

मस्जिद का नीचे का हिस्सा किराये पर था। उसके चारों तरफ दूकानें थीं। लोगों से पूछो, कहाँ जा रहे हो—वे कहते-जरा मस्जिद तक हो आयें। जैसे सारा शहर नमाज पढ़ने जा रहा हो। गृहस्थी का सारा सामान मस्जिद के नीचे मिल जाता। यदि गृहस्थी में टूट-फूट हो जाये तो उसे मस्जिद जाकर सुधराया जा सकता था—स्टोव बिगड़ जाये तो मस्जिद के नीचे सुधरवा लीजिए। गैस बत्ती का टूटा हुआ मेंटल मस्जिद के नीचे बदलवा लीजिए। साइकिल के पंचर जुड़वा लीजिए। खटमल और चूहे मारने की दवाई भी मस्जिद में मिल जाती थी। बीमार हों तो शहर के सबसे पुराने हकीम इसी मस्जिद के नीचे बैठते थे।

मस्जिद में जब खाली जगह नहीं बची तो पूरा बाजार उसके चारों तरफ फैल गया—एक तरफ सब्जी मण्डी, एक तरफ गुड़ और तेल का धन्धा, एक तरफ शहर की नगरपालिका और एक तरफ किताबों की दूकानें। शहर का प्रसूतिका गृह भी मस्जिद के पास था। सड़क के एक मोड़ पर दूर-देहात से आती टिकली बूँदा बेचने वाली औरतें बैठी रहतीं। शहर के माली रोज शाम को फूल बेचने यहीं बैठते थे। मस्जिद की बगल में पुलिस चौकी थी।

मस्जिद में जाने के लिए एक छोटा-सा दरवाजा रह गया था। जब दूकानें खुली रहतीं यह दरवाजा बड़ी मुश्किल से दिखायी देता। दूकानें मस्जिद से एक कदम आगे निकली हुई थीं। कभी-कभी लगता सड़कें मस्जिद जाने के लिए नहीं दूकान तक जाने के लिए हैं। मस्जिद को दूकानें ऐसे घेरे थीं जैसे कन्धे पर उठाये हों। अगर दूकानें हट जायें तो मस्जिद भरभराकर गिर पड़ेगी। दूकानदार रोज रात को अपनी-अपनी दूकानें बन्द करके मस्जिद का दरवाजा खुला छोड़कर चले जाते थे। जब सड़कें सन्नाटे से भर जातीं, यह छोटा-सा दरवाजा बहुत बड़ा दिखायी देता।

बड़े सबेरे एक आवाज के हाथ सब के घरों पर दस्तक देने लगते। सन्नाटे को भेदती यह करुण आवाज मस्जिद से उठती। अंधेरे को ठेलती वह सूर्य की सारथी अजान। बब्बा ठीक इसी समय भगवान की आरती करते। हमारे घर में शंख और घंटे की ध्वनियाँ गूँजने लगतीं। ऐसा लगता जैसे बब्बा इस आवाज को संगीत दे रहे हों। इन्हीं स्वरों के बीच सड़कों पर पदचापें सुनायी पड़ने लगतीं। सुबह की पहली बस सर्र से निकल जाती। जो दे उसका भला, जो न दे उसका भला, एक फकीर की आवाज आती। रोज़ सबेरे एक वसुदेवा श्रवणकुमार की कथा गाता हुआ निकलता। दादी कभी-कभी उसे आटा देती। आवाज के उजाले में धीरे-धीरे पूरा शहर उभर आता।

बड़े सबेरे काम की तलाश में भटकने वाले मजदूर मस्जिद के पास आकर खड़े हो जाते। शहर के लोग मजदूरों की तलाश में यहीं आते थे। मोल-भाव शुरू हो जाता—बाजार भरने लगता। सुबह की पहली चहल-पहल सब्जी मण्डी में होती। सड़क के दोनों किनारों पर रंग-बिरंगी सब्जियों की दूकानें ऐसे सजी रहतीं जैसे शहर के स्कूलों के बच्चे गणतंत्र दिवस की परेड देखने आ गये हों। चुप सब्जियों के बीच कुँजड़े

हाथ में डण्डा लिये मास्टर जी की तरह ऐसे बैठे रहते जैसे अभी कान पकड़कर बाहर निकाल देंगे। कुँजड़ों की तेज आवाज़ के बीच डरी सहमी सब्जियाँ दो पलड़ों पर झूलने लगतीं। धूप बढ़ती जाती और सब्जियाँ मुरझाने लगतीं। वे उन बच्चों की तरह लगतीं जो स्कूल की छुट्टी हो जाने पर सड़क के किनारे खड़े रहते हैं, घर जाने के लिए अपनी बस की देर तक प्रतीक्षा करते।

दिन चढ़ते-चढ़ते मस्जिद के चारों तरफ बाजार जोर-जोर से बोलने लगता—दाँत दाढ़ की करो कदर हर चीज मजे से खाओगे, टूट गये अनमोल मोती तो फिर कहाँ से लाओगे। मोती दन्त मंजन हमेशा इस्तेमाल कीजिए। आयुर्वेदिक सिस्टम से तैयार ये मंजन जलता नहीं, तकलीफ देता नहीं। आपके दाँत मोती की तरह सफेद और उजले निकल आयेंगे...खटमल मार, चूहे मार। खटमल और चूहे मारने की दवा—आठ आने, आठ आने...दाँत का दर्द हो, दाढ़ का दर्द हो, लगाइये, फौरन आराम पाइये... कोई लीडर जवाहरलाल जैसा हो नहीं सकता, फूल छाप बीड़ी हमेशा पीजिए...ताँबे की चीजें वाला...जिन मेरे भाई का दाँत हिलता है, डोलता है, दर्द करता है, निकलवाना चाहता है वो हमारे ताँगे के पास आ जाये अँगुली लगायी दाँत गायब। दर्द नहीं होगा, दुःख नहीं होगा, पता भी नहीं चलेगा दाँत कैसे निकला...कोई लीडर जवाहरलाल जैसा हो नहीं सकता, फूल छाप बीड़ी हमेशा पीजिए, पाँच बीड़ी के बण्डलों के साथ एक लक्ष्मीजी का कैलेन्डर मुफ्त...भाइयो और बहनो, आज शाम सात बजे सब्जी मण्डी के पीछे एक आम सभा होगी। जाने-माने मजदूर नेता जनाबे आली बढ़ती हुई महँगाई की समस्या पर प्रकाश डालेंगे नागरिक भाइयों से अपील है...मोती दन्त मंजन हमेशा इस्तेमाल कीजिए। ये मोती दन्त मंजन है दाँत के दर्द को ऐसे खींचता है जैसे रेल का इंजन है...छै आने, छै आने, छै आने, हर माल छै आने...गुड़गुडुप, गुड़गुडुप, गुड़गुडुप सुनिये भाई साब दो मिनट हमारी भी सुनते जाइये। टाइम आपके पास भी नहीं है हमारे पास भी नहीं है। क्या आपकी लालटेन लीक करती है, रात में कपड़े खराब हो जाते हैं। बताने में शरम आती है, मत बताइये, आपके चेहरे पर दिखायी देता है...ग्रेट इण्डियन सरकस, रोंगटे खड़े कर देने वाला ग्रेट इण्डियन सर्कस...संसार के सारे धर्मों में एक ही बात लिखी है और वो है अपनी-अपनी लालटेन पर कन्ट्रोल...लकी बम्पर ड्रा। रातों-रात लखपति बनिए...साधु-महात्माओं ने जिन्दगी भर यही किया है। निराश मत होईये आखिर कौन-सी ऐसी बीमारी है जिसकी दवा न हो...कोई लीडर जवाहरलाल जैसा हो नहीं सकता...जिन मेरे भाई को मंजन का दरकार है वो हमारे ताँगे के पास आ जाये फिर नहीं कहना हमको मंजन मिला ही नहीं। ताँगा हमारा जाने वाला है ...अल्ला हो अकबर...शाम होते ही वही करुण आवाज सड़कों पर फैली आवाजों को तितर-बितर करने लगती है। लोग अपने-अपने थैलों में थोड़ा-थोड़ा बाजार लिये घर लौटने लगते।

ट्रक के सामने एक बैलगाड़ी फँसी है। हुर्र-हुर्र की आवाज सुनकर बैल बिदक

रहे हैं। गाड़ीवान उन्हें बेरहमी से पीट रहा है—वे न आगे बढ़ते हैं, न पीछे हटते हैं। ट्रक ड्रायवर नीचे उतरकर गाड़ीवान को पीटने लगा। बैल लगाम छुड़ाकर भाग निकले। जिस रास्ते पर बैल भाग रहे थे वह बैलों का रास्ता नहीं था। बदहवासी की हालत में एक बैल पुलिस चौकी में घुस गया जैसे रिपोर्ट लिखवाने गया हो। दूसरा मस्जिद के दरवाजे में जाकर फँस गया। पुलिस आकर गाड़ीवान को पीटने लगी। सब दूकानदार अपनी-अपनी दूकानों से उठकर गाड़ीवान को घेरकर खड़े हो गये। ट्रक एक अड़ियल बैल की तरह वहीं खड़ा था और ट्रक ड्रायवर उसमें गाड़ीवान की तरह बैठा था। बैल किसी के काबू में नहीं आ रहे थे, आखिरकार गाड़ीवान ने ही उन्हें काबू में किया। मौका पाकर शहर के गुण्डों ने गाड़ी में लदा सामान लूट लिया। पुलिस ने तो पूरी बैलगाड़ी ही जब्त कर ली। हमेशा लोग पुलिस चौकी के सामने ऐसे खड़े रहते जैसे मन्दिर में प्रार्थना कर रहे हों। गाड़ीवान ऐसे ही खड़ा था।

शहर का एक नामी गुंडा था। वह छुरा चलाने में उस्ताद था। सब उससे डरते थे। रोज शाम को वह मस्जिद के नीचे पान की दूकान पर खड़ा रहता। लोग उसे गुरु कहते थे। उसके सामने से निकलो तो गुरु, जय राम जी की कहनी पड़ती थी। अगर कोई जयराम जी करना भूल जाता तो गुरु उसे जोर से आवाज देकर बुलाता—तुम्हें मालूम नहीं गुरु खड़े हैं।

—अरे गुरु गलती हो गयी हें हें हें

गुरु कहता—गलती-वलती कुछ नहीं। जब तक गुरु से बात बनी रहे तब तक ठीक। बात बिगड़ी फिर तुम्हारा भगवान ही मालिक है। अच्छा चलो एक बीस का नोट निकालो।

वह चुपचाप बीस का नोट निकाल कर गुरु को दे देता। जिसके पास नहीं होता वह गुरु की गालियाँ सुनता। कभी पिट भी जाता। पर चेहरे पर ऐसे मुस्कराहट बिखेरता जैसे गुरु उसे प्यार कर रहे हैं। गुरु बेरुखी तो एक मिनट भी बरदाश्त नहीं करते थे। उनके सामने जरा भी नाक-भौं सिकोड़ी कि उनने मारा छुरा।

गुरु कहते—अच्छा जाओ, हमारी रिपोर्ट कर दो चौकी में।

वह कहता—अरे गुरु कैसी बातें करते हो। आपकी रिपोर्ट करने की दम किसमें है।

गुरु कहते—तो अच्छा अब फूटो।

और वह बिना इधर-उधर देखे सीधा घर की ओर भागता। पुलिस वाले भी गुरु को जयराम जी की करते थे। शहर में चर्चा थी कि एक पुलिस वाले से गुरु के अप्राकृतिक सम्बन्ध हैं। पुलिस चौकी में एक पुलिस वाला था जो मटक-मटक कर चलता था। उसकी आवाज भी थोड़ी पतली थी। लोग उसी पर शक करते थे।

शक तो शहर का रोग हो गया था। शहर के रईस, नेता, पत्रकार, यूनिवर्सिटी के प्रोफेसर एक दूसरे पर शक किया करते थे, और सब मिलकर पूरे शहर को शक की निगाह से देखा करते। एक तिराहे पर शहर के सबसे बड़े दानी पुरुष की मूर्ति लगी थी। उन्होंने यूनिवर्सिटी बनाने के लिए अपनी कमाई का बड़ा हिस्सा दान किया था। ये लोग रोज शाम को इसी मूर्ति के नीचे खड़े हो जाते और इसी मूर्ति पर शक करते।

कोई कहता—ये बड़े कंजूस थे, फिर इनने इतना पैसा यूनिवर्सिटी बनाने के लिए कैसे दे दिया!

कोई कहता—इनकी दो बीबियाँ थीं—एक देशी एक विदेशी। विदेशी तो विदेश में ही रह गयी, बेचारी देशी, पागल होकर मरी। लगता है अपने पाप धोने के लिए दान किया होगा।

कोई कहता—वकील थे। हराम की कमाई थी, सोचा होगा पुण्य कमा लें।

शहर के लड़के जवान लड़कियों को देखकर अन्दाजा लगाया करते कि वे किससे फँसी हैं और सपने देखते कि वे उनसे फँस जायें। स्कूल की छुट्टी के समय लड़कियाँ देखना उनका रोज का काम था। वे इसी तिराहे पर घात लगाये खड़े रहते।

शहर के पत्रकार देर रात तक इसी तिराहे पर खड़े-खड़े अपने शकों को पुख्ता बनाते और दूसरे दिन अखबार में छाप देते। शक के पाँव नहीं होते, जिस पर शक किया जाता है, उसके होते हैं। वह अखबार पढ़ते ही उनके पास भागा-भागा चला आता। पत्रकारों की दूकानदारी इसी तरह चलती रहती।

शहर से सौ अखबार निकलते थे और प्रेस सात-आठ ही थे। रोज दो ही अखबार निकलते थे—दैनिक ठन-ठन गोपाल और दैनिक ठंडी सुराही। इनके अपने प्रेस थे। ठंडी सुराही के सम्पादक ने अपनी साइकल में मोटर साइकिल का इंजन फिट करवा लिया था। उनकी साइकिल का मोटर साइकिल में बदल जाना चर्चा का विषय था। वे जहाँ से निकलते लोग उन्हें देखने दौड़ पड़ते। अगर वे अपनी (मोटर) साइकिल खड़ी करके किसी दूकान पर चाय पीने लगें तो बच्चों की भीड़ लग जाती। सम्पादक जी की बगल में बैठने से लोग कतराते थे। अक्सर दूर ही खड़े होकर बात करते। अगर उनकी बगल में बैठ भी जायें तो अपने दोनों हाथ बाँधकर बैठते। दरअसल उनकी आदत थी कि वे बात करते-करते बगल वाले आदमी का हाथ पकड़कर अपनी दोनों जाँघों के बीच रख लेते थे और उसे दबाकर खूब जोर से हँसते थे।

दैनिक ठन-ठन गोपाल के सम्पादक शहर की किसी भी दूकान का विज्ञापन बिना पूछे अपने अखबार में छाप लेते, फिर दूकानदार के पास जाकर कहते—आपकी दूकान का विज्ञापन हमें जरूर मिलना चाहिए। दूकानदार कहता—भैया, ये तो घर की बात है चाहे जब ले लेना। यह सुनते ही वे तुरन्त अपना अखबार उसके सामने रखकर कहते—हमने इसी विश्वास पर आपका विज्ञापन छाप दिया। दूकानदार को झक मारकर उन्हें पैसे देने पड़ते।

शहर के बाकी अखबारों को रोज प्रकाशित होने में परेशानी का सामना करना पड़ता था, इसीलिए वे दीवाली पर निकलते थे। वे पन्द्रह अगस्त और छब्बीस जनवरी की बेताबी से प्रतीक्षा करते। उनकी ताक में बैठे रहते। अखबारों को शहर के रईस समान रूप से विज्ञापन देते थे जो नहीं देते उनकी खबर होली विशेषांक में ली जाती, उनके काले कारनामे छपते और जो दे देते उनके गोरे। शहर में यूनिवर्सिटी होने के बावजूद पत्रकार ही उपाधियाँ बाँटते थे। यूनिवर्सिटी के प्रोफेसरों को भी उपाधियाँ दे देते थे। हिन्दी के एक प्रोफेसर को कलम का सिपाही की उपाधि मिली थी। लड़के उन्हें जेल का मुन्सी कहने लगे थे।

विज्ञापन का पैसा सौ चक्कर लगाने के बाद बड़ी मुश्किल से मिल पाता था। प्रेस वाले का पेमेन्ट रुक जाता तो वह विशेषांक छापने से मना कर देता। अखबार का सारा दारोमदार प्रेस वाले पर ही होता। उसे अखबार की कम्पोजिंग एक ही बार करना पड़ती थी, क्योंकि सबके विज्ञापन का मैटर एक जैसा होता और वह ही अधिक होता। एक सम्पादकीय और एकाध लेख उसे अलग से कम्पोज करना पड़ता। यदि कभी मैटर कम पड़ जाये तो प्रेस वाला खुद तैयार करके जोड़ देता। कभी-कभी तो दो अखबार एक-से दिखते। उनके नाम भर अलग होते। पत्रकारों को कुछ नहीं करना पड़ता था। प्रेस में जाकर अखबार छापने का आर्डर भर देना पड़ता था। एक पत्रकार ने आर्डर देने के बाद भी प्रेस से अखबार नहीं उठाया तो प्रेस वाले ने खुद उसका अखबार बाँटा और विज्ञापन के पैसे वसूल कर अपना हिसाब चुकता कर लिया।

शहर के सारे रईस बीड़ी का व्यापार करते थे इसलिए ज्यादातर विज्ञापन बीड़ी वालों के होते और इन्हीं के भरोसे पत्रकारों की रोजी-रोटी चलती। आधे से ज्यादा शहर के लोग बीड़ी बनाते थे। छोटे-छोटे बच्चे दिन भर में एक-एक हजार बीड़ियाँ बना लेते थे। वे स्कूल नहीं जाते थे। बीड़ी बनाते-बनाते बहुत से लोगों को टी.बी. हो गया था। शहर में टी.बी. अस्पताल था और कोई धन्धा नहीं था। शहर के रईस हर पाँच साल में चुनाव लड़ते और जीत जाते। यही बीड़ी बनाने वाले उनके पक्के वोटर होते। सेठजी हार जायेंगे तो काम नहीं देंगे घर-घर में यही चर्चा होती। सेठजी जीत जाते और मंत्री बन जाते। सेठजी को राजनीति नहीं आती थी, व्यापार करना आता था—वे भी पक्के गुरु थे...

ये आकाशवाणी है, अब आप समाचार सुनिए...

अचानक एक टैक्सी घर के सामने आकर रुकी। ड्रायवर ने घबराए स्वर में पूछा—पंडित जी कहाँ हैं।

वे रोज शाम को खाना खाने अटारी पर चले जाते थे और प्रादेशिक समाचार सुनकर नीचे उतरते थे। मैं शाम को उनके दफ्तर की रखवाली करता और वहीं बैठकर पढ़ता। वे शहर के जाने-माने ज्योतिषी थे।

बब्बा खाना खाने गये हैं—मैंने कहा।

जाओ उन्हें बताओ, बहू को आग लग गयी है, अस्पताल में भरती है—ड्रायवर इतना कहकर तुरन्त चला गया।

मैं जैसे ही आँगन में पहुँचा, बब्बा नीचे ही आ रहे थे। मैंने ड्रायवर की कही पूरी बात उन्हें एक साँस में बता दी। सुनते ही वे मुझसे बोले—अभागे। और जोर से दादी को आवाज दी—नीचे आओ, विपत्ति आ गयी है, बहू जल गयी है, चलो अस्पताल। दादी नीचे आयी तो दोनों रोने लगे। मैं भी रोने लगा।

हमारा घर सड़क के किनारे पर था। सड़क के किनारे के घर का दुःख अगर कोई बटाने न भी आये तो भीड़ जरूर लग जाती है और भीड़ में थोड़ी देर के लिए ही सही कोई न कोई अपना तो बन ही जाता है। किसी घर के सामने भीड़ लग जाये तो फिर पड़ौसी भी आ जाते हैं, फिर ये ठहरा ज्योतिषी का घर। ज्योतिषी आड़े वक्त में भले ही किसी के काम न आये भविष्य तो बता ही देता है। किसी को किसी की चिन्ता भले न हो, अपने भविष्य की तो होती ही है।

हमारे एक पड़ोसी ताँगा ले आये। बब्बा, दादी और मैं अस्पताल के लिए रवाना हुए। सूरज तो पहले ही डूब चुका था। आसमान में गहरा गुलाबी और केशरिया रंग अभी भी फैला था। घर लौटने की जल्दी में पंख फड़फड़ाती चिड़ियाँ हमारे ऊपर से गुजर रही थीं। मैं उन्हें वहाँ तक देखता जाता जहाँ मैं उन्हें नहीं देख पाता था। बहुत से काले धब्बे उसी केशरिया और गुलाबी रंग में विलीन होते चले जा रहे थे। बहुत दिनों से यह रंग शाम ढलने के बाद बहुत देर तक फैला रहता। संझा आरती के समय दादी रोज कहती—यह अशुभ का संकेत है। संसार पर कोई बड़ा संकट आने वाला है।

हम अस्पताल पहुँच गये। सचमुच संसार पर संकट आ गया था। माँ में बसे छोटे-से संसार की देह जल चुकी थी और अन्तिम साँसें गिन रही थी। जो लोग इस देह के मोह से बँधे थे—पिता, मामा और कई सगे-सम्बन्धी उसे घेरे खड़े थे। कुछ देर बाद जब वे जान गये कि यह अब उनकी नहीं रह पायगी, तब उनने घेरा तोड़ दिया और बाकी बचे संसार में आ गये—जहाँ बूढ़े बब्बा, दादी और मैं था। वे हमें घेरकर खड़े हो गये। माँ के पास पिता रह गये जो घेरे को तोड़ नहीं पा रहे थे। तूने आत्महत्या की है—पिता जोर से बोले, इतनी जोर से कि सबने सुना। मैंने पहली बार सुना यह शब्द—आत्महत्या। माँ ने पिता का हाथ पकड़ा और एकदम शान्त स्वर में कुछ कहने

लगीं जो हम तक नहीं आ पा रहा था। इतने में धीमी-सी आवाज आयी–माँ की आवाज–मेरा नाम। माँ मुझे बुला रही हैं। मैं उनके पास गया।

माँ के पास मैं बहुत कम रहा हूँ। बब्बा और दादी मेरे पिता के सगे चाचा-चाची थे। उनकी कोई सन्तान नहीं थी। पिता देहात के स्कूल में मास्टर थे। जहाँ मेरी पढ़ाई-लिखाई ठीक से नहीं हो सकती थी। मैं शहर में बब्बा के पास ही रहता था, उन्हीं के पास पला-बढ़ा। मुझसे छोटी दो बहनें और एक भाई माँ और पिता के पास रहते थे। मैं कभी-कभी माँ के पास जाया करता था। वह भी मुझसे मिलने आती थी।

वह कितनी सुन्दर थी। मैं जब उसके पास जाता तो उसी को निहारा करता था। अब मेरे सामने उसकी जली हुई शिथिल देह पड़ी है। पिता झुलसी हुई प्रकृति के सामने निहत्थे पुरुष की तरह रोने लगे और मैं डर गया। वह मुझे पुकार रही थी। मैं बिना कुछ कहे उसी बाकी बचे संसार की तरफ भागा। अब वह नहीं आएगा, तुम्हारे इस रूप को देखकर डर गया है–पीछे से पिता की आवाज आ रही थी, सामने से आ रही थी पुलिस।

माँ ने कभी कोई बयान नहीं दिया। समाज के सामने वह लम्बा घूँघट काढ़े रहती। साड़ी इतनी नीची पहनती कि उसके पाँव भी नहीं दिखते थे। वह अपने हाथों को भी अक्सर ढाँकने की कोशिश करती रहती थी। एक बार हम बरसात के दिनों में एक छोटा-सा नाला पार कर रहे थे। पिता का तबादला पास के एक गाँव में हुआ था। गृहस्थी का सारा सामान मरियल बैलों से जुती एक बैलगाड़ी में था जो हमारे पीछे-पीछे आ रही थी। पिता मुझे पीठ पर चढ़ाये सबसे आगे चल रहे थे। उनके पीछे माँ दो बहनों को संभाले धीमे-धीमे चल रही थीं। पानी गिर रहा था। पिता जल्दी आगे बढ़ गये। मैंने पीछे मुड़कर देखा–माँ नाले के ठीक बीचोंबीच अपने को सम्भालने की कोशिश कर रही हैं। वे गिर सकती हैं। उन्हें कोई सहारा चाहिए। मेरे हाथ छोटे थे और पिता के इतने लम्बे नहीं थे।

पीछे से गाड़ीवान ने कहा–बाई जी, आप यहीं खड़ी रहिए, मैं गाड़ी आगे निकाल लेता हूँ। बैल तो बिना किसी सहारे के उस पार पहुँच जायेंगे, फिर आप मेरा हाथ पकड़कर चली चलिए।

माँ गाड़ीवान से कुछ नहीं बोलीं, पर गुस्से से इतनी भर गयीं कि जैसे डूब जायेंगी। वे जैसे-तैसे उस पार पहुँचीं। पिता एक घने पेड़ के नीचे खड़े हो गये। उसी पेड़ की एक झुकी हुई डाल पर उन्होंने मुझे बिठा दिया।

पिता बोले–गाड़ीवान का हाथ पकड़कर आ जातीं तो क्या इज्जत चली जाती। डूबते को तिनके का सहारा काफी होता है।

गाड़ीवान तिनका है–मुझे हँसी आ गयी। जो लोग कहावत कहते हैं, वे उसके

अनुभव से गुजर चुके होते हैं तभी तो वे उसे कह पाते हैं। मुझे नहीं पता था कि माँ का बयान डूबते पिता को तिनके का सहारा है—आज शाम को मैं घर के काम-काज के बाद अपने लिए चाय बना रही थी। मेरी दो फूल जैसी बच्चियाँ और एक बेटा घर में मेरे साथ थे। मेरे पति खाना खाकर घूमने गये थे। पता नहीं मैं किस मानसिक दशा में थी। मैंने स्टोव में ज्यादा हवा भर दी और वह फट पड़ा। मुझे आग लग गयी। अब तक मेरे जीवन में सदा सुख रहा है। मेरा पति देवता है। मेरी हाथ जोड़कर विनती है उस पर संदेह न करें।

फिर पिता का बयान। और भी कई रिश्तेदारों के बयान। संदेहों के अँधेरे से घिरी रात बीतती चली जा रही थी। मेरे मन में सिर्फ एक दुःख भरी जिज्ञासा थी—मेरी माँ क्यों मर रही है? मैं यह जाने बिना ही सो गया। सुबह उठा तो माँ मर चुकी थी।

हम सब बाकी बचे संसार में थे। पिता, बहनें, बब्बा, दादी, बुआ, मामा, नाना और कई सगे-सम्बन्धी एक घेरा बनाकर बैठे थे। जैसे हम सब एक परिधि हों, एक स्थिर वृत्त और हमारा केन्द्र कहीं खो गया हो। एक ऐसा झूला जो धुरी टूट जाने से रुक जाता है।

दादी बोली—इन बाल बच्चों का क्या होगा।

बुआ बोली—चार बच्चे हैं चार जनें मिलकर पालेंगे।

यह स्थिर वृत्त जरा-सा घूमा और फिर स्थिर हो गया। मौन और भावावेश के बीच सबके संकल्प कहीं खो गये थे। सब बोल रहे थे और चुप थे। सब चुप थे और बोल रहे थे। धुरी नहीं मिल रही थी। परिधि स्थिर थी। इतने में पिता उठकर चले गये और विषय अचानक बदल गया।

बब्बा बोले—ये बहू ऐसी तो नहीं थी कैसे लगायी होगी उसने! उसके सामने उसी के जाये फूल जैसे अबोध बच्चे बैठे रहे और वह लगाती रही। उसे बिलकुल पीड़ा नहीं हुई होगी क्या? उसके मन में बच्चों के लिए जरा भी मोह नहीं उमड़ा। निर्मोही कहीं की।

बुआ बोली—जरा-सा तिलगा छू जाये तो कितना कष्ट होता है। मैं तो कितना ही दुःख पाऊँ ऐसा कभी नहीं कर सकती।

बब्बा बोले—यह शरीर हमें भगवान ने दिया है, ये किसी की अमानत है, इसे मिटाने का किसी को क्या अधिकार। फिर कोई खुद ही मिटाये इसे, उस मूरख को हम क्या कहें! संसार में सुख-दुःख तो लगे ही रहते हैं। उन्हें भोगना पड़ता है। पता नहीं उसके मन में क्या आया। उसने ये सब क्यों किया! अकाल मृत्यु हुई है उसकी! न जाने कब तक भटकती रहेगी नया जन्म पाने के लिए।

माँ जितनी प्रेम से भरी थी उतनी ही क्रोध से, घृणा से—अपने आप से घृणा। छोटे-छोटे कष्टों में वह छाती पीटने लगती और दीवार से सिर मार लेने को बाध्य-सी लगती थी। वह ऐसा कर भी लेती थी। कई बार उसका सिर फूटा। वह खून से लथपथ हुई। जब वह क्रोध से भरी रहती तब उसके पास कोई नहीं जाता। पिता दूर खड़े होकर कहते—तुम्हारा क्रोध एक दिन तुम्हें खा जाएगा। सब दाहिने-बाएँ हो जाते। वह ही उसका शमन कर पाती थी और थोड़ी देर बाद अपने किये पर पश्चाताप करने लगती। वह हमेशा कहा करती—हे भगवान! मुझे अगले जनम में पुरुष बनाना, मैं अब स्त्री नहीं बनना चाहती। पिता कहते—जब प्रेम का रस सड़ने लगता है तो जीवन को घृणा से भर देता है आखिर अपने ही जीवन को नष्ट करने की शक्ति कहाँ से आती है?

ठंड के दिन थे। हम बड़े सबेरे श्मशान पहुँच गये। बब्बा ने कहा—माँ की अस्थियाँ अगर बेटा बीने तो माँ को मोक्ष मिलता है। मैंने सोचा—माँ स्त्री होकर अपने आपसे घृणा करती थी। क्या वह पुरुष होकर अपने आपसे घृणा नहीं करेगी। हो सकता है वह फिर से स्त्री हो जाने की सोचे। माँ की इस इच्छा को हर बार कौन पूरी करेगा!

आग ठंडी हो चुकी थी। माँ के आकार की जली हुई अस्थियाँ राख में छिपी थीं। हम उन्हें बीनने लगे। मैंने हड्डियाँ बीनते हुए कहा—क्या हम इन्हें फिर से जोड़ सकते हैं। कोई कुछ नहीं बोला। पाँवों के नीचे कुनकुनी धरती थी—माँ की गोद जैसी गर्म। अब मैं उसमें छिप नहीं सकता था। एक आँच मेरी स्मृति को लगातार पिघला रही थी। गोद की तरह फैली वह राख आँसुओं के प्रवाह को लगातार सोखती रही। हरेक आँसू को जैसे वह गिरा ही न हो।

मैंने पहली बार माँ को अपनी गोद में उठाया और चलने लगा। पीछे से बब्बा ने आवाज दी—बेटा गिरा मत देना। धीरे-धीरे चलना। माँ के फूल हैं। मैंने सोचा—क्या हम जलकर फूल बन जाते हैं।

अस्थियाँ लेकर कोई घर नहीं लौटता। वहाँ उनकी कोई प्रतीक्षा भी नहीं करता। हम श्मशान से सीधे स्टेशन गये। माँ की यात्राओं में अनेकों बार मैं उनके साथ रहा हूँ। इसी रेलगाड़ी में बैठकर गया हूँ। पर आज सिर्फ माँ जा रही थी। रेल की खिड़कियों, दरवाजों से सिर्फ एक ही चेहरा झाँक रहा था, हिल रहा था सिर्फ एक ही हाथ...

ठंड बीत गयी। बसन्त की हवा पीली पत्तियाँ उड़ा रही थी। हम भाई-बहन घर के गमलों में रोपे गये पौधों की तरह बढ़ने लगे। पिता के सिर पर फिर से बाल उग आये थे। पिता अभी युवा थे। दोनों बहनें और भाई माँ के बिना नहीं रह सकते थे। बब्बा चिन्तित थे कि कोई भले घर की लड़की मिल जाये जो बच्चों को पाल सके और इस गृहस्थी को एक बार फिर सम्भाल दे।

दादी कहती—कोई-कोई होती हैं जो दूसरों के जाये बच्चे पाल लेती हैं। दूसरी महतारी दूसरी ही होती है। सौतेली माँ हमेशा अपने ही बच्चों की भलाई देखती है। भगवान को चौदह साल का वनवास भोगना पड़ा था। ये भगवान को भी नहीं बख़्शतीं। दूसरी लाने से तो अच्छा है हम ही इन बच्चों को पाल लें। फिर कहती—हम तो बूढ़े हो गये हैं, कब तक हमारा संग-साथ रह पायेगा।

पिता चुप थे और मन ही मन कहीं खोये रहते थे। एक दोपहर को मैंने देखा कि वे फूट-फूटकर रो रहे हैं। मैंने चुपचाप जाकर दादी को बताया। बुआ ने भी सुन लिया—भैया रो रहे हैं—बुआ ने बब्बा को बताया। हम सब पिता को घेरकर खड़े हो गये। दादी उनकी पीठ पर हाथ फेरने लगी। पीठ पर हाथ फेरने की कला सबको नहीं आती। दादी को आती है। मैं जब रोता हूँ तो दादी इसी तरह मेरी पीठ पर हाथ फेरती हैं। इससे गहरी शांति मिलती है। अपना दुःख बताने का मौका मिलता है।

पिता बोले—मैं जहाँ भी जाता हूँ वह मेरा पीछा करती है। मेरी देह का बार-बार स्पर्श करती है। मैं जब सो जाता हूँ वह मेरे पैर का अँगूठा हिलाकर मुझे जगाती है और मैं चौंककर जाग जाता हूँ।—वे शिथिल होकर लेट गये।

शाम को पिता घर पर नहीं थे। दूर के एक रिश्तेदार हमारे घर आये। उनके साथ कुछ और भी लोग थे। उनकी बातों से जल्दी ही पता चल गया कि वे पिता के लिए कोई रिश्ता लेकर आये हैं। दुःख की धुन्ध अभी हमारे घर से छँटी नहीं थी। पाणिग्रहण का प्रस्ताव इस धुन्ध से घिरा था। जो लोग रिश्ता लेकर आये थे, वे सामाजिक मर्यादाओं को निभाते हुए इस धुन्ध में अपनी खुशी छिपा रहे थे। लड़की की शादी करने की मजबूरी भी छिपा रहे थे। बब्बा और दादी के सामने एक भविष्य था—बच्चों का भविष्य। जिसका निर्णय इसी धुन्ध में होना था। जो होना था सो हो गया। पिता की एक और शादी तय हो गयी। यह उनकी तीसरी शादी थी।

पिता का जन्म कई देवी-देवताओं की कृपा से हुआ था। वे घर के इकलौते लाड़ले बेटे थे। बाद में उनकी दो बहनें भी इस दुनिया में आयी—मेरी बुआ। पिता ही वंश को आगे बढ़ायेंगे। सबकी आँखें उन पर लगी रहती थीं। अठारह वर्ष की उम्र में पिता की पहली शादी हुई थी। उन दिनों पिता के पिता भी जीवित थे। शादी के छह महीने बाद प्लेग का प्रकोप हुआ, जिसमें पिता के पिता की मृत्यु हो गयी। कुछ दिनों बाद मेरी पहली माँ भी मुझे जन्म दिये बिना चल बसी। मेरा जन्म तो इसी घर में होना था, पर मेरे लिए कोई दूसरी माँ चुनी गयी थी। पिता की एक और शादी हुई तब मेरी माँ इस घर में आयी। दादी यह कहानी सुनाते हुए रोते-रोते कहती—मैं जीवन भर निस्संतान रही, पर देखो तो भगवान की लीला मुझे तीन-तीन बच्चे पालने को मिल गये। तुम्हारे पिता और तुम्हारी दोनों बुआ। तीनों को मैंने पाला-पोसा और बड़ा

किया। तुम्हारी दोनों बुआ की शादियाँ कीं और तुम्हारे बाप की तो दो-दो। और हँसने लगती। फिर कहती—तुम भी तो बचपन से मेरे पास रहे हो। देखो तो मैं बिना जन्म दिये ही माँ बन गयी!

पिता की शादी हो रही थी। मैंने पहली बार अपने घर में शादी होते देखी। हरी पत्तियों से भरे घने मंडप के नीचे हल्दी से पुता उदास खाम। हम सब उदास मंगलमयता के साये में थे। पूरे मंडप में खालीपन भरा था। पंडित जी आये। देवी-देवताओं से प्रार्थनाएँ की गयीं। प्रार्थनाएँ इस खालीपन को और गहरा करने लगीं। वे कुछ शब्द थे जो एक बार फिर साहस करके बोले जा रहे थे। पिता उन्हें फिर सुन रहे थे। इन शब्दों के प्रति उनके चेहरे पर गहरा अविश्वास झलक रहा था। वे दो बार धोखा खा चुके थे। पुरा-पड़ौस की स्त्रियाँ लोकगीत गा रही थीं। पिता क्षण भर के लिए मुस्करा देते और फिर गहरे विषाद में डूब जाते। जैसे सब दूल्हे होते हैं, पिता वैसे नहीं लग रहे थे। बीच-बीच में गीत रुक जाता। पिता ने एक लम्बी साँस खींची और मंडप से उठकर चले गये।

पूरी तैयारियाँ हो चुकी थीं। बारात पास ही एक गाँव में जा रही थी। बाराती पन्द्रह-बीस ही थे। मेरी भी इच्छा बारात में जाने की थी। मैंने दादी को बता दिया और मन ही मन जाने की तैयारी कर ली। जब बारात जाने लगी मुझसे किसी ने जाने को नहीं कहा। तब मैंने जिद की। दादी ने मेरा ही पक्ष लिया। पर बब्बा इतने बिगड़े कि दादी को मारने दौड़े। दादी रोने लगी। मैं भी रोने लगा। बब्बा चीख-चीख कर कह रहे थे—तू बूढ़ी हो गयी है, सठया गयी है पर अभी मेरी मति नहीं मारी गयी है। हम बाल-बच्चे लेकर बहू ब्याहने जायेंगे तो क्या कहेंगे लोग! हमारी तो ठीक, लड़की वाले की नाक नहीं कटेगी। बहू अभी घर में आयी नहीं है। क्या ये बोझ हम वहीं ले जाकर उसके ऊपर डाल दें। बारात चली गयी और मैं रोता-बिलखता रह गया।

बारात चली गयी तो जैसे उसके साथ घर में भरा दुःख भी चला गया जो कल सुख बनकर लौटेगा। घर में स्त्रियाँ ही रह गयीं। सबको सुख की प्रतीक्षा थी। घर में कोई पुरुष नहीं था, तब स्त्रियाँ ही पुरुष बनीं। दूसरे दिन सबेरे मैंने देखा—बुआ पिता का पेन्ट और कुरता पहनकर एक स्त्री को डंडे से मार रही हैं और वह उनके हाथ पैर जोड़ रही है। वे कह रही हैं—साली पड़े-पड़े खाती और गर्राती है, कौड़ी का काम नहीं करती। तुझसे तो अच्छी कुतिया है जिसे दो रोटी डालो तो आगे-पीछे पूँछ हिलाती फिरती है। फिर बुआ जमीन पर लेट गयीं और बोलीं—चल पैर दबा। वह स्त्री उनके पैर दबाने लगी। मैं अचम्भे में पड़ गया और छिपकर यह सब देखने लगा। इतने में

पुरुष बनकर एक और स्त्री आई। उसने वहीं खड़ी एक दूसरी को पकड़ा और उसके ऊपर चढ़ गयी। उसे चूमने लगी। उसके स्तन दबाने लगी। वह बेचारी स्त्री मारे शर्म के गड़ी जा रही थी। फिर उसने उसकी साड़ी खोल दी। बाजू में पड़ा बेलन अपने हाथ में ले लिया और उसका पेटीकोट ऊपर उठाने लगी। वह स्त्री नंगी हुई जा रही थी। बाकी सब स्त्रियाँ बैठी-बैठी हँस रही थीं।

अब तो मुझे शर्म आने लगी और मैं वहाँ से भाग खड़ा हुआ। मैं आँगन में था। इतने में स्त्रियों के गाने की आवाज आने लगी। मैं ध्यान से सुनने लगा। हर स्त्री अपने पति की निन्दा से भरे गीत गा रही थी। ऐसी निन्दा कि पति सुन ले तो जान से मार डाले। जान से न मारे तो छोड़ जरूर दे।

शाम को बारात लौट आने की खबर सबसे पहले मैंने ही दी। सब स्त्रियाँ अच्छे-अच्छे कपड़े और गहने पहनकर तैयार थीं। वे दुमंजिले से नीचे उतर आयीं और दरवाजे पर खड़ी हो गयीं। बुआ सबसे आगे थीं। उनके सिर पर कलश था। घर के सामने एक जीप खड़ी थी। पिता उससे सटकर नीचे खड़े थे और घर की तरफ ऐसे देख रहे थे, जैसे वे अजनबी हों। अपनी-अपनी छतों और खिड़कियों से पड़ौसी झाँक रहे थे। वर्षों से वे इसी तरह झाँक रहे थे। सभी स्त्रियाँ पलक पाँवड़े बिछाये खड़ी थीं। उनमें से कुछ जीप के पास गयीं। उन्होंने पिता को अपने पास बुलाया, फिर माँ नीचे उतरीं। पिता आगे-आगे चले और पीछे-पीछे माँ। वे दरवाजे पर आकर खड़े हो गये। स्त्रियाँ उन्हें घेरकर खड़ी हो गयीं। दूल्हा-दुल्हन की नजर उतारी गयी। न्यौछावर बाँटी गयी। दादी बोली—बहू पहले दाहिना पाँव देहरी पर रखो, फिर घर में आओ। सुनहरी साड़ी से झाँकता एक सुन्दर गोरा पाँव माँ ने देहरी पर रखा। वे भीतर आ गयीं। माँ के पाँव बहुत सुन्दर होते हैं। एक सुनहरी साड़ी माँ के पास होती है, जिसे वह हमेशा अपनी पेटी में सबसे नीचे छिपाकर रखती है।

माँ ऊपर के कमरे में आ गयीं। स्त्रियाँ उन्हें घेरकर बैठ गयीं। हम भाई-बहन नयी माँ को छिप-छिपकर देखने लगे। हम उन्हें देखते और पूरी तरह देख न पाते। हमारी आँखें जलने लगीं और नींद से भारी होने लगीं। हम दूसरे कमरे में दादी के पास चले गये। वे सबसे छोटे भाई को बहला रही थीं। वह रो रहा था। वे उसे शीशी से दूध पिलातीं और वह चुप न होता। तभी एक स्त्री उस कमरे में आयी। उसकी गोद में एक छोटी-सी बच्ची थी। जो सो रही थी। उसने उसे पास के बिस्तर पर लिटा दिया और भाई को गोद में लेकर अपना दूध पिलाने लगी। वह चुप हो गया। दादी बोली—तुम अपनी बच्ची के मूँ का दूध इस अभागे को कब तक पिलाओगी। एक वो थी जो इसके मूँ का दूध छीनकर इस दुनिया से चली गयी। एक तुम हो जो अपनी बच्ची का हिस्सा इसे देती हो। तुम भी तो माँ हो, इसी दुनिया में रहती हो, तुम्हारे भी

शहर का बड़ा अस्पताल भी तालाब के किनारे पर था। जब मरीज थोड़े स्वस्थ हो जाते तो वे अस्पताल की गैलरी पर खड़े होकर तालाब में चलती हुई नावें देखा करते। वे टकटकी लगाये ऐसे खड़े रहते जैसे तालाब देखना उनके इलाज में शामिल हो। वे थोड़ी-सी देर के लिए भीतर जाते, फिर वापस गैलरी पर आ जाते, जैसे दवाई की दूसरी खुराक लेने आ गये हों। दिनों-दिन उनके चेहरों पर मुस्कराहट बढ़ती जाती। अचानक गैलरी पर चेहरे बदल जाते।

मैंने सोचा—अगर डॉक्टर बन गया तो दवाई के साथ मरीजों को सुबह खिले हुए कमल, शाम को बगुलों की पाँतें, दिन में तीन बार चलती हुई नावें और रात को सोते समय पानी में डूबी बत्तियाँ जरूर लिखूँगा।

एक लड़की रोज अस्पताल की गैलरी पर आकर खड़ी होती थी। मैं उसे घाट पर बैठा-बैठा देखा करता। इस तालाब का ऐसा प्रताप है कि अस्पताल की गैलरी पर दो-तीन दिन से ज्यादा खड़ा नहीं होना पड़ता। पर इसे तो दस-बारह दिन हो गये। मैंने सोचा, क्या करूँ, डॉक्टर से जाकर कहूँ कि बगुलों की पाँतें दिन में चार बार कर दें और अगर एक-दो दिन में फायदा न हो तो खिले हुए कमल बढ़ा दें। मैंने चार-पाँच दिन और प्रतीक्षा की। पर लड़की तो गैलरी से हटती ही नहीं थी। वह तो न जाने कहाँ देखती रहती थी।

एक दिन मैंने उसका दृष्टि-पथ पा लिया। अँधेरा घिरने पर जब सब नावें चली जाती हैं, एक नाव फिर भी रह जाती है। उसमें एक लड़का दिया जलाकर रात भर बैठा रहता है। मैंने रात को डॉक्टर को जगाया और कहा—आप मरीजों का ज़रा भी खयाल नहीं रखते। लड़की अच्छी हो गयी है, अब दवाई की उसे कोई जरूरत नहीं। वह अस्पताल से बाहर जाना चाहती है। सुबह मैंने देखा, लड़की प्रतीक्षा की नाव में किनारे पर बैठी है।

इस तालाब के कई घाट थे। कुछ घाटों के किनारे हरे-भरे बगीचे थे। शहर का पावर हाउस भी इसी तालाब के किनारे था। सुबह-शाम मन्दिरों की घंटियाँ और संझा आरती गूँजती रहती थी। धोबी घाट से लम्बी-लम्बी साँसों की आवाजें आती रहतीं। शहर के बूढ़े पुराने लोग बगीचों में चुपचाप आकर बैठे रहते। सबको बैकुण्ठ मिले इस कामना से बूढ़ी-पुरानी स्त्रियाँ हर साल इसी तालाब में कार्तिक स्नान करती थीं। कड़कती ठंड में सबेरे चार बजे वे डुबकी लगातीं और गीले कपड़े पहने हुए गीत गाती घर लौटतीं।

कार्तिक के पूरे महीने हमें घड़ी में आलार्म नहीं लगाना पड़ता था। ठंड में ठिठुरते स्वर घर-घर जाकर रोज सबेरे सबको जगाते थे। स्त्रियों की छोटी-छोटी टोलियाँ स्वरों की बौछार करती निकलतीं। स्वरों का दूर से पास आना और पास से

चारों ओर शहर से घिरे तालाब का बहाव रुक गया है। जलकुम्भी से भरा तालाब। तल में गहरी कीचड़। पानी के भीतर गहरा अँधेरा। मेरी गहराई की अवधारणा डगमगाती है। मेरी नाव किनारे से थोड़ी दूर ठेल दी गयी है। काई और जलकुम्भी से घिरी नाव न आगे बढ़ती है, न पीछे हटती है।—कितना निर्मल जल था इस तालाब का। किनारों पर जगमग करती बत्तियाँ उसकी गहराई में डूबी रहती थीं। मैं किनारे पर बैठा-बैठा जल में हिलते प्रकाश को देखा करता। मछलियाँ उसे चुगने आती थीं। तालाब के एक किनारे पर बस स्टेण्ड है। दूसरे किनारे पर हमारा घर। जब हमें शहर से बाहर जाना होता तो हम नाव में बैठकर बस स्टेण्ड जाते। जैसे समुद्री मार्ग से होकर किसी सभ्यता का पता लगाने जा रहे हों। जब हम लौटकर आते तो इसी जल मार्ग से आते थे।

शहर का बड़ा अस्पताल भी तालाब के किनारे पर था। जब मरीज थोड़े स्वस्थ हो जाते तो वे अस्पताल की गैलरी पर खड़े होकर तालाब में चलती हुई नावें देखा करते। वे टकटकी लगाये ऐसे खड़े रहते जैसे तालाब देखना उनके इलाज में शामिल हो। वे थोड़ी-सी देर के लिए भीतर जाते, फिर वापस गैलरी पर आ जाते, जैसे दवाई की दूसरी खुराक लेने आ गये हों। दिनों-दिन उनके चेहरों पर मुस्कराहट बढ़ती जाती। अचानक गैलरी पर चेहरे बदल जाते।

मैंने सोचा—अगर डॉक्टर बन गया तो दवाई के साथ मरीजों को सुबह खिले हुए कमल, शाम को बगुलों की पाँतें, दिन में तीन बार चलती हुई नावें और रात को सोते समय पानी में डूबी बत्तियाँ जरूर लिखूँगा।

एक लड़की रोज अस्पताल की गैलरी पर आकर खड़ी होती थी। मैं उसे घाट पर बैठा-बैठा देखा करता। इस तालाब का ऐसा प्रताप है कि अस्पताल की गैलरी पर दो-तीन दिन से ज्यादा खड़ा नहीं होना पड़ता। पर इसे तो दस-बारह दिन हो गये। मैंने सोचा, क्या करूँ, डॉक्टर से जाकर कहूँ कि बगुलों की पाँतें दिन में चार बार कर दें और अगर एक-दो दिन में फायदा न हो तो खिले हुए कमल बढ़ा दें। मैंने चार-पाँच दिन और प्रतीक्षा की। पर लड़की तो गैलरी से हटती ही नहीं थी। वह तो न जाने कहाँ देखती रहती थी।

एक दिन मैंने उसका दृष्टि-पथ पा लिया। अँधेरा घिरने पर जब सब नावें चली जाती हैं, एक नाव फिर भी रह जाती है। उसमें एक लड़का दिया जलाकर रात भर बैठा रहता है। मैंने रात को डॉक्टर को जगाया और कहा—आप मरीजों का ज़रा भी खयाल नहीं रखते। लड़की अच्छी हो गयी है, अब दवाई की उसे कोई जरूरत नहीं। वह अस्पताल से बाहर जाना चाहती है। सुबह मैंने देखा, लड़की प्रतीक्षा की नाव में किनारे पर बैठी है।

इस तालाब के कई घाट थे। कुछ घाटों के किनारे हरे-भरे बगीचे थे। शहर का पावर हाउस भी इसी तालाब के किनारे था। सुबह-शाम मन्दिरों की घंटियाँ और संझा आरती गूँजती रहती थी। धोबी घाट से लम्बी-लम्बी साँसों की आवाजें आती रहतीं। शहर के बूढ़े पुराने लोग बगीचों में चुपचाप आकर बैठे रहते। सबको बैकुण्ठ मिले इस कामना से बूढ़ी-पुरानी स्त्रियाँ हर साल इसी तालाब में कार्तिक स्नान करती थीं। कड़कती ठंड में सबेरे चार बजे वे डुबकी लगातीं और गीले कपड़े पहने हुए गीत गाती घर लौटतीं।

कार्तिक के पूरे महीने हमें घड़ी में आलार्म नहीं लगाना पड़ता था। ठंड में ठिठुरते स्वर घर-घर जाकर रोज सबेरे सबको जगाते थे। स्त्रियों की छोटी-छोटी टोलियाँ स्वरों की बौछार करती निकलतीं। स्वरों का दूर से पास आना और पास से

चारों ओर शहर से घिरे तालाब का बहाव रुक गया है। जलकुम्भी से भरा तालाब। तल में गहरी कीचड़। पानी के भीतर गहरा अँधेरा। मेरी गहराई की अवधारणा डगमगाती है। मेरी नाव किनारे से थोड़ी दूर ठेल दी गयी है। काई और जलकुम्भी से घिरी नाव न आगे बढ़ती है, न पीछे हटती है।—कितना निर्मल जल था इस तालाब का। किनारों पर जगमग करती बत्तियाँ उसकी गहराई में डूबी रहती थीं। मैं किनारे पर बैठा-बैठा जल में हिलते प्रकाश को देखा करता। मछलियाँ उसे चुगने आती थीं। तालाब के एक किनारे पर बस स्टेण्ड है। दूसरे किनारे पर हमारा घर। जब हमें शहर से बाहर जाना होता तो हम नाव में बैठकर बस स्टेण्ड जाते। जैसे समुद्री मार्ग से होकर किसी सभ्यता का पता लगाने जा रहे हों। जब हम लौटकर आते तो इसी जल मार्ग से आते थे।

भर थे। एक दिन दादी ने हमें देख लिया। हमने खूब डाँट खाई और अनजाने ही हमारा तलाक हो गया।

हम विष-अमृत खेलने लगे। इस खेल में विष, अमृत का पीछा करता है और अमृत भागता है। अगर विष, अमृत को छू ले तो अमृत विषाक्त होकर वहीं रुक जाता है। फिर इस दूषित अमृत को कोई छुए और कहे—अमृत, तो वह फिर जीवन पाकर भागने लगता है और विष फिर उसका पीछा करने लगता है। कई बार मुझे सताने के लिए ये लड़कियाँ बहुत देर तक अमृत नहीं कहती थीं। मैं एक ही जगह पर रुका रहता। मैं उनसे कहता—मुझे जल्दी से छुओ और कहो—अमृत...

अब शहर के लोग और बाहर से आने वाले यात्री इस तालाब के टूटे हुए किनारों पर खड़े होकर इसे ललचायी नजरों से देखा करते हैं। कभी-कभी जब दोपहर के सन्नाटे में घाट सुनसान हो जाते हैं तो मोहल्ले के आवारा लड़के और फुरसती लोग इस तालाब के कीचड़ में न जाने क्या खोजा करते हैं।

इस तालाब ने अपने सीने में कई रहस्य छिपा रखे हैं। दादी बताती थी—ये किसी बंजारे ने खुदवाया था, जब इसमें पानी नहीं निकला तो बंजारे को सपना आया कि तुम अपने बेटे और बहू को सोने के पालने में बिठाकर उनका बलिदान करो। बंजारे ने यही किया। खून के फव्वारों के बाद इस तालाब में पानी की झिरें फूटीं। कहते हैं कि आधी रात को वो सोने का पालना बीच तालाब में आज भी झूलता दिखायी देता है। अब तो इस तालाब के बारे में ऐसी मान्यता चल पड़ी है कि यह हर साल एक बलिदान माँगता है। मुहल्ले का कोई-न-कोई लड़का या मेरा ही कोई दोस्त इसमें डूबकर हर साल मरते हैं। घर के लोग मुझे कभी तालाब नहीं जाने देते थे।

मुझे तैरना कभी नहीं आया। बरसात के दिनों में हम घर के आँगन में पानी इकट्ठा करके एक छोटा-सा खिलौने का तालाब बनाकर खेलते थे। जिसमें न तो मछलियाँ थीं, न मगर थे। बब्बा हमेशा कहा करते जमाना खराब है, बाहर जाना ठीक नहीं, घर पर ही रहा करो। मैं घर पर ही रहने लगा। पड़ोस की दो लड़कियाँ मेरे घर आतीं। मैं उन्हीं के साथ खेलता। घर में लकड़ी के कुछ पटिए और गुट्टे थे जो किसी काम के न थे। हम लोग उनसे पुल और सड़कें बनाते। उन पर अपनी कारें और स्कूटरें दौड़ाते रहते। दिन भर यही चलता रहता।

एक दिन एक लड़की बोली—चलो हम पड़ोसी-पड़ोसी खेलें। दहलान के दो कोनों में हम लोगों ने दो घर बनाये। उन्हें अपने मन में सजाया। वे पटिए और गुट्टे जो हमारी सड़कें और पुल थे अब हमारे घर का फर्नीचर बन गये। हम लोग आपस में एक-दूसरे के घर जाते। झूठ-मूठ चाय पीते, नाश्ता करते और वापस आ जाते। हमें बड़ा मजा आता। एक दिन अचानक खेल बदल गया। एक लड़की मुझसे बोली—चलो हम पति-पत्नी बनें।

दूसरी लड़की बोली—यह बुरी बात है, मैं घर पर शिकायत करूँगी। वे दोनों झगड़ने लगीं। मैंने उन्हें समझाया, तब वे मानीं। दूसरे दिन शिकायत करने वाली लड़की खेलने नहीं आयी। वही लड़की मुझसे फिर बोली—चलो हम पति-पत्नी बनें। मैंने कहा—हम तो अभी छोटे हैं। वह दौड़कर अपने घर गयी और एक लाल चुनरी ले आयी। अब वह फिर मेरे सामने थी। उसने चुनरी से घूँघट काढ़ लिया और बोली—अब तुम काम पर जाओ और शाम को जल्दी घर वापस आ जाना। मैंने दहलान का एक चक्कर लगाया और फिर उसके पास आ गया। उसने मुझे खाना परोसा। खाना खाकर हम दोनों लेट गये। हम धीरे-धीरे सब कुछ जान रहे थे। हम इतने बड़े हो गये थे कि आपस में अच्छे लगते थे। कुछ कह नहीं पाते थे। शरमाते

हमारी खेती-किसानी है। अपनी जमीन जोतोगे तो घर बैठे तुम्हारे पास लोग आयेंगे। तुम्हें किसी के दरवाजे भीख माँगने नहीं जाना पड़ेगा। तुम्हें कीर्ति मिलेगी। तुम्हारा यश बढ़ेगा।

सुन्दर नाम कीर्ति में सहायक होता है। वैसे कीर्ति हो तो खराब नाम भी अच्छा लगने लगता है। बजरंगबली कोई अच्छा नाम थोड़े ही है। लोग उसे कहाँ रखते हैं। पर कीर्ति इतनी है कि वह अच्छा लगता है। नाम बिगड़ जाने से सब कुछ बिगड़ जाता है। अपने बच्चों के अच्छे नाम रखने के लिए लोग वर्षों लगा देते हैं; तब तक बंटी, पिंकी, लूसी ऐसा ही कुछ सम्बोधन चुन लेते हैं। मगर किसी के नाम का पहला अक्षर ही जन्म नक्षत्र से खराब हो तो क्या किया जाये। कुछ ऐसे नक्षत्र हैं, जिनके लिए—ढ-ख-फ-ड और च वर्ण निर्धारित किये गये हैं। इन नक्षत्रों में किसी का जन्म हो जाये तो नाम रखने की मुसीबत खड़ी हो जाती है। लड़का पैदा हुआ तो बब्बा उसका नाम रखेंगे—ढाकनलाल, खेमचन्द, फदाली, डालचन्द और चतुरलाल। लड़की हुई तो ढकनीबाई, खेमाबाई, डब्बोबाई, फत्तोबाई और चम्पा बाई। ये नाम गाँव के गरीबों को ही शोभा देते थे। शहर में तो ऐसे नाम कौन रखेगा। मैंने ख और ड पर दो नाम खोजे थे—खंजन और डाली।

लोगों को जब जन्म नक्षत्र पर नाम नहीं मिले तो चालू नाम की परम्परा चल निकली। चालू माने जो नये जमाने में चलता है। पर भविष्य देखने के लिए राशि नाम की ही जरूरत पड़ती है। राशि नाम एक पुरानी अलमारी की दराज में जन्मकुँडली में लिपटा वर्षों पड़ा रहता है। जब चालू नाम पर विपत्ति आती है तो राशि नाम भविष्य देखने के काम आता है। जिस तरह डॉक्टर को अपना गुप्त रोग बताने में लोग संकोच नहीं करते, उसी तरह ज्योतिषी को अपना राशि नाम बताने में नहीं करते, चाहे वह कितना ही खराब क्यों न हो। वैसे भी भविष्य बताने के लिए पूरे नाम की जरूरत ही नहीं है। नाम का पहला अक्षर ही काफी है। चावल के उस दाने की तरह जिसे मसलकर पता चल जाता है कि खिचड़ी पकी या नहीं। नामों की यह खिचड़ी हमारे घर रोज पकती थी।

संसार में बहुत से ऐसे लोग हैं जो बच्चे तो पैदा करते हैं, पर अपने पास घड़ी नहीं रखते। अगर घड़ी रखते हैं तो अनजाने ही गलत घड़ी से मिला लेते हैं। बच्चे जिस दुनिया में पैदा होते हैं, अगर वहाँ की घड़ी गलत हो तो उनका भविष्य नहीं बताया जा सकता। ऐसे बच्चों को हर हाल में चालू नाम से ही गुजारा करना पड़ता है। बब्बा कभी-कभी दुःखी मन से कहते—इन लोगों का भविष्य अखबार वालों और पंडितों की साँठ-गाँठ पर निर्भर है। बीसवीं सदी के ज्यादातर लोगों का भविष्य खराब है। सच्चे पंडित इसी भविष्य को जानते हैं, पर उसे लिख नहीं सकते। इससे अखबारों की बिक्री

देते। ग्रहों के नाम पर दिनों के नाम हैं, जितने ग्रह खराब होते उतने दिन खराब होते। उपवास के साथ-साथ मछलियाँ चुगाना, चीटियाँ चुनाना, केले, पीपल, बेल और न जाने कितने तरह के पेड़ों को जल चढ़ाना भी बब्बा उसकी दिनचर्या में शामिल कर देते।

कुछ पढ़े-लिखे लोगों की बब्बा से अक्सर बहस हो जाया करती थी। लोग कहते—पंडित जी, जो लोग दिन भर मेहनत मजूरी करते हैं उन्हें ही भूख बहुत लगती है और आप उन्हीं को हफ्ते में चार-चार दिन उपवास करने की सलाह देते हैं। परोपकार के सारे काम उन्हीं से करवाते हैं। मछली चुगायें वे, और खायें दूसरे। जिन के पास पैसा है वे नीलम, पुखराज पहनकर निश्चिंत होकर खाते-पीते हैं। वे इन्हीं गरीबों को लूटकर अपने लिए सुख साधन इकट्ठा करते हैं। पंडितजी यह कैसा भविष्य शास्त्र है इसे समझाइये!

बब्बा यह सुनकर पहले तो खूब हँसते फिर शान्त होकर कहने लगते—पीड़ा परोपकार की जननी है। शास्त्र की सिद्धि तब होती है जब संसार की रक्षा होती रहे। शास्त्र संसार को बचाने के लिए रचा गया है। चाहे वह ज्योतिष हो या कोई भी शास्त्र। संसार की रक्षा के लिए हमें उन सब चीजों को बचाना होगा, जिनसे संसार चलता है। अगर पेड़ से संसार चलता है तो हमारे दुःख का उपाय भी पेड़ में छिपा होगा। पेड़ को बचाने के लिए उसे जल अर्पित करना चाहिए। छोटे-छोटे जीवों के निकट जाने से मनुष्य के जीवन में बड़े-बड़े मूल्य पैदा होते हैं, मनुष्यों का यश इसी से बढ़ा है। मेरे पास जो पीड़ित लोग आते हैं, वे मेहनती और सहज विश्वास करने वाले लोग हैं। अभी भी दुनिया में ऐसे ही लोगों की संख्या अधिक है और वे ही इस कर्मकाण्ड को अपना पाते हैं; वे ही अपने सुख-दुःख में इस संसार को प्रतिदिन बचाते रहते हैं। उन्हें संसार की रक्षा का उपाय बताकर ही उनकी रक्षा की जा सकती है। यही मेरा धर्म है जो मुझे इस शास्त्र ने सिखाया है।

मैं रोज स्कूल से आकर बब्बा के पास बैठ जाया करता था। वे लोगों का भविष्य बताते रहते और मैं घर का सबक किया करता। बुढ़ापे में उनके हाथ काँपने लगे थे, वे ठीक से लिख नहीं पाते थे, इस कारण मैं उनका सहायक हो गया। वे बोलते और मैं लिखता। मुझे इस काम के बदले एक चवन्नी मिलती थी। पर इस अभ्यास से ज्योतिष में मेरी रुचि बढ़ने लगी। बब्बा की भी यही इच्छा थी कि यह परम्परागत व्यवसाय कायम रहे। उनके मरने के बाद उनकी गद्दी पुजती रहे। वे पिता को भी ज्योतिषी बनाना चाहते थे, पर वे मास्टर बन गये।

बब्बा की रोज की आमदनी पचास रुपये से कम न थी। वे मुझसे कहते—तुम यह विद्या सीख लोगे तो तुम्हें नौकरी के लिए नहीं भटकना पड़ेगा। जैसा तुम्हारा बाप पनैयाँ चटखाते फिरता है। चमार का लड़का जूते बनाना सीखता है, बनिया अपने लड़के को दूकान चलाना सिखाता है, किसान के बच्चे किसानी करते हैं। यह पंडिताई

लकड़ियों के ढेर के भीतर हमारी बिल्ली ने बच्चे दिये थे। जब दादी बड़े सबेरे चूल्हा जलाने के लिए लकड़ियाँ उठाती तो बिल्ली के बच्चे म्याऊँ-म्याऊँ करने लगते। कभी-कभी ऐसा लगता कि जलने के डर से लकड़ियाँ म्याऊँ-म्याऊँ कर रही हैं। बब्बा और दादी रोज सबेरे उठ जाते थे। मैं भी उनके साथ उठता था। बब्बा नहा-धोकर पूजा करने लगते। हमारे घर में राधा, कृष्ण, गणेश और अन्नपूर्णा सब विराजे थे। सुबह की चाय का पहला कप तुलसी का पत्ता डालकर पहले भगवान को अर्पण किया जाता, बाद में सब चाय पीते। बिना भगवान को अर्पण किये कुछ भी ग्रहण नहीं किया जाता। नये कपड़े भी पहले भगवान का स्पर्श करते, फिर पहने जाते। हमारे घर में सब कुछ भगवान की कृपा से होता था।

दादी कहती—सिंहासन पर ये जो अन्नपूर्णा बैठी हैं, इन्हें हमारी बिल्ली लायी थी। बिल्ली चूहे पकड़ने मन्दिर जाती थी। वहाँ चूहे भगवान का प्रसाद चुराने आते थे। चूहे के साथ अन्नपूर्णा भी उसके मुँह में दबी चली आयी। बिल्ली शिकार करती और घर आकर खाती। उसने चूहा तो खा लिया और अन्नपूर्णा को छोड़ दिया। जब से ये हमारे घर आयी हैं, हमारे सारे अभाव दूर हो गये।

अभाव दूर ही बने रहें, इसके लिए फालतू खर्चों पर पाबन्दी थी। फालतू खर्च कौन-से हैं, यह बब्बा तय करते थे। बब्बा ने मुझे कपड़ों पर स्त्री करना सिखाया था। हमारे घर में एक बिना पेंदी का लौटा था, जिसमें जलते कोयले भरकर मैं अपनी स्कूल ड्रेस पर प्रेस कर लिया करता था। घर में कभी खुशबूदार तेल नहीं आया। हम नारियल के तेल में कपूर मिलाकर सिर में डालते थे।

मेरे बढ़े हुए बालों को देखकर बब्बा बहुत चिढ़ते थे। नाई को घर बुलाकर तुरन्त कटवा देते। नाई मेरा सिर अपने घुटने पर रखकर बाल काटता था। वह बूढ़ा और गंजा था। बाल काटते हुए वह कहता—बड़े बाल रखने से बुद्धि कुंद पड़ जाती है। मैं कहता—तुम गंजे हो इसलिए दूसरों के बालों को देखकर जलते हो और उन्हें काटते फिरते हो। वह मेरा सिर इतनी देर तक अपने घुटने पर रखे रहता कि मेरी गर्दन अकड़ जाती। उसकी कैंची और जुबान मेरे ऊपर एक साथ चलती रहती। वह कहता—मैं तुम्हारे बब्बा के बाल वर्षों से बना रहा हूँ। तुम्हारे बाप के भी मैंने ही बनाये हैं। तुम्हारे बच्चों के भी मैं ही बनाऊँगा। मेरा पहला दुश्मन यह नाई ही था जो तीन पीढ़ियों से मेरे पीछे पड़ा था और चौथी पीढ़ी का सिर मूँडने की फिराक में था। मेरे होने वाले बच्चों के सिर उसे जरूर सपने में दिखते होंगे—काले-काले घुँघराले बालों से भरे गोल-गोल सिर।

बब्बा उस पर बड़ा विश्वास करते थे। कभी-कभी उससे कहने लगते—मैं जब मर जाऊँ तो तुम खबर मिलते ही आ जाना और मेरा क्रिया-करम पूरे विधि-विधान से करवा देना। आजकल के लड़कों को कुछ आता-जाता नहीं है। तुम मेरी हड्डियों के साथ गंगा जी तक जाना। मेरा तरन-तारन नहीं हुआ तो मैं भूत बनकर सबसे पहले

हम गर्मी के दिनों में साल भर के लिए जलाऊ लकड़ियाँ खरीदकर रख लेते थे। उनमें कोई ऐसी लकड़ी मिल जाती जो एक तरफ से सीधी और दूसरी ओर से मुड़ी हुई हो। बब्बा उसी को अपनी टेकने की छड़ी बना लेते। उनकी ऐसी कई छड़ियाँ घर में थीं। कोई ऐसी छड़ी होती जिसमें घुन लग जाता और छेद हो जाते, जब बब्बा उसे टेककर चलते तो उसमें से घुन झरता था।

लकड़ियों के ढेर के भीतर हमारी बिल्ली ने बच्चे दिये थे। जब दादी बड़े सबेरे चूल्हा जलाने के लिए लकड़ियाँ उठाती तो बिल्ली के बच्चे म्याऊँ-म्याऊँ करने लगते। कभी-कभी ऐसा लगता कि जलने के डर से लकड़ियाँ म्याऊँ-म्याऊँ कर रही हैं। बब्बा और दादी रोज सबेरे उठ जाते थे। मैं भी उनके साथ उठता था। बब्बा नहा-धोकर पूजा करने लगते। हमारे घर में राधा, कृष्ण, गणेश और अन्नपूर्णा सब विराजे थे। सुबह की चाय का पहला कप तुलसी का पत्ता डालकर पहले भगवान को अर्पण किया जाता, बाद में सब चाय पीते। बिना भगवान को अर्पण किये कुछ भी ग्रहण नहीं किया जाता। नये कपड़े भी पहले भगवान का स्पर्श करते, फिर पहने जाते। हमारे घर में सब कुछ भगवान की कृपा से होता था।

दादी कहती—सिंहासन पर ये जो अन्नपूर्णा बैठी हैं, इन्हें हमारी बिल्ली लायी थी। बिल्ली चूहे पकड़ने मन्दिर जाती थी। वहाँ चूहे भगवान का प्रसाद चुराने आते थे। चूहे के साथ अन्नपूर्णा भी उसके मुँह में दबी चली आयी। बिल्ली शिकार करती और घर आकर खाती। उसने चूहा तो खा लिया और अन्नपूर्णा को छोड़ दिया। जब से ये हमारे घर आयी हैं, हमारे सारे अभाव दूर हो गये।

अभाव दूर ही बने रहें, इसके लिए फालतू खर्चों पर पाबन्दी थी। फालतू खर्च कौन-से हैं, यह बब्बा तय करते थे। बब्बा ने मुझे कपड़ों पर स्त्री करना सिखाया था। हमारे घर में एक बिना पेंदी का लौटा था, जिसमें जलते कोयले भरकर मैं अपनी स्कूल ड्रेस पर प्रेस कर लिया करता था। घर में कभी खुशबूदार तेल नहीं आया। हम नारियल के तेल में कपूर मिलाकर सिर में डालते थे।

मेरे बढ़े हुए बालों को देखकर बब्बा बहुत चिढ़ते थे। नाई को घर बुलाकर तुरन्त कटवा देते। नाई मेरा सिर अपने घुटने पर रखकर बाल काटता था। वह बूढ़ा और गंजा था। बाल काटते हुए वह कहता—बड़े बाल रखने से बुद्धि कुंद पड़ जाती है। मैं कहता—तुम गंजे हो इसलिए दूसरों के बालों को देखकर जलते हो और उन्हें काटते फिरते हो। वह मेरा सिर इतनी देर तक अपने घुटने पर रखे रहता कि मेरी गर्दन अकड़ जाती। उसकी कैंची और जुबान मेरे ऊपर एक साथ चलती रहती। वह कहता—मैं तुम्हारे बब्बा के बाल वर्षों से बना रहा हूँ। तुम्हारे बाप के भी मैंने ही बनाये हैं। तुम्हारे बच्चों के भी मैं ही बनाऊँगा। मेरा पहला दुश्मन यह नाई ही था जो तीन पीढ़ियों से मेरे पीछे पड़ा था और चौथी पीढ़ी का सिर मूँडने की फिराक में था। मेरे होने वाले बच्चों के सिर उसे जरूर सपने में दिखते होंगे—काले-काले घुँघराले बालों से भरे गोल-गोल सिर।

बब्बा उस पर बड़ा विश्वास करते थे। कभी-कभी उससे कहने लगते—मैं जब मर जाऊँ तो तुम खबर मिलते ही आ जाना और मेरा क्रिया-करम पूरे विधि-विधान से करवा देना। आजकल के लड़कों को कुछ आता-जाता नहीं है। तुम मेरी हड्डियों के साथ गंगा जी तक जाना। मेरा तरन-तारन नहीं हुआ तो मैं भूत बनकर सबसे पहले

हम गर्मी के दिनों में साल भर के लिए जलाऊ लकड़ियाँ खरीदकर रख लेते थे। उनमें कोई ऐसी लकड़ी मिल जाती जो एक तरफ से सीधी और दूसरी ओर से मुड़ी हुई हो। बब्बा उसी को अपनी टेकने की छड़ी बना लेते। उनकी ऐसी कई छड़ियाँ घर में थीं। कोई ऐसी छड़ी होती जिसमें घुन लग जाता और छेद हो जाते, जब बब्बा उसे टेककर चलते तो उसमें से घुन झरता था।

दादी की बात सुनकर मैं अपनी अँगुलियाँ देखने लगा। सब अँगुलियाँ एक दूसरे से छोटी-बड़ी। पर हर अँगुली में तीन तक गिनती गिनी जा सकती है। पाँच अँगुलियों में पन्द्रह तक। दोनों हाथ की मिलाकर तीस तक। पाँव गिनती गिनने के काम नहीं आते। बब्बा की दृष्टि में यह विद्या का अपमान था। पाँव किताब से छू जायें तो किताब के पैर पड़ना पड़ते थे। मैं मन ही मन हाथों के तीस पोरों और पावों की दस अँगुलियों से चालीस तक गिनती गिन लेता था। मैंने शरीर के और अंगों को भी शामिल किया, पर सौ तक गिनती पूरी नहीं होती थी। बालों को शामिल करता कैसे, वे तो गिनती के लिए ही समस्या थे। लोग आँखों के आगे की गिनती गिनते-गिनते गंजे हो जाते हैं। अपने सिर को देखने की फुर्सत कहाँ है! अपने सिर के बाल कोई गिन भी तो नहीं सकता, कोई दूसरा गिन दे तो उस पर विश्वास नहीं होता।

मेरा दोस्त मुझसे पूछा करता—बताओ आसमान में कितने तारे हैं। मैं जानता था कि उसे सौ से ज्यादा गिनती नहीं आती, इसलिए मैं कह देता—पाँच करोड़।

वह कहता—तुम्हें कैसे मालूम।

मैं कहता—मैंने गिने हैं।

वह कहता—झूठ।

मैं कहता—तुम खुद गिनकर देख लो।

मैं ज्योतिषी का नाती था, इसलिए वह चुप रह जाता। वैसे भविष्य बताने के लिए ज्योतिषी का काम अँगुलियों की पोरों से ही चल जाता है। सत्ताईस नक्षत्र, सत्ताईस योग, बारह राशियाँ, ग्यारह करण और नौ ग्रह सब अँगुलियों पर गिने जा सकते हैं और फिर हथेली पर तो पूरा जीवन फैला है। कुछ आड़ी-खड़ी-तिर्यक रेखाओं में गुम्फित एक जीवनवृत्त। सारा ब्रह्माण्ड मुट्ठी में। बब्बा जब अपनी अँगुलियों पर ग्रह नक्षत्रों का हिसाब लगाते तो मैं सोचा करता कि अँगुलियाँ हथेली से इसलिए जुड़ी हैं कि हम अपनी बीती हुई उम्र को खुद गिन सकें। जो लोग बब्बा के पास आते थे, उनका अपनी बीती हुई उम्र से कोई वास्ता नहीं था। वे सिर्फ आने वाली उम्र को गिनवाना चाहते थे। दूसरों की उम्र गिनते-गिनते बब्बा की उम्र बीत रही थी।

एक दिन बब्बा ने अपनी उम्र गिनी। उस समय वे सत्तर के आसपास थे। उन्होंने मुझे और दादी को अपने पास बुलाया और फफक-फफक कर रोने लगे। शरीर रोमांचित हो रहा था। उनके हाथ थर-थर काँप रहे थे। कैसा लगता है अपनी ही एक अँगुली से बाकी अँगुलियों पर अपनी उम्र को गिनना।

उन्होंने एक गहरी साँस लेते हुए दादी से कहा—मैं तुमसे पहले मर जाऊँगा। यह सुनकर दादी रोने लगी। मैंने कहा—दादी तुम्हें तो ज्यादा दिन जीना है, इसमें रोने की क्या बात। मेरी बात सुनकर दादी और सुबुकने लगी। बब्बा ने फिर एक लम्बी साँस लेते हुए कहा—हानि, लाभ, जीवन, मरण, जस, अपजस विधि हाथ। उनके हाथ फिर जोर-जोर से काँपने लगे।

मैंने बब्बा से पूछा—मेरी उमर कितनी है।

वे बोले—जिन्दगी और मौत दो फल हैं। दोनों एक जैसे हैं। उन्हें पहचानना बहुत कठिन है बेटा। जिन्दगी का फल उठाते-उठाते अनजाने ही हम एक दिन मौत का फल उठा लेते हैं। जिसे चखते ही हम मर जाते हैं। उसका स्वाद तक दूसरों को नहीं बता पाते। तुम्हारा जीवन तो अभी शुरू डिग्री हुआ है। तुम्हें बहुत जीना पड़ेगा। जिओगे तो जान जाओगे।

मैंने पहली बार बब्बा को अपने भविष्य के प्रति चिन्तित देखा था। उसी शाम उन्हें पहला दिल का दौरा पड़ा। डॉक्टरों ने उन्हें दिमागी काम करने की मनाही कर दी। वे अब अपने ज्योतिष कार्यालय में कम ही बैठते थे। वे दिनों-दिन चिड़चिड़े होते जा रहे थे।

जीवन भर नवग्रहों, नक्षत्रों और नामों की खिचड़ी पकाते-पकाते बब्बा का दिमाग पक गया था। वे उन लोगों के नाम भूल जाते; जिन्हें वे वर्षों से जानते थे। जब उनका रक्तचाप बढ़ता और वे किसी याद रहे नाम को भूल जाते तो उनकी घबराहट उस भूले हुए नाम को याद करने में और बढ़ जाती। वे अपनी गद्दी से उठकर कमरे में तेज-तेज चलने लगते। जब उन्हें नाम याद नहीं आता तो वे दादी को बुलाकर पूछते—सुनो, वे जो अपने मुहल्ले में बब्बू वकील रहते थे, उनके बाप का नाम क्या है? दादी कहती—मुझे नहीं मालूम। तब बब्बा दादी पर झुँझलाते और कहते मूरख कहीं की। और फिर नाम याद करने की कोशिश करने लगते। दादी भी उनकी परेशानी में शामिल होकर नाम याद करने लगती।

जब नाम याद नहीं आता तो बब्बा घर से बाहर निकल पड़ते और पड़ौसियों से पूछते। जो भी पड़ौसी उन्हें खोया हुआ नाम ढूँढ़कर ला देता, बब्बा उसके कृतज्ञ होते। उसका हजार बार आभार मानते। पड़ौसी उन्हें परेशान देखकर घर तक छोड़ जाते। उस समय बब्बा के चेहरे पर सन्तों की-सी गहरी शान्ति और चमक होती। वे शान्त चित्त होकर अपनी गद्दी पर ऐसे बैठ जाते जैसे रामरतन धन पा लिया हो।

थोड़ी देर बाद उन्हें फिर कोई भूला हुआ नाम पाने की बेचैनी होती और वे घर के लोगों की स्मृति को चुनौती देने लगते। यह एक ऐसी चुनौती थी जिसे न झेल पाने की स्थिति में सब मूरख कहलाते। मैं कभी-कभी उन्हें कोई झूठा नाम बता दिया करता था। तब वे मुझ पर झुँझलाने लगते। कहते, यह नाम नहीं है। उन्हें तो वही नाम चाहिए जो उनकी स्मृति को दस्तक दे सके और जब वे दरवाजा खोलें तो तुरन्त पहचान लें; उससे कहें—आप कब आये, आईये, बैठिए।

नाम भूलने की यह बीमारी इतनी बढ़ गयी थी कि वे जो नाम भूल जाते उसे याद करने के बाद एक रजिस्टर में लिख लेते, इस डर से कि यदि यही नाम वे दुबारा भूल गये तो रजिस्टर में देख लेंगे। ऐसा करने से उनकी कुछ परेशानी कम हो गयी थी। पर नये-नये नाम जो रजिस्टर के बाहर होते उनकी खोज जारी रहती। कभी-कभी

आधी रात को हमें बिना बताये वे घर के दरवाजे खुले छोड़कर पड़ौसियों के यहाँ दस्तक देते। जब तक नाम का पता न चल जाता, उन्हें नींद नहीं आती। दादी रोज बड़बड़ाती रहती—किसी दिन घर में चोर घुस आयेंगे, उनका नाम पता हम किसके घर पूछने जायेंगे।

कुछ लोगों ने सलाह दी कि कहीं ये पागलपन के संकेत तो नहीं हैं। लोगों की यह सलाह मानकर हम उन्हें पागलखाने के डॉक्टर के पास ले गये। डॉक्टर ने पूरी जाँच के बाद बताया कि यह दिमागी कमजोरी है, जो एक ही तरह का काम करते-करते आ गयी है। हम कुछ दवाइयाँ लेकर निराश घर लौट आये।

बब्बा घोर निराशा के समय भगवद्गीता और विष्णु सहस्रनाम का पाठ किया करते थे। मैंने उनसे कहा—बब्बा आप हमेशा विष्णु के एक हजार नामों में ही अपना ध्यान लगाये रखिये। जिससे यही नाम आपको याद रहेंगे और यही नाम आप भूलेंगे। जब भूलेंगे तो पुस्तक में देख लिया करेंगे। उन्हें मेरी यह सलाह बहुत पसन्द आयी। वे बहुत खुश हुए। पर वे बाहर की दुनिया के ही नाम भूलते थे और उन्हें ही याद करने की कोशिश में लगे रहते थे। वे पचहत्तर पार कर गये थे। उन्हें दिल का दूसरा दौरा भी पड़ चुका था। हमें डर था कि पता नहीं उन्हें कितने नाम याद हैं, जिन्हें वे एक साथ कभी भी भूल सकते हैं...

अपनी मौत के बारे में हम ही सोचते हैं और अपनी मौत मरते भी हैं। अपनी मौत मरता हुआ देखकर हमें लगता है कि दूसरे प्राणी भी अपनी मौत मरते होंगे। पर हमने ही किसी और की मौत मर जाने की कहावत कही है। कुत्ते की मौत मर जाने की कहावत तो प्रसिद्ध ही है। पता नहीं वह अपनी मौत के बारे में क्या सोचता होगा। यदि वह मर जाये तो हमें यह जानने में कोई दिलचस्पी नहीं होती कि वह किसकी मौत मरा—कुत्ते की या किसी और की या कहीं हमारी मौत तो नहीं मर गया वह। हम उसे पालते हैं, शायद इसलिए कि उसकी मौत को निकट से देख सकें...

कक्का ने उसे बड़े लाड़-प्यार के पाल-पोसकर बड़ा किया। उसका नाम मोती था।

वे छोटी मस्जिद की सबसे नीचे की अँधेरी कोठरी में किराये से रहते थे। अँधेरी सँकरी कुलिया पार करके उनकी कोठरी आती थी। कुलिया इतनी सँकरी थी कि आदमी और कुत्ता ही एक साथ निकल सकते थे। यदि दो आदमी एक साथ निकलें तो मस्जिद की दीवार से टकरा जाते थे। इस कुलिया का अँधेरा मुँह मुख्य सड़क पर खुलता था। मुख्य सड़क पर खड़े होकर कुलिया को देखो तो लगता था कि अँधेरा खड़ा है। अहीरों की भैंसें रोज इसी सड़क से गुजरती थीं। वे दिन भर तालाब के कीचड़ में डूबी रहतीं और शाम को अपनी पूँछ फटकारती लौटतीं। उनकी पूँछ से कीचड़ उचटता जो राहगीरों पर अँधरे की अक्षत-सा झरता। अँधेरे के आगमन की सूचना देतीं, वे घर लौटती थीं। जब सड़क के कुत्ते उन्हें देखकर भौंकते तो भैंसें इस कुलिया की ओर भागतीं जैसे काला रंग, बचने के लिए काले रंग में अपनी शरण खोज रहा हो—कोई-न-कोई भैंस कुलिया में आकर फँस जाती और घिस-घिस कर उसकी चमड़ी उधड़ जाती। दीवालों से लाल ईंटें झाँकने लगी थीं। सड़क से गुजरती गाड़ियों के प्रकाश में वे झलक जाती थीं।

कक्का पचास से ऊपर के थे। पढ़े-लिखे कम थे। उनका विवाह नहीं हुआ। वे एक आँख से काने थे। गुजारा चलाने के लिए चोरी से शराब बेचते थे। काने आदमियों के बारे में यह कहावत प्रसिद्ध है कि वे बड़े सबेरे दिख जायें तो असगुन माना जाता है। लोग अशुभ के संकेतों से बचते फिरते थे। कक्का का पहनावा विचित्र था। वे हमेशा हरे पट्टों वाली नीली चड्डी और बड़े जेब की नीली कमीज पहनते थे। उनकी चड्डी घुटनों तक झूलती रहती। बच्चे और बड़े-बूढ़े सब उन्हें कक्का कहते थे। कक्का के दोस्त भी उन्हें कक्का कहते। वे इतने मुँहफट और हाजिर जवाब थे कि कोई अजनबी भी जान लेता था कि ये सबके कक्का हैं और वह भी उन्हें पहली मुलाकात में कक्का कहने लगता। कक्का के दोस्त उन्हें चिढ़ाया करते थे कि तुम्हें शर्म नहीं आती, इतने बूढ़े होकर भी बच्चों जैसी चड्डी कमीज पहनते हो। यह सुनकर कक्का खूब गालियाँ बकते। वे कहते—अरे क्या मेरे पास कपड़े नहीं हैं, दो लाल पेन्ट और दो नीली कमीजें पेटी में रखी हैं, पर जब भी मैंने उन्हें पहना है, मेरे घर छापा पड़ा। इसलिए उन्हें उस दिन पहनता हूँ जिस दिन शराब नहीं बेचता।

कक्का दशहरे के दिन अपना लाल पेन्ट और नीली कमीज पहनकर काली जी के आगे-आगे चलते, जैसे सेना के बैण्ड के आगे बैण्ड मास्टर चलते हैं। उनके हाथों में गठानों वाली छड़ी होती। शहर में सौ से अधिक मूर्तियों की प्राण-प्रतिष्ठा होती थी। दशहरे के दिन सारा शहर उमड़ पड़ता। शहर के गुण्डे अपने-अपने धारदार हथियार लेकर रामदल में शामिल हो जाते और शराब में धुत्त होकर अपनी-अपनी कलाबाजियाँ

दिखाते आगे-आगे चलते। सड़क की मर्यादा को बाँधकर वे उसे घेर लेते। सारा यातायात ठप्प हो जाता। जब दूसरा रामदल इस घेरे को तोड़कर आगे बढ़ने की कोशिश करता तो दोनों रामदल आपस में टकरा जाते और शहर में भगदड़ मच जाती। पुलिस रामदल के मुखियों को गिरफ्तार करती।

कक्का काली जी का जुलूस लेकर इस जनसागर के बीच अपना रास्ता बनाते आगे बढ़ते जाते। शहर के भीतर चक्कर खाती यह यात्रा बहुत लम्बी होती। तालाब के किनारे पहुँचकर हम सब गहरे विषाद में डूबने लगते। ट्रकों पर सजी हुई बत्तियाँ बुझा दी जातीं। जनरेटरों की आवाज अचानक थम जाती। हम नावों में अपनी-अपनी प्रतिमाएँ लिए तालाब के अँधेरे में खोने लगते। किनारे की बत्तियाँ कुछ दूर तक हमारे साथ आतीं फिर उनका साथ भी पीछे छूट जाता। बीच तालाब में काली विसर्जन के समय कक्का फूट-फूटकर रोने लगते। जैसे त्रिवेणी पर अपनी माँ की अस्थियाँ विसर्जित कर रहे हों।

कक्का को देखकर मैं मन ही मन सोचा करता—क्या काना आदमी एक आँख से रोता है? पर आँसू तो उनकी दोनों आँखों से निकलते हैं, क्या कानी आँख के रोने को हम रोना कह सकते हैं?

कक्का ने अपनी आँख राम-रावण युद्ध में खोयी थी। वे अपनी आँख फूटने की कहानी बड़े चाव से सुनाते—वे अपने दोस्त के साथ बाँस के छोटे-छोटे धनुष बनाकर राम-रावण का खेल खेलते थे। रावण बनने का शौक किसी को नहीं होता, कक्का को भी नहीं था। वे हमेशा राम बनते थे और उनकी जिद के कारण उनका दोस्त मन मारकर रावण बनता था। एक दिन चिढ़कर रावण ने राम की आँख फोड़ डाली।

काली विसर्जन के बाद घर लौटकर कक्का अपने हिस्से की शराब पीते। वे हमेशा अपने हिस्से की शराब बचाकर रखते थे। जब बेचते-बेचते उनके हिस्से की बच जाती तो फिर वे ग्राहकों को मना कर देते। शराबियों का उन पर आरोप था कि वे पानी मिलाकर बेचते हैं और कक्का शराबियों पर आरोप लगाते कि पीते-पीते चढ़ना बन्द हो गयी है। वे कहते—जब शराब में विश्वास बढ़ जाता है तो लोग अपने पर विश्वास करना बन्द कर देते हैं और शराब पर शक करने लगते हैं। कक्का खुली बेचते थे। अगर शराब न हो तो शराबी उसकी प्रतीक्षा में कक्का के दरवाजे पर ऐसे बैठे रहते जैसे अहीरों के यहाँ भैंस लगने की प्रतीक्षा में फुटकर दूध खरीदने वाले बैठे रहते हैं। अगर अहीर कह दे कि आज भैंस ने लात फटकार दी वह नहीं लगी तो सबेरे-सबेरे बिना चाय पिये चेहरों पर खीझ देखते ही बनती है। कभी-कभी कक्का को भी कहना पड़ता—आज माल नहीं मिला। यह सुनकर शराबियों को ऐसे लगता जैसे कक्का ने लात फटकार दी हो। फुटकर ग्राहक बहुत थे तो दो रुपये की भी मिल जाती थी। जब दो रुपये की नहीं चढ़ती तो दो रुपये की और पी लेते थे। जब चार रुपये की भी नहीं चढ़ती तो वे कक्का से कहते—कक्का, अभी तक बोली। कक्का

कहते–बोल है, ठहरकें बोले है। वे कहते–चार रुपये की पी चुके अब क्या घंट बोल है। कक्का तुरन्त खुश होकर कहते–बोल गयी, बोल गयी। और फिर पीने वाला दो रुपये की और पीकर कक्का की कोठरी से चिड़चिड़ाता हुआ बाहर निकलता और मस्जिद की दीवारों से टकराता, हिचकोले खाता सड़क पर ऐसे आता जैसे कक्का ने पीछे से एक लात मारी हो। कभी कुलिया के अँधेरे में कोई कुत्ता बैठा होता और उस पर पैर पड़ जाता तो वह भी पीछे से भौंकता।

कक्का की कोठरी में ढिबरी की रोशनी रहती थी। कोठरी भोंपू की शक्ल की थी। उसकी ऊँचाई पाँच फुट से भी कम थी। उसके सँकरे हिस्से में दरवाजा था। दरवाजा चार फुट से भी कम ऊँचा था। कोठरी में भीतर जाने के लिए अपनी ऊँचाई को साढ़े तीन फुट तक झुकाकर भीतर जाया जा सकता था। अगर झुकने में थोड़ी–सी भी गलती हो जाये तो सिर टकरा कर फूट भी सकता था। लोग कोठरी में आते समय पूरा ध्यान रखते थे, पर जाते समय वे नहीं रख पाते थे, इसलिए उनका सिर दो बार टकराता था–एक बार अचानक सीधा खड़ा हो जाने पर कोठरी की छत से और दूसरी बार न झुकने पर दरवाजे से। कुछ लोग जो पहली ही खुराक ज्यादा लिया करते थे, उन्हें सिर टकराने का एहसास नहीं होता होगा, यदि होता भी होगा तो वे उसे व्यक्त नहीं करते थे। पर जिन फुटकर पीने वालों को दो-चार बार आना पड़ता था उन्हें इसका एहसास बार-बार हुआ करता था–दरवाजा छोटा है–वे कक्का से इसकी शिकायत करते हुए गुस्से से कहते कि पैसे के पैसे चढ़ाओ और अपना सिर भी फुड़वाओ। कक्का कहते–इसमें मेरा क्या कसूर! खुदा का दरवाजा है और खुदा के दर पे तो झुकके आना पड़ता है। अकड़ के खड़े होगे तो सिर फूटेगा, खून भी निकलेगा। भुक्कड़ कहीं के पीने आते हैं दो रुपये की और कहते हैं दरवाजा बड़ा करो।

कक्का कोठरी के चौड़े हिस्से में बैठते थे और वहीं एक अँधेरे कोने में शराब रखे रहते थे। कक्का की बगल में मोती बैठा रहता था। पीने वाले कोठरी के सँकरेपन में अपनी टट्टी करने वाली मुद्रा बनाकर बैठते थे। कोठरी के चौड़े हिस्से से आवाज आती–कितनी। सँकरे हिस्से से तुरन्त आवाज आती–दो की। पैसे फुटकर और पीने के पहले दिन पड़ते थे, यदि पैसे देने में देर हो जाये तो कोठरी के चौड़े हिस्से से आवाज आती–जल्दी करो टेम खराब हो रहा है। सँकरे हिस्से से आवाज आती–पजामे में हाथ डालने तक की जगह नहीं है, पैसे कैसे निकलें। चौड़े हिस्से से आवाज आती–पहले से हाथ में लेकर आया करो। कभी कोई लम्बा शराबी हुआ तो वह लगभग आधा लेटते हुए अपना एक पाँव चौड़े हिस्से की तरफ फैलाकर जेब से पैसे निकाल पाता। यदि उसने धोखे से सौ का नोट निकाल लिया और दो का जेब में ही

रह गया तो उसे फिर से वही मुद्रा बनानी पड़ती। चौड़े हिस्से से आवाज आने लगती—न जाने कहाँ-कहाँ से चले आते हैं, पीना है दो की और दिखाते हैं सौ का। अरे भैया इतने रईस हो तो कलारी क्यों नहीं जाते। सँकरे हिस्से से आवाज आती—ज्यादा बड़बड़ नहींय दे रये हैं। चौड़े हिस्से से आवाज आती—इतनी देर काहे लग रही है क्या उँगली डालकर निकाले रये हो। यह सुनकर शराबी भन्ना जाता, अगर उसकी लात मोती पर पड़ जाती तो वह भी भौंकने लगता।

कोई ग्राहक कक्का से कहता—मस्जिद में बिजली है, वहाँ से एक बल्ब का कनेक्शन क्यों नहीं ले लेते। इससे ग्राहकों को सुभीता हो जायगा। कक्का कहते—अपना सुभीता सबको दिखायी देता है। तुम्हें मालूम है मेरा काम अँधियारे का है। अगर मुझे बिजली ही जलाना है तो फिर मैं दारू की जगह दूध क्यों न बेचूँ और भैया अँधेरा रहने से तुम्हें भी फायदा है और मुझे भी। तुम्हारा मूँ मुझे दिखायी नहीं देता और जब तुम मेरे दरवाजे से काला मूँ करके निकलते हो तो दूसरों को भी नहीं। उजाले में पहुँचे और शरीफ हुए और भैया मेरा एक बल्ब तो वैसे ही फ्यूज है, मैं बल्ब कहाँ से लाऊँ। मेरे जीवन में जितनी रोशनी है उतना ही उजाला मेरे कमरे में होगा। मेरा जीवन भी कितना-सा बचा है। मुझे इस छोटी-सी कुठरिया में ढिबरी जलाकर रहना अच्छा लगता है। जब खूब उजाला देखने का मन करता है तो बाजार तक घूम आता हूँ। मगर जब घर लौटता हूँ तो कुछ भी दिखायी नहीं देता। अपनी कुठरिया में रखी दियासलाई ढूँढ़ना मुश्किल होता है। ऐसे उजाले में जाकर अपने घर लौटना किस काम का? फिर मेरी तो एक ही बची है उसी के सहारे सब कुछ देखना है।

वे उन्हें रोज देखा करते थे—बैंक की तीन पास बुकें। एक हनुमान जी की, एक टेकरी वाले बाबा साहब की और एक कक्का की। कक्का अपनी पास बुक कभी किसी को नहीं दिखाते थे। पियक्कड़ों का कहना था कि उस पास बुक में हमारा ही पैसा जमा है जो पानी मिला-मिलाकर हमसे वसूल किया गया है। हमारी गाढ़ी कमाई कक्का की पास बुक में जमा है जो हमने मूत-मूतकर बहा दी। कक्का शराब में पानी मिलाते थे कि नहीं, यह तो विवाद का विषय है और कक्का के जीते-जी यह विवाद हल नहीं हो सका। हाँ, पीकर लौटते हुए शराबी जब यह कहते हुए निकलते कि खुदा के दर से पीकर आ रहे हैं तो उनकी यह मस्ती देखते ही बनती थी।

कक्का ने बाबा साहब की मजार और हनुमान मन्दिर के उखड़े हुए फर्श पर संगमरमर जड़वाने के लिए किसी समय चन्दा करके दो-दो सौ रुपये के खाते खोले थे। पर इतने-से पैसे में संगमरमर आता नहीं था। बैंक का ब्याज भी धीमी चाल से बढ़ रहा था और कक्का की उमर आगे निकली जा रही थी। वे जीते-जी यह पुण्य कमा लेना चाहते थे। उन्होंने चुपचाप इस पैसे को औने-पौने सूद पर चलाना शुरू

किया और जल्दी ही दो-दो सौ के दो-दो हजार बना लिये। वे पास बुकें दिखाकर कहते—दुनिया कितनी ही तरक्की कर जाये इतनी तेजी से ब्याज नहीं बढ़ा सकती। अब तो ऐसा जमाना आ गया है कि लोग मूलधन ही खा जाते हैं।

मैंने कहा—कक्का, हनुमान जी सूद का रुपया खायें, यह अच्छी बात नहीं है।

कक्का कहते—भगवान को न मूलधन से मतलब है, न ब्याज से—यह सब तो अपन लोगों का धन्धा है, भगवान के सामने पूरी दुनिया बन्दा है। भगवान सुन्दर बने रहें, यही बन्दों का काम है। कक्का कहते—मैं कभी किसी को उधार नहीं देता, पर किसी-किसी को दे देता हूँ। कुछ लोग पीकर बड़ी ऊँची-ऊँची बातें करते हैं। उधारी अखरती नहीं। पर कुछ हैं कि उन्हें कितनी भी पिलाओ मुँह पर मक्खियाँ ही भिनकती रहती हैं।

बारिश की एक रात। ग्राहकी निबटाने के बाद कक्का शराब पी रहे थे। अचानक कुलिया में कूँ-कूँ करने की आवाज आयी फिर पीछे से कुत्ते जोर-जोर से भोंके। कूँ-कूँ की आवाज और तेज हो गयी। कक्का जोर-जोर से गालियाँ बकने लगे—मोहल्ले भर के कुत्ते यहीं मरने आते हैं। दिन हो तो दिन, रात हो तो रात, चौबीसों घण्टे चैन नहीं। शान्ति से रोटी भी नहीं खाने देते। अचानक एक छोटा-सा पिल्ला उनकी कोठरी में आ गया। कुत्ते उसके पीछे थे। वह दरवाजे के एक कोने में दुबक गया। कक्का ने सोचा रात है, पानी बरस रहा है, इसके पीछे कुत्ते पड़े रहैं, इसे बड़े सबेरे भगा देंगे। वे दरवाजा बन्द करके सो गये। जब सुबह उठे तो उन्होंने पिल्ले को अपनी बगल में सोता हुआ पाया। अब तो उनके गुस्से का पार न रहा। उन्होंने उसे उठाकर कोठरी से बाहर फेंक दिया। थोड़ी देर बाद वह कूँ-कूँ करता, फिर कोठरी में आ गया। कक्का घर से बाहर निकले तो वह उनके पीछे लग गया। वे जहाँ-जहाँ भी जाते वह उनके पीछे-पीछे जाता। वे खड़े हो जाते, वह उनके पाँव चाटने लगता। उसे कक्का के पीछे आता देखकर लोग कहते—कक्का, ग्राहक आ रहा है, और कक्का चिढ़कर उस पिल्ले को गोद में उठा लेते। कक्का के पास कुत्ता देखकर सब लोगों को आश्चर्य हुआ जो आदमी वर्षों से अकेला रह रहा है उसने कुत्ता पाल लिया!

जब आदमी को अपनी मौत से डर लगने लगता है तो वह कुत्ता पाल लेता है। कुत्ता दरवाजे पर भौंकता रहता है और मौत घर के भीतर नहीं आ पाती। कुत्ते से डरकर भाग जाती है। गौर से सुनो वह भौं-भौं नहीं करता, वह तो उसे दरवाजे पर देखते ही मौत-मौत चिल्लाता है और घर के सारे लोग चौंककर जाग जाते हैं। मरने से बच जाते हैं।

वह पिल्ला काला था, उसके चारों पंजे सफेद थे और माथे पर एक सफेद रेखा थी। दोनों कानों के ऊपर सफेद चिट्टे थे। बीस नाखून वाला कुत्ता खतरनाक होता है।

किसी को काट ले तो समझो हो गया काम तमाम। कक्का उसके नाखून गिनकर सबको दिखाते और कहते—यह बीसा नहीं है। किसी की जूठन में मूँ नहीं मारता। किसी की दी हुई चीज नहीं खाता। बेमतलब किसी पर भौंकता नहीं। खानदानी कुत्ता है, पूरी वफादारी से मेरे साथ रहता है। कक्का उसकी तारीफ के पुल बाँधा करते।

कक्का की बातें सुनकर मुझे दादी की बात याद आती। जब हम खाना खाने रसोई में बैठते तो हमारी बिल्ली भी हमसे थोड़ी दूर आकर बैठ जाती और हमें खाते हुए ताका करती। हम जब तक खाना खाते रहते, वह हमें मूर्तिवत एकटक देखती रहती। इसी बीच अगर उसे कुछ दे देते तो वह खा लेती और फिर हमें देखने लगती। दादी कहती—ये बिल्लियाँ हमें घूर-घूरकर यह सोचती रहती हैं कि कब इनकी आँखें फूटें और कब हम सब चट कर जायें। मैंने दादी से पूछा—तुम्हें कैसे मालूम कि बिल्ली ऐसा सोचती होगी क्या तुमने उससे बात की है—म्याऊँ-म्याऊँ करके? मेरी बात सुनकर दादी खूब जोर से हँसने लगती।

कुत्ते पर कक्का का मोह देखकर सब लोग उनकी हँसी उड़ाते। पर वे तो उसे अपने बेटे की तरह पाल रहे थे। जब कक्का खाना खाने बैठते, तब मोती भी उनकी थाली में बैठकर खाता। वे उसे अपने हाथ से खिलाते। कभी वह ना-नुकुर करता तो कक्का उसे मनाने लगते; फिर गुस्सा होकर कहते—मोती गर्राओ मत, खा लो, मैं मर जाऊँगा तो मोहल्ले वाले जूठन खाने को भी नहीं देंगे। कुत्ते की मौत मरेंगे साले। धरम-करम तो जैसे सब छूट ही गया है।

मोती कक्का के साथ चारों धाम की यात्रा कर चुका था। वे उसे टिकट कटाकर अपने साथ ले गये थे। उसने कक्का के साथ गंगा जी में डुबकी भी लगायी थी। इलाहाबाद के एक स्वामी जी ने मोती के व्यवहार से खुश होकर गले में पहनने के लिए एक घुँघरू दिया था जिसे कक्का ने पट्टे में डालकर उसे पहनाया था। जब कोई उनसे मोती के बारे में पूछता तो वे कहते—मेरा मोती स्वर्ग जायेगा उसे देवयोनि प्राप्त होगी। मैं ही रह गया, यहाँ कुत्ते की मौत मरने के लिए।

कक्का कहते—मोती, जब मैं मर जाऊँ तो तुम मेरी लकड़िया में जरूर जाना और वह उन्हें चुपचाप ताका करता। जब कभी जवाब में सिर हिलाता तो उसके गले में बँधी घुँघरू झनझना उठती।

जब कभी कुलिया के अँधेरे से कक्का सड़क की ओर आते और उनकी ओट में आते हुए मोती के सफेद पंजे और माथे की रेखा चमकती दिख जाती तो लगता जैसे यही मृत्यु है—यह इसी तरह सफेद पंजों पर हमारे पीछे-पीछे आती होगी...

बीते युग के क्षीण वंश का प्रतिनिधि नये युग से एक मोड़ पर आकर मिला। जब उसे अचानक सूचना मिली कि नया युग आ रहा है तो वह अपने हथियारों से लैस होकर निकल पड़ा। वह जहाँ से गुजरता उसे अपने वंशजों की महिमा सुनायी पड़ती। रास्ते में एक घटना घटी–उसने देखा कि कोई उसकी धरती और धर्म को रौंदता चला आ रहा है। धरती और धर्म एक संधि रेखा पर ठहर गये हैं। रेखा के उस पार नया युग था और नये युग को जगह देता युग बीत रहा था इस पार...

नये युग ने प्रवेश किया; अपना घर बसाया और बीते युग का प्रतिनिधि अपने समय की मृत देह त्रिकालज्ञ के गले डालकर लौटने लगा। नये युग के वशीभूत होकर त्रिकालज्ञ के बेटे ने बीते युग के प्रतिनिधि को शाप दे दिया। क्षीण वंश के शापग्रस्त प्रतिनिधि को अब जल्दी ही तक्षक काट खायेगा।

तक्षक आ रहा है। इस नायक के पास एक ही उपाय है कि आदि से अन्त तक पूरी कथा को दुहरा ले। वह यही कर रहा है। सृष्टि के जन्म से लेकर अपने जीवन के अंतिम क्षण तक पूरी कथा सुन रहा है। उसी में गोते लगा रहा है, डूब रहा है, पछाड़ें खा रहा है, पार उतर रहा है। वह पूरी कथा को लेकर ऐसे बह रहा है कि इस पार के लोग इस समग्र कथावस्तु को याद रख सकें। अपना रूप पा सकें।

पा लिया गया हर रूप, पाये जाने वाले रूप की कथावस्तु बन जाता है। यह पाया जाने वाला रूप कहीं आत्मा तो नहीं है! पाते-पाते हम लगातार आत्मकथा रचते चले जाते हैं, जहाँ नयी कथावस्तु का उदय होता रहता है—और-और रूप पाने के लिए बार-बार होता यह उदय। हर अभिव्यक्ति आत्मकथा है—जीवन से पायी गयी कथा। इस चौथी दुनिया में जीवन से कथा को पा लेने की चुनौती सबसे बड़ी चुनौती है।

हम सब बीते युग के शापग्रस्त नायक की सन्तानें हैं। नायक नहीं हैं हम। रेगन नायक नहीं हैं, गोर्वाचोब नायक नहीं हैं। महात्मा गाँधी भी नायक नहीं थे। सब एक पाँव पर खड़े हैं। समग्र दुनिया चार पाँवों पर खड़ी होती है। पहले तीन पाँव पिछले तीन युगों में ही टूट गये। सत्य जो बचा—वह एक सनातन क्षमता है; जिसके सहारे चला जा सकता है। पिछले तीन युग भी उसी के सहारे चले थे। गांधी के लिए सत्य एक रचनाशील आग्रह था, बाकी के लिए वह गैर रचनात्मक दुराग्रह है। सब अपनी आत्मा के पक्के समर्थक हैं। किसी ने अपने मित्र के रूप में, किसी ने अपने शत्रु के रूप में, उसे ही पाया है।

पहले बीत गयी तीन दुनियाओं के साक्ष्य से यह कहा जा सकता है कि जिस दिन हम अपना नायक गढ़ लेते हैं, उसी दिन से युग बीतने लगता है, सारे फैसले हो जाते हैं और हम नये युग की संधि रेखा पर पिछले युग के शाप का भार उठाये फिर एक नये नायक की प्रतीक्षा करने लगते हैं।

और फिर इस चौथी दुनिया के बारे में तो यह कहा जाता है कि इसके बाद कोई युग नहीं आएगा, यह तो हिरण्यगर्भ में जाकर विलीन हो जाएगी, फिर न जाने कितने नील वर्षों के बाद यह उदित होगी। और इस पर युगों की कल्पना कर सकने वाल जीवन न जाने कब पैदा होगा। एक-न-एक दिन तो हमें अव्यक्त के साम्राज्य में जाना ही है। पर इस समय हम व्यक्त के साम्राज्य में रह रहे हैं। यह अर्थ हमारा ही खोजा हुआ है। हम सारे पात्र और अपात्र बदलना कुछ भी नहीं चाहते, सिर्फ व्यक्त के

साम्राज्य में रहने की जगह चाहते हैं।

कुछ हैं जो इस दुनिया में पात्रों और अपात्रों के रहने की जगह खोजते फिरते हैं। वह जगह कहीं भी हो, वे वहाँ जाते हैं। अगर वह जगह अतीत में है तो वे मोहग्रस्त लगते होंगे। अगर वह वर्तमान में है तो वे उसे झाड़-बुहारकर ठीक कर रहे होंगे। हो सकता है विकृत कर रहे हों। अगर भविष्य में है तो वे उसका सपना देख रहे होंगे, उससे चौंक भी रहे होंगे। हो सकता है, वे तीनों जगह एक साथ बस रहे हों। यहाँ तक कि वे इस पृथ्वी के वासी न हों, किसी और लोक के रहने वाले हों, वे, भी इस पृथ्वी के जीवन में आयेंगे।

एक अनन्त फिल्म हमारे कैमरे में बन्द है—रहस्य-रोमांच से भरी हुई। अक्स उतरते ही चले जाते हैं। एक दिन हम अकेले घुप्प अँधेरे में लाल बत्ती जलाकर इस फिल्म को अपने जीवन के द्रव में डुबाते हैं और पाते हैं कि सारी सृष्टि एक बिखरा हुआ कोलाज है। हम बार-बार एक आयाम देने की कोशिश करते हैं—एक मोन्ताज—सनातन कथा में अपनी कथा मिलाकर समूची कथा को नये रूप में पा सकने का संयोग। अनन्त कथा बिखरी हुई है। हमें अधिकार है कि हम उसमें से अपने मन की कथा चुनकर अपने मन का नायक गढ़ें। पर इस चुनी हुई कथा में जब हम अपनी कथा मिलाते हैं तो नाक-नक्श धुंधले पड़ जाते हैं...

अखण्डमण्डलाकारं व्याप्तं येन चराचरम्।
तत्पदं दर्शितं येन तस्मै श्री गुरुवे नमः॥
कामिहि नारि पिआरि जिमि लोभिहि प्रिय जिमि दाम।
तिमि रघुनाथ निरंतर प्रिय लागहु मोहि राम॥
उमा जे राम चरन रत बिगत काम मद क्रोध।
निज प्रभुमय देखहिं जगत केहि सन करहिं विरोध॥
मोर मुकुट माथे तिलक कुण्डल श्रवण मझार।
कर मुरली बनमाल उर भक्तन प्राण अधार॥
राधा वर ब्रजराज प्रभु गोपिन जीवन मूल।
रसिक बिहारी साँवरे सदा रहो अनुकूल॥

सियावर रामचन्द्र जी की जय

धर्मप्राण देवियो और सज्जनो,

भगवान के बिना पाण्डव निस्तेज हो गये। जिस दिन भगवान श्रीकृष्ण ने अपना शरीर छोड़ा उसी दिन कलियुग आ गया। कलियुग का प्रभाव किसी से छिपा न रहा। पाण्डव परीक्षित को राज सौंपकर महाप्रयाण कर गये। राजा परीक्षित धर्मपूर्वक पृथ्वी पर शासन करने लगे।

एक दिन उन्होंने देखा—एक भूखी प्यासी गाय और एक बैल को कोई मारता चला आ रहा है। बैल के तीन पाँव टूट गये हैं। वह एक पाँव से चल रहा है। गाय का बछड़ा भी उसके साथ नहीं है। वह व्याकुल हो रही है।

परीक्षित ने पूछा—तुम सब कौन हो?

गाय ने कहा—मैं पृथ्वी हूँ।

बैल ने कहा—मैं धर्म हूँ।

उसने कहा—मैं कलियुग हूँ।

कलियुग अपने रहने की जगह खोज रहा था।

परीक्षित ने कहा—तुम मेरे राज्य में नहीं रह सकते।

कलियुग ने कहा—मैं तो आ गया हूँ महाराज! मुझे जगह दीजिए।

परीक्षित ने कहा—तुम जुए में, शराब में, पर-नारी के संग में और हिंसा में रहोगे।

कलियुग ने कहा—महाराज, इनमें मेरा निर्वाह नहीं होगा। थोड़ी—सी जगह और दीजिए।

परीक्षित ने उसे एक और जगह देते हुए कहा—तुम सुवर्ण में भी रहोगे।

यह सुनते ही कलियुग राजा परीक्षित के मुकुट में प्रवेश कर गया।

तुलसी दास जी कहते हैं—

सत्व बहुत रज कछु रति कर्मा। सब बिधि सुख त्रेता कर धर्मा॥
बहु रज स्वल्प सत्व कछु तामस। द्वापर धर्म हरष भय मानस॥
तामस बहुत रजोगुन थोरा। कलि प्रभाव विरोध चहुँ ओरा॥
बुध जुग धर्म जानि मन माहीं। तजि अधर्म रति धर्म कराहीं॥
कलिमल ग्रसे धर्म सब लुप्त भये सदग्रंथ।
दंभिन्ह निज मति कल्पिकरि प्रगट किये बहुपंथ॥

सियावर रामचन्द्र जी की जय

बन्धुओ, जब युग बदलता है तो अच्छे-अच्छों की मति फेर देता है। फिर यह तो कलियुग है जहाँ लोग अनेक असाध्य रोगों को अपनी देह में पालते हैं और उन्हें कहीं शान्ति नहीं मिलती। काकभुशुण्डि जी गरुड़ जी से कहते हैं—

सुनहु तात अब मानस रोगा। जिन्ह ते दुःख पावहिं सब लोगा॥

मोह सकल ब्याधिन्ह कर मूला। तिन्ह ते पुनि उपजहिं बहु सूला॥
काम बात कफ लोभ अपारा। क्रोध पित्र नित छाती जारा॥
प्रीति करहिं जौं तीनिउ भाई। उपजई सन्यपात दुःखदाई॥
विषय मनोरथ दुर्गम नाना। ते सब सूल नाम को जाना॥
ममता दादु कंडु इरषाई। हरष विषाद गरह बहुताई॥
पर सुख देख जरनि सोई छई। कुष्ट दुष्टता मन कुटिलई॥
अहंकार अति दुःखद डमरुआ। दंभ कपट मद मान नेहरुआ॥
तृस्ना उदरबृद्धि अतिभारी। त्रिविधि ईषना तरुन तिजारी॥
जुग बिधि ज्वर मत्सर अबिबेका। कहँ लगि कहौं कुरोग अनेका॥
एक ब्याधि बस नर मरहिं ए असाधि बहु ब्याधि।
पीड़हिं संतत जीव कहुँ सो किमि लहै समाधि॥
सियावर रामचन्द्र जी की जय

अचानक पानी के ऊपर बहती आती गर्म हवा की लहरों ने पूरे घाट को डुबा दिया। पानी के मैदान में चलती आती एक नाव किनारे की सबसे नीचे की टूटी हुई सीढ़ी से टकरायी और खटाक् से रुक गयी। कुछ लोग पानी से कूद-कूद कर घाट पर चढ़ने लगे—कीचड़ में लथपथ गीले पाँव कुछ दूर तक पदचिह्न बनाते और फिर अदृश्य हो जाते।

नीचे की सीढ़ी टूट जाने से ऊपर की सीढ़ियाँ गिरने लगती हैं। एक दिन ऐसा आता है जब कोई सीढ़ी नहीं होती। पर यह तालाब तो रहस्यों से भरा है। इसके घाटों पर ऊपर की सीढ़ी नहीं टूटी थी। इस ऊपर की सीढ़ी से छोटे-छोटे मैदान निकले थे। इन मैदानों में कुछ पुराने पेड़ अब भी खड़े थे। उनकी छाया में मुहल्ले के बच्चे खेलने आते थे। इन मैदानों में पूरी दौड़ नहीं लगायी जा सकती थी। दौड़ते-दौड़ते बहुत जल्दी ही मकान के पिछवाड़े की दीवाल सामने आ जाती थी। पिछवाड़े की दीवाल पर खिड़कियाँ तालाब की ओर खुलती थीं, पर वे हमेशा बन्द रहती थीं। घरों के दरवाजे सड़क की ओर खुलते थे और अक्सर बन्द रहते थे। बीच तालाब में खड़े होकर देखो तो लगता कि मकान तालाब को पीठ देकर खड़े हैं, और सड़क पर खड़े होकर देखो तो लगता वे आँखें मीचे हैं।

एक ही घाट था जो टूटने से बच गया था। जहाँ शहर के बहुत सारे लोग एक साथ समा सकते थे। गर्मी की शामों में वे इसी घाट की ओर चल पड़ते। वे इस घाट

पर एक ठंडे झोंके की प्रतीक्षा में देर रात तक बैठे रहते। तालाब और लोगों की ऊब के बीच मन्दिरों की घंटियों की आवाज गूँजती नहीं थी, वह गुम्बद से उतरकर जमीन पर गिर जाती थी। साँसों में छिपी अदृश्य आग मन्दिर की सीढ़ियों पर चिलमों से उठते धुएँ के बीच लाल जुगनू की तरह चिलक उठती। वह किसी की प्रार्थना बनकर तालाब के उथले जल में विह्वल लौ-सी अकेली दिखायी दे जाती। वह रोज मन्दिर के भीतर अकेले देवता के पास अकेली सुलगती रहती। राख बनती जाती। लोग जब मन्दिर में जाकर प्रसाद माँगते तो प्रसाद के साथ यह राख जरूर मिलती। वे उसे थोड़ी-सी खाकर और उसी का तिलक लगाकर घर लौटते।

घर लौटते हुए लोगों को देखकर पूछना नहीं पड़ता था कि कहाँ से आ रहे हो। उनके माथे पर लिखा साफ दिखायी दे जाता था। बहुत-सी प्रारम्भिक बातें बिना किये **ही हो** जाती थीं। जब मिलते थे तो आगे की कथा-व्यथा कहने लगते थे।

तालाब के इसी घाट पर महाभारत और भागवत की कथा होती थी। हर साल गर्मी के दिनों में पास के गाँव से एक पंडित जी यहाँ आते थे। वे शुरू से आखिर तक पूरी कथा कहते। वे इस कथा को यहाँ आकर हर साल दुहराते थे। लोग उन्हें उनके नाम से नहीं जानते थे। वे जिस गाँव के थे, उस गाँव का नाम ही उनका नाम था। गाँव का नाम ही नहीं, यह कथा भी उनकी कथा थी। लोगों से पूछो कि कहाँ जा रहे हो तो वे कहते—उमरिया वाले महाराज की कथा सुनने जा रहे हैं।

शहर में आठ सिनेमा घर थे। पर गर्मी के दिनों में वे सुनसान पड़े रहते थे। इक्के-दुक्के ही वहाँ जाते थे। बाकी सिनेमा देखने वाले कथा सुनने चले जाते थे। सिनेमा वालों ने पंडित जी के खिलाफ तरह-तरह की अफवाहें फैलायीं। उन्हें बदनाम करने की कोशिश की। पर कथा रुकती नहीं थी, फिल्म की रील जरूर टूट जाती थी। टाकीज में कुर्सियाँ थीं, पर शहर के लोग अपनी-अपनी दरियाँ और खाली बोरे लिए रोज शाम को निकल पड़ते। वे इन्हें घाट पर बिछाकर बैठ जाते और कथा सुनते—

भाइयो, कलियुग ने राजा परीक्षित की मति फेर दी। एक दिन राजा परीक्षित शिकार खेलते-खेलते जंगल में भटक गये। उन्हें खूब जोर की प्यास लगी। वे पानी की खोज में एक आश्रम में पहुँचे, जहाँ शमीक ऋषि तपस्या कर रहे थे। राजा ने पानी माँगा। ऋषि ध्यानमग्न थे, उन्होंने कोई उत्तर नहीं दिया। क्रोध के वशीभूत होकर राजा ने एक मरा हुआ साँप ऋषि के गले में डाल दिया और अपने राज में वापस आ गये। शमीक ऋषि का बेटा बड़ा तेजस्वी था। जब उसने देखा कि किसी ने उसके पिता का अपमान किया है तो उसने भी क्रोध के वशीभूत होकर शाप दिया—जिसने भी मेरे पिता के गले में यह मरा हुआ सर्प डाला है उसे आज से सातवें दिन तक्षक नाम का सर्प काट खाये। जब ऋषि का ध्यान टूटा, उन्हें सब विदित हुआ। वे फिर ध्यानमग्न हो गये। उन्होंने देखा—मेरे बेटे ने राजा परीक्षित को यह कठिन शाप दे दिया है।

सज्जनो, जब शाप लग जाता है तो उससे बचा नहीं जा सकता। उससे मुक्ति

का उपाय नहीं। उसका फल तो भोगना ही पड़ेगा। ऐसी दशा में मनुष्य के पास एक ही उपाय बचता है कि वह जीवन की मुक्ति खोजे। शमीक ऋषि ने राजा परीक्षित को संदेश भिजवाया कि उनकी मृत्यु निकट है। उन्हें सातवें दिन तक्षक काट ही खाएगा। यह सुनकर राजा परीक्षित को बड़ा पश्चाताप हुआ। वे अपनी मृत्यु को पास आती देखकर बैराग्य से भर गये और ऋषियों से पूछने लगे—मेरी मुक्ति का उपाय क्या है?

मुक्ति का उपाय! वकील साहब को बुलाकर वसीयत कर दो। जिसका देना है उसको भूल जाओ। जिससे लेना है उसका नाम बताकर मरो। घर के लोगों को पता चल जाये कि बाप मरने वाले हैं तो घेरकर बैठ जाते हैं। एक-एक गाँठ खोलकर देखते हैं—कहाँ क्या बँधा है। बहुत-सी गाँठें तो मरते दम तक खुलती ही नहीं। फिर कचहरी जाना पड़ता है। जज साब से गाठें खुलवाना पड़ती हैं और भैया, जज साब की दशा ये है कि गाँठें खोलते कम हैं, लगाते ज्यादा हैं।

कचहरियों के बाहर दो-चार पीपल के, दो-चार बरगद के पेड़ जरूर होते है। इन पेड़ों के नीचे भाई लोग धूनी रमाये बैठे रहते हैं और रोज बाट जोहते रहते हैं कि उनकी पुकार हो जाये। बहुत दिनों तक तो पुकार ही नहीं होती और जब होती है तो फैसला नहीं होता। एक साल की पेशी बढ़ जाती है। साल भर बाद वकील साब के पास जाओ तो वे अपने मुवक्किल को ऐसे भूल जाते हैं जैसे उसके पिछले जनम का केस हो। रही बात जज साब की, उनका तो ट्राँसफर हो ही जाता है। नया जज कहता है शुरू से सुनवाई होगी। जज ने कह दिया माने कह दिया—विधि का लिखा न मेटनहारा—चलो अब घर बार छोड़ो और पीपल के नीचे धूनी रमाओ।

परीक्षित का एक मकान होता तो वे जनमेजय को दे जाते और कह जाते कि बेटा किराये से मत देना, खुद रहना। किरायेदार खाली नहीं करते। किराया भी नहीं देते और मकान में कीलें ठोक-ठोककर उसे कमजोर कर देते हैं। भैया, यहाँ कोई मकान मालिक बैठा हो तो बुरा नहीं मानना, हर मकान मालिक सोचता है कि किरायेदार रहे तो किराये से, पर उसके घर को अपना घर समझे। अरे मूर्ख, जिसने अपना घर किराये पर उठा दिया हो, उसके घर को कोई अपना घर क्यों समझेगा!

कथा सुनते हुए मुझे बब्बा की याद आती। हमारे किरायेदार जब दीवालों में कीलें ठोंकते और बब्बा को पता चल जाता तो वे तुरन्त उनके पास जाकर कहते—जब तुम दीवाल में कील ठोंकते हो तो मुझे लगता है जैसे मेरी छाती में ठोंक रहे हो और वे उसे अपनी छाती खोलकर दिखाते। सफेद बालों से भरी छाती दीवाल-सी लगती।

बन्धुओ, अगर सिरहाने साँप बैठा हो तो नींद नहीं आती। कोई झूठ-मूठ ही कह दे तो डर लगता है। लोग तो रस्सी को साँप समझकर मर जाते हैं। किसी को पता चल जाये कि उसकी मौत कल आने वाली है तो डर के मारे वह आज की मर जाये। परीक्षित

के पास सिर्फ सात दिन थे और उनकी जागीर में नदियाँ थीं, पहाड़ थे, समुद्र थे, पेड़-पौधे थे, पशु-पक्षी थे, धरती रत्नों से भरी थी। सुन्दर-सुन्दर महल थे। वे कोई मकान मालिक थोड़े ही थे—राजा थे राजा।

उन्हें कोई वकील नहीं मिल रहा था जो उनका केस लड़ सके। यह केस किसी छोटी-मोटी अदालत में कैसे लड़ा जा सकता था। इसके लिए बहुत बड़ा जज चाहिए—जजों का जज—जो पूरी दुनिया की एक साथ सुन सके। ये लोअर कोर्ट का मामला नहीं है, जहाँ मुहल्ले का झगड़ा बरसों नहीं सुलझता। अदालत में ज्यादा बड़-बड़ की तो जज साब हथौड़ी पटकने लगते हैं। अब जरा जजों के जज की तो सोचो। उसके पास न टेबिल है, न कुर्सी है, न कचहरी है वो अपनी हथौड़ी कहाँ पटके। पर भैया हथौड़ी वो भी पटकता है मगर एक ही बार। ऐसी शॉट मारता है कि उसकी गेंद कोई नहीं झेल पाता। एक बार सिर के ऊपर पानी हुआ कि बस पानी ही पानी, पानी ही पानी...

अरे भैया, उसे अकेली हिन्दी में तो सुनवाई करनी नहीं है। उसकी अदालत में दुनिया भर के पाँच-सात अरब लोग और लाखों जीव-जन्तु सब एक साथ बैठे हैं। हजारों प्रकार के कर्म हैं, हजारों प्रकार के मर्म हैं, सबके अलग-अलग चर्म हैं, सब की अलग-अलग भाषाएँ हैं। अकेले हिन्दुस्तान की सोलह हैं तो पूरी दुनिया में कितनी होंगी? लाखों मन्दिरों, टेम्पल्स, चर्चों, गुरुद्वारों और मस्जिदों में, घरों में सुबह-शाम चें-चें मची रहती है। हिन्दू, मुस्लिम, सिख, ईसाई, पारसी, सिन्धी सब सबेरे-शाम एक साथ प्रार्थना करते रहते हैं। जरा कल्पना तो कीजिए वह एक साथ कैसे सुनता होगा सबकी, कैसे समझता होगा! भाइयो सब उससे घूम-फिरकर एक ही बात कहते हैं—

तेरी इच्छा के बिना हे प्रभु जीवन मूल
पत्ता भी हिलता नहीं खिले न एकहि फूल
सियावर रामचन्द्र जी की जय

जजों का जज किसी को नहीं पुकारता। सब उसे पुकारते हैं। वह कोई प्रश्न नहीं पूछता और सब उसे उत्तर देते हैं। वह हमें गौर से देखता रहता है। हम बोलते-बोलते हार जाते हैं और वह कोई फैसला नहीं देता। यहाँ हाल ये है कि जज साब दिन भर में न जाने कितने झूठे-सच्चे फैसले सुना देते हैं और अदालत खाली छोड़कर चले जाते हैं। सारे वकील, मुंशी, किराये के गवाह, रिश्ते-नातेदार सब अपनी-अपनी फीस लेकर घर लौट जाते हैं। पर यह जजों का जज अपनी अदालत खाली छोड़कर कभी नहीं जाता। यह ऐसी अदालत है कि इसमें से उठने का मन ही नहीं होता। मन ही मन लगता रहता है कि जज साब से अभी हम पूरी बात नहीं कह पाये हैं, और वो बात क्या है? बात एकदम जरा-सी है। समझ में आ जाये तो राई; नहीं तो उसी का पहाड़ बना के बैठे रहो। हर मुहल्ले में कुछ लोग ऐसे होते हैं, जिनके

पास कोई सलाह लेने नहीं जाता। क्यों नहीं जाता? इसलिए नहीं जाता कि वे तिल का ताड़ बना देते हैं। कबीरदास जी कहते हैं—

बड़ा हुआ तो क्या हुआ जैसे पेड़ खजूर
पंथी को छाया नहीं फल लागे अति दूर
सियावर रामचन्द्र जी की जय

ऐसे खजूरों की हुजूरी करने से क्या फायदा। हुजूरी करना है तो उसकी करो—साहबों के साहब की। कलेक्टर साब की नहीं—

श्वाँस-श्वाँस पे हरि भजो वृथा साँस नहीं खोय।
ना जाने ई श्वाँस को आवन होय न होय॥
सियावर रामचन्द्र जी की जय

मगर भैया, यहाँ तो उलटी गंगा बह रही है। कचहरी की घटिया चढ़ते-चढ़ते दम टूटने लगी है। रोज वकील साब के पास जाकर कहते हैं—अब तो यह केस जल्दी खतम कराओ। अब लड़ा नहीं जाता। लड़ते-लड़ते हार गये हैं। कुछ लोग तो ऐसे होते हैं कि लड़ने से पहले ही इस ताक में रहते हैं कि केस खारिज हो जाये। लड़ना ही ना पड़े। ना रहेगा बाँस, न बजेगी बाँसुरी। भैया, बाँसुरी बजे चाहे ना बजे, बाँस तो रहेगा। तुम नहीं बजाओगे तो कोई और बजायेगा। जब लोग बाँसुरी बजाना बन्द कर देते हैं और फटे बाँस की तरह रेंकने लगते हैं, तब बाँसुरी बजाने वाले भी आते हैं—

यदा यदा हि धर्मस्य ग्लानिर्भवति भारत।
अभ्युत्थानमधर्मस्य तदात्मानं सृजाम्यहम्॥

अरे मूर्खो—

'योग्य जन जीता है।
पश्चिम की उक्ति नहीं—
गीता है, गीता है—
स्मरण करो बार-बार—
जागो फिर एक बार!'

तुलसीदास जी कहते हैं—

जब-जब होई धरम कै हानी। बाढ़हिं असुर अधम अभिमानी॥
तब-तब प्रभु धरि बिबिध सरीरा। हरहिं कृपानिधि सज्जन पीरा॥

वे आये और लड़ाई-झगड़ा शुरू। लड़ाई भी ऐसी वैसी नहीं कि बाद में राजीनामा हो गया। पंच फैसला हो गया या भैया दो चाँटे तुम मार लो, दो हम मार लें हिसाब बराबर। उनका काम बिलकुल साफ रहता है। आधे इस तरफ हो जाओ,

आधे उस तरफ हो जाओ और लड़ लो। जी सको तो जी लो, राज करो, नहीं तो मारे जाओ।

राम नाम की लूट है लूट सके तो लूट।
अन्तकाल पछताएगा प्राण जायेंगे छूट॥
सियावर रामचन्द्र जी की जय

अब थोड़े से विश्राम के पश्चात् हम आगे की कथा कहेंगे।

मुझे अपने दोस्तों की लड़ाइयाँ याद आतीं। जब दो दोस्त लड़ते तो लड़ाई कभी खत्म नहीं होती–

एक एक से कहता–अगर तुझमें दम है तो मुझे छूकर देख।
दूसरा दूसरे से कहता–अगर तुझमें दम है तो मुझे छूकर देख।
एक एक से कहता–पहले तू छूकर बता।
दूसरा दूसरे से कहता–पहले तू बता।
एक एक से कहता–अगर मैंने छू लिया तो तू क्या कर लेगा?
दूसरा दूसरे से कहता–और तू क्या कर लेगा?
एक एक से कहता–अरे जा बे
दूसरा दूसरे से कहता–जबान संभाल के बात कर।
एक एक से कहता–मैं तेरा मूँ तोड़ दूँगा।
दूसरा दूसरे से कहता–तोड़ के देख।
एक एक को एक चाँटा मारता।
दूसरा दूसरे से कहता–अबकी बार मारकर बता।
एक एक को एक और चाँटा मारता।
दूसरा दूसरे से कहता–अब मार तब जानूँ।
एक एक को एक और चाँटा मारता।
अब मार तब जानूँ–चटाक।
अब मार तब जानूँ–चटाक।
अब मार तब जानूँ–चटाक।
कोई राहगीर उन्हें डाँटकर भगा देता तो दोनों सीधे घर भागते।

थोड़ी देर बाद दोनों के बड़े भाई घर से निकलते और उसी जगह आकर मिलते, जहाँ चटाक-चटाक हुई थी।

एक एक से कहता–तूने मेरे भाई को क्यों मारा?
दूसरा दूसरे से कहता–अपने भाई से जाकर पूछ।

एक एक से कहता—तेरा क्या मूँ नहीं है?

दूसरा दूसरे से कहता—कुत्ते की औलाद।

एक एक से कहता—तू है कुत्ता।

दूसरा दूसरे से कहता—भौं।

एक एक से कहता—भौं।

मेरे एक दोस्त का कोई भाई नहीं था। इसलिए उसकी बड़ी बहन लड़ने आती थी। वह घर से गालियाँ बकती हुई आती—ठठरी के बंधे, नास के मिटे, गू खाते फिरते हैं। गालियों की झौंक में कभी-कभी वह लड़कों की गालियाँ भी बक देती। लड़के उसे देखकर हँसने लगते और वह शरमाकर भाग जाती। लड़कियों की गालियाँ अलग होती हैं और लड़कों की अलग। जब लड़की और लड़का झगड़कर लौट जाते तो माँएँ निकलतीं। उनके पास गालियों के अलावा लम्बे-लम्बे बाल भी होते।

एक एक से कहती—संभाल के रख अपने पिल्ले को।

दूसरी दूसरी से कहती—हट, कुतिया कहीं की।

वे गालियाँ बकते-बकते एक दूसरे के करीब आती जातीं। दूर से दोनों के पति दौड़े-दौड़े आते और एक दूसरे के सामने ऐसे खड़े हो जाते जैसे अपनी-अपनी पूँछ फुला रहे हों।

एक एक से कहता—बात कुछ ज्यादा ही बढ़ती जा रही है।

दूसरा दूसरे से कहता—बढ़ती जा रही है तो बढ़ जाये।

इस तरह बात बढ़ जाती। बात बढ़कर सीधी थाने में जाकर दम लेती। दम क्या लेती थाने में जाकर दोनों की बोलती बन्द हो जाती। फिर पुलिस ही बात को आगे बढ़ाती और दोनों उसके पीछे-पीछे चलने लगते। बात कभी खत्म नहीं होती, बढ़ती ही चली जाती...

श्री राम जय राम जय जय राम

भाइयो और बहनो

भगवान ने धृतराष्ट्र के पास जाकर कहा कि आधा राज्य पाण्डवों को दे दीजिए इसी में आपकी भलाई है। पर दुर्योधन नहीं माना। तब भगवान ने फिर कहा, चलो भाई आधा राज्य न सही गुजारा चलाने के लिए पाँच-सात गाँव ही दे दो। दुर्योधन बोला—पाँच-सात गाँव तो क्या, सुई की नोंक बराबर जमीन भी नहीं दूँगा। उसे खूब समझाया, पर वह नहीं माना। लातों के भूत बातों से कहाँ मानते हैं। भगवान ने कहा—ठीक है, निपट लो। उनका तो भैया सीधा सिद्धान्त है—

लत्ता मुक्का च घूँसा च मर्दनं मुख भंजनम्।
चार लाठी कमर मध्ये मिटे सकल कुलच्छनम्॥

जब दो लड़ रहे हों और बीच-बचाव करने कोई तीसरा आ जाये तो वे उससे कहने लगते हैं—ज्यादा उपदेश नहीं। कई बार तो वे अपनी लड़ाई भूलकर उसी को मारने लगते हैं। इसीलिए आजकल लोग बीच-बचाव में नहीं पड़ते। अरे भाई, ऐसी लड़ाई किस काम, की, जिसका कोई गवाह न हो। कौरव पाण्डवों के बीच खुद भगवान थे, इसीलिए उसे धर्मयुद्ध कहा गया। अब तो सब जगह लौंचा-चींथी मची हुई है। कोई देखने वाला नहीं है।

भगवान—कोर्ट कचहरी के चक्कर में पड़ते तो पहला सामना उनका पटवारी महाराज से होता। इतने बड़े राज का नक्शा तो दूर उन्हें अपने गोकुलग्राम का नक्शा लेना मुश्किल हो जाता और कहीं पता चले कि पटवारी तो दुर्योधन से जाकर मिल गया है तो और मुसीबत। भगवान तो खुद पटवारियों के पटवारी हैं। वे चाहते तो पूरी धरती पाण्डवों को दे देते। लड़ाई झगड़े की जरूरत क्या थी। पर भैया इस दुनिया में बिना लड़े गुजारा नहीं होता। बस शर्त एक ही है कि लड़ाई असली होनी चाहिए। दूध का दूध—पानी का पानी।

भगदान राजा बलि के यहाँ गये और तीन पाँव में पूरी धरती नाप ली। राजा बलि ने उन्हें आज तक नोटिस नहीं दिया। सच बात तो ये है कि ऐसा कौन वकील है जो भगवान के खिलाफ केस दायर कर सके। लड़ने की बात तो बहुत दूर की है। भगवान को देखा किसने है। बिरले ही हैं जो उसे देख पाते हैं। तुलसीदास जी कहते हैं—

> बिनु पद चलइ सुनइ बिनु काना। कर बिनु करम करइ विधि नाना॥
> आनन रहित सकल रस भोगी। बिनु बानी बकता बड़ जोगी॥
> तन बिनु परस नयन बिनु देखा। ग्रहइ घ्रान बिनु बास असेषा॥
> असि सब भाँति अलौकिक करनी। महिमा जासु जाइ नहीं बरनी॥

इस चौपाई को सुनकर एक वैज्ञानिक ने कहा—क्या आपके ब्रह्म को लकवा मार गया है? ये तो पैरालिसिस के सिम्प्टम्स् हैं! इन वैज्ञानिकों और वकीलों का ये हाल है कि ये अलौकिक को मानते ही नहीं हैं। इनके लिए सब कुछ लौकिक है। इन्हें हर चीज का सबूत चाहिए। जज आखिर में यही कहता है कि मुजरिम को पकड़ के लाओ हम उसे सजा सुनायेंगे। वकालत का सारा दारोमदार मुजरिम पर है। असली नहीं तो नकली पकड़ के लाओ। बिना मुजरिम के केस चल ही नहीं सकता। अगर लोग जुर्म करना बन्द कर दें तो जितने वकील हैं, सब भूखे मर जायें। बिना वकीलों की दुनिया बन जाये तो मजा आ जाये। अरे जिन वकील वैज्ञानिकों ने उसे देखा ही नहीं वे उसके बारे में पढ़ायेंगे क्या खाक!

मुझे एक कहानी याद आई–एक थे पढ़ा। एक थे लिखा और एक थे समझा। पढ़ा पढ़ते रहते, न लिखते न समझते। लिखा लिखते रहते, न पढ़ते न समझते और समझा समझते रहते, न पढ़ते न लिखते।

एक दिन पढ़े ने कहा–मैंने ये पढ़ा है, वो पढ़ा है।

लिखा बोला–मैंने तो इसे नहीं लिखा है।

समझा ने कहा–मैं सब समझता हूँ।

एक दिन लिखे ने कहा–मैंने ये लिखा है, वो लिखा है।

पढ़ा बोला–मैंने तो नहीं पढ़ा है।

समझा ने कहा–मैं सब समझता हूँ।

एक दिन समझा बोला–मैंने सब समझ लिया है।

लिखे ने पूछा–तुमने जो समझ लिया है, क्या वो मैंने लिखा है।

पढ़े ने कहा–मैंने तो नहीं पढ़ा है।

बन्धुओ परीक्षित को तो अपनी पैरवी करने के लिए सात दिन में पूरी वकालत पढ़ना थी। सात क्या छह ही दिन में पढ़ना थी। सातवें दिन तो वे टें बोल जायेंगे, यह वकालत एक तोते ने उन्हें पढ़ायी थी। ऐसी वकालत कि संसार की सबसे बड़ी अदालत में वे अपना केस खुद लड़ सकें। सबको अपना-अपना केस खुद ही लड़ना पड़ता है। कोई वकील, वैज्ञानिक काम नहीं आते। यह कोई मामूली तोता नहीं था जो किसी की मिर्च देखकर चोंच बढ़ाये, किसी की दी हुई दूध-रोटी खाये। पिजरे में कैद होकर गालियाँ देना, उसने नहीं सीखा था।

तोते के पिता ने उसके जन्म से पहले यह कामना की थी कि उसका बेटा ऐसा हो जो किसी भी पिंजरे में कैद न किया जा सके। इस तोते का जन्म कैलाश पर्वत पर हुआ था–

एक समय की बात है भगवान शिव और पार्वती कैलाश पर्वत पर रमण कर रहे थे। पार्वती ने शिव से पूछा–आत्म तत्व का रहस्य क्या है? अमरत्व कैसे प्राप्त होता है। शिव ने कहा–यह बहुत गूढ़ विषय है इसे फिर कभी कहेंगे। पर पार्वती ने हठ किया। वे नहीं मानीं। तब शिव ने कहा–यह रहस्य हम तुम्हें बताते हैं, किन्तु एक शर्त है कि मैं बोलता जाऊँगा और तुम उत्तर में हाँ कहती जाना। शिव ने एक जोर की चुटकी बजायी। चुटकी की आवाज सुनकर आसपास के सारे चेतन प्राणी डर के मारे भाग गये। शिव-पार्वती जिस पेड़ के नीचे बैठे थे उसकी खोखल में एक तोते का अण्डा रखा था। चुटकी की आवाज से वह फूट गया और छोटे से शुकदेव जी का जन्म हुआ। वे उड़ नहीं सकते थे, सो वहीं बैठे रहे।

शिव ने एकान्त जानकर अमरता का रहस्य खोलना शुरू किया। पार्वती

बात-बात पर हाँ कहती जातीं। जब शिव पूरा रहस्य खोल चुके तो उन्होंने देखा कि पार्वती सो गयी हैं। उन्हें आश्चर्य हुआ कि यह हामी कौन भर रहा था। वे चारों तरफ देखने लगे। सब जगह निर्भय एकान्त था। अचानक तोता उड़ा—एकान्त का भ्रम टूटा। शिव ने देखा तोता अमर हो गया। उन्होंने अपना त्रिशूल उसकी ओर फेंका। शुक आगे-आगे और त्रिशूल पीछे-पीछे...

तोता उड़ता जा रहा था। उड़ते-उड़ते सुबह होने लगी। रास्ते में उसे एक आश्रम दिखा। जब तोता आश्रम के ऊपर से गुजर रहा था उसी समय ऋषि की पत्नी ने बाहर आकर जमुहाई ली। तोता उनके मुँह में घुसकर गर्भ में छिप गया। शिव का त्रिशूल ऋषि पत्नी पर वार नहीं कर सकता था सो लौट गया। यह तोता दस वर्ष तक गर्भ में छिपा रहा। जब उसका जन्म हुआ तो उसने अपने माता-पिता को मुड़कर भी नहीं देखा। उसने जन्म लेते ही दौड़ लगा दी।

परीक्षित ने शुकदेव जी से पूछा—महामुनि, जिसकी धारणा की जाती है, उसका स्वरूप क्या है?

शुकदेव जी बोले—परीक्षित, इन्द्रियों पर विजय प्राप्त करके बुद्धि के द्वारा मन को भगवान के स्थूल स्वरूप में लगाना चाहिए। सारा विश्व जो कुछ कभी था, अभी है या आगे होगा वही भगवान का स्थूल और विराट शरीर है। जल, अग्नि, वायु, आकाश, अहंकार, महत्तत्व और प्रकृति—इन सात आवरणों से घिरे इस शरीर में जो विराट पुरुष स्थित है, वह ही धारणा का आश्रय है और उसी की धारणा की जाती है। तत्व को जानने वाले लोग उसकी इस प्रकार कल्पना करते हैं—

उसके तलवे पाताल हैं, पंजे रसातल हैं, एड़ी की गाँठें महातल, पिंडलियाँ तलातल, घुटने सुतल, जाँघें वितल और अतल, पेट भूतल और उसकी नाभि आकाश है। उसकी छाती ही स्वर्गलोक है। गले में महर्लोक, मुँह में जनलोक और ललाट में तपलोक है। उसका मस्तक ही सत्यलोक है। उसकी दोनों आँखें अंतरिक्ष हैं। दोनों पलकें रात और दिन हैं। यम उसकी दाढ़ें हैं। इन्द्रियाँ ही दसों दिशाओं में फैली हुई भुजाएँ हैं।

उसकी मोहनी माया ही उसकी मधुर मुस्कान है। यह जगत् उसी माया का इशारा है। जिसका ऊपर का होंठ लज्जा और नीचे का होंठ लोभ है। धर्म स्तन हैं। अधर्म पीठ है। समुद्र उसकी कोख है और पहाड़ उसकी अस्थियाँ हैं। उसकी नाड़ियाँ ही सारी नदियाँ हैं। वृक्ष रोम हैं। उसकी साँस ही वायु है। काल ही चाल है। गुणों का गुणों में बरतना ही उसका कर्म है। बादल उसके बाल हैं और सन्ध्या उसका अनन्त वस्त्र है। स्वभाव ही उसका हृदय है और मन चन्द्रमा है।

बन्धुओ, बड़े भाग से यह मनुष्य शरीर मिलता है, इसी में सब कुछ भरा है। अब किसी को समझ में न आये तो यही कहना पड़ता है कि गोबर भरा है। आँखों पर परदा पड़ा है और कहते हैं कि मेरी दोनों आँखें अन्तरिक्ष हैं! अरे भैया, पहले मोतियाबिन्द का इलाज तो करवा लो। सब साले अंधे धृतराष्ट्र की तरह कुर्सी पर बैठे हैं। किसी को कुछ दिखायी नहीं देता। धरती तो धरती, आसमान तक में धमा-चौकड़ी मची हुई है। अन्धों को राज सौंपकर सब उनकी जी हुजूरी कर रहे हैं। कमर झुकी जा रही है, विराट पुरुष की और मोहिनी माया का हाल–तौबा ये मतवाली चाल। वह फिल्म की हसीना बन गयी है। ब्यूटी पार्लर के यहाँ बैठी अपनी भौहें नुचवा रही है। अपने धर्म रूपी स्तनों से बच्चों को दूध पिलाना उसने बन्द कर दिया है। अब वह डिब्बे का दूध पिलाती है। बादलों जैसे उसके केश झड़ जाते हैं तो नकली बाल लगवा लेती है। बड़े-बड़े शहरों में तो ये हाल है कि उसका सन्ध्या रूपी अनन्त वस्त्र रोज शाम को उतारा जाता है। वह नंगी हुई जा रही है। हर चौराहे पर उसकी नंगी तस्वीर लटक रही है। लोग उसके नाम पर तेल-साबुन बेच रहे हैं। वह खुद भी बिक रही है। समुद्र जैसी उसकी कोख में गंदी नालियों का पानी बह रहा है। शेर पर बैठी उस सबसे सुन्दर नारी को हमने गीदड़ों के बीच छोड़ दिया है। वह चीख रही है। कराह रही है। कोई उसकी सुन नहीं रहा है। पुरुष जुए में सब कुछ हारता चला जा रहा है। दुश्शासन उसे बारूद के ढेर की तरफ खींच रहा है। ये बारूद का ढेर ही दुर्योधन की जाँघ है। वह पुकार रही है, कोई नहीं आ रहा है। वह जल रही है, कोई नहीं बुझा रहा है उसकी आग। एक दिन वह समुद्र में डूबकर आत्महत्या करेगी।

तुलसीदास जी कहते हैं–

जड़ चेतन गुण दोष मय विश्व कीन्ह करतार।
संत हंस गुन गहहिं पय परिहरि बारि बिकार॥

उपजहिं एक संग जगमाहीं। जलज जोंक जिमि गुन बिलगाहीं॥
सुधा सुरा सम साधु असाधू। जनक एक जग जलधि अगाधू॥
भल अनभल निज निज करतूती। लहत सुजस अपलोक बिभूती॥
सुधा सुधाकर सुरसरि साधू। गरल अनल कलिमल सरिब्याधू॥
गुन अवगुन जानत सब कोई। जो जेहि भाव नीक तेहि सोइ॥
भलऊ पोच सब विधि उपजाए। गनिगुन दोष वेद बिलगाये॥
कहहिं वेद इतिहास पुराना। विधि प्रपंचु गुन अवगुन साना॥

धूम कुसंगति कारिख होई। लिखिअ पुरान मंजु मसि सोई॥
सोई जल अनल अनिल संघाता। होई जलद जग जीवन दाता॥

ग्रह भेषज जल पवन पट पाई कुजोग सुजोग।
होहिं कुबस्तु सुबस्तु जग लखहिं सुलच्छन लोग।
सियावर रामचन्द्र जी की जय

आज यहीं विराम देते हैं। आगे की कथा कल कहेंगे...

माँ की मृत्यु! यह कैसी वेदना है। सोचता हूँ कि न जाने कितनी सदियों पहले किसी ने अपने जीवन के समग्र अर्थपूर्ण क्षण में यह शब्द उच्चरित किया होगा—माँ। एक सम्पूर्ण अभिव्यक्ति-अभिव्यक्तियों का उद्‌गम। यही एक शब्द है जो समूची पृथ्वी को, उस पर फैले प्रेम, अन्याय, घृणा को अपने भीतर छिपा सकता है। माँ भी इसी शब्द में छिप गयी होगी।

जैसे एक उजड़ता हुआ पूरा का पूरा गाँव शहर की ओर भागता है; पिता भी शहर की पाठशाला में आ गये। यह बुनियादी परिवर्तन माँ की मृत्यु के बाद हुआ।

पिता ने देहात के स्कूल की मास्टरी चुनी थी, उन्हें गाँवों से गहरा लगाव था। वे अपनी नियुक्ति किसी ऐसे गाँव में करवा लेते, जहाँ गाँव वाले बच्चों को पढ़ाना पसन्द न करते हों, जहाँ स्कूल की इमारत न हो। पिता गाँवों में रहकर उनके दृश्य चित्र रचते और चौपालों में उन्हें गा-गाकर सुनाते। दिन-रात गाँव वालों को प्रेरणाओं से भरते, वे कभी न थकते। उन दिनों देश में नयी तालीम की नींव पड़ रही थी। नये प्रधानमंत्री नये विकास की जोत जगा रहे थे। गाँव-गाँव तक नयी सड़कें पहुँच रही थीं, लेकिन पिता के भीतर एक सूनी उजाड़ पगडण्डी थी, जिसे वे पार करते हुए रोज स्कूल से घर लौटते थे।

शाम के धुंधलके में तुलसी के बिरबे से झाँकती आरती के दीये की पीली रोशनी—जिसके आलोक में उनकी परछाईं हिलती रहती और वे स्तब्ध बैठे रहते। हम भाई-बहनों की परछाइयाँ पूरे घर में ठुमकती रहतीं। अचानक शाम को माँ की आवाज घर में गूँजने लगती—भए प्रगट कृपाला दीनदयाला कौशल्या हितकारी—हम सब हाथ जोड़कर तुलसी के पौधे के सामने खड़े हो जाते। हमारी नीयत शक्कर की चिरोजियों पर लगी रहती जो प्रसाद के रूप में माँ के सामने कटोरी में रखी रहतीं। माँ के एक गहरे उच्छ्वास से आरती समाप्त होती—विप्र धेनु सुर सन्त हित लीन्ह मनुज अवतार। निज इच्छा निर्मित तनु माया गुन गोपार। यह आरती गाते हुए माँ की आँखें भर आतीं। आँखों के पानी में दीये के अनगिन झिलमिल प्रतिबिम्ब दिखते—कामना से भरी आँखें ऐसी ही होती होंगी—आँखें इतनी भर जाती थीं कि दो-चार आँसू प्रसाद की कटोरी में रोज गिर जाते थे। धीरे-धीरे मद्धिम होती दीये की लौ पूरे घर को खालीपन से भरने लगती और हमारी आँखें नींद से भारी होने लगतीं।

सुबह माँ ही सबको जगाती थीं। वे मेरा नाम लेकर पिता को पुकारती थीं। पिता यह सोचकर कि वे तो मुझे जगा रही हैं, उठते नहीं थे और मैं यह सोचकर कि वे तो पिता को जगा रही हैं; उठता नहीं था। मैं सोता रहता और मेरे नाम का शोर सुनकर पूरा घर जाग जाता था।

वे हमेशा मेरा नाम लेकर ही पिता को बुलाती थीं और मैं अपना खेल छोड़कर भागा-भागा उनके पास चला आता था। इतनी देर में बहनें मेरा सारा खेल बिखरा देती थीं। इस पर मुझे चिढ़ होती और माँ मुझे देखकर हँसने लगतीं।

मुझे ऐसे मौके पर उन राधेश्याम जी की याद आती जो सीताराम कहने से चिढ़ते थे। मुहल्ले के सारे बच्चे उन्हें सीताराम सीताराम कहकर चिढ़ाया करते थे और वे बच्चों को मारने दौड़ते थे। सुबह से शाम तक यह कीर्तन चलता रहता। मैंने दादी

से पूछा—ये सीताराम कहने से चिढ़ते क्यों हैं?

दादी बोली—वे चिढ़ते नहीं हैं, चिढ़ने का बहाना करते हैं, जिससे कि लोग बार-बार भगवान का नाम लें। राधेश्याम जी से तो कोई पूछ भी नहीं सकता था कि आप सीताराम कहने से चिढ़ते क्यों हैं, क्योंकि सीताराम कहते ही वे मारने दौड़ पड़ते थे। मैंने माँ से कई बार पूछा कि वे पिता को बुलाने के लिए मेरा नाम क्यों लेती हैं। इस बात का कोई उत्तर वे मुझे कभी नहीं दे पायीं।

दादी भी बब्बा को मेरा नाम लेकर पुकारती थीं। मैंने बब्बा से पूछा—दादी आपको मेरा नाम लेकर क्यों बुलाती है?

बब्बा बोले—पत्नियाँ अपने पति का नाम नहीं लेतीं।

मैंने कहा—क्यों नहीं लेतीं।

यह बहस का विषय नहीं है—बब्बा बोले।

मैंने कहा—वे मेरा ही नाम क्यों लेती हैं, किसी और नाम से आपको क्यों नहीं पुकारतीं। कुछ भी रख लें आपका नाम। पिताजी को बुलाना हो तो मेरा नाम। आपको बुलाना हो तो मेरा नाम। क्या एक ही नाम से सबको बुलाया जा सकता है?

बब्बा बोले—हर स्त्री अपने पति को पुत्र के रूप में एक बार फिर जन्म देती है। वह अपने पति को एक नये रूप में पाती है, जिस रूप में पाती है, उसी के नाम से उसे बुलाती है। हमने तुम्हें अपने पुत्र के रूप में ही तो पाया है, इसीलिए दादी मुझे तुम्हारे नाम से बुलाती है और तुम्हारी माँ—उसने तो तुम्हें जाया है।

नयी माँ भी पिता को मेरे ही नाम से बुलाती थीं। नयी माँ को देखता हूँ तो पाता हूँ कि वे जन्म देने के भाव से भरती जा रही हैं। उनकी ओट में कोई छिप गया है जो उनके चेहरे से झाँकता है। वे सहमी-सहमी-सी रहती हैं। रोज रात को चौंककर जाग उठती हैं। कोई उन्हें झकझोरता है। वे बताने से कतराती हैं। मैंने उनसे पूछा—आप इतना डरती क्यों हैं? वे बोलीं—किसी से कहना नहीं; तुम्हारी माँ मुझे रोज सपने में दिखती हैं। जब वो मुझे छूने लगती हैं तो मैं काँप जाती हूँ।

नयी माँ को भय था कि माँ का भूत उनके पीछे पड़ा है। कई झाड़-फूँक करने वाले बुलाये गये, गण्डे-ताबीज बाँधे गये, जिनका कोई असर नहीं हुआ। समय बीतता गया; ऐसे बीतता गया कि सारे भ्रम व्यर्थ हुए।

एक रात इस डरावनी पीड़ा का अन्त हुआ। हम भाई-बहनों को पता चला कि हमारा एक और भाई इस दुनिया में आया है। उस रात के बाद नयी माँ को हमारी माँ दिखाई नहीं दी। बाद में एक और बहन का जन्म हुआ। अब कुल को बढ़ाने के लिए तीन भाई थे।

हर साल ढलते भादों की दोज को हमारे घर में कुल देवता की पूजा होती थी—अपने ही हाथों की पूजा। देवता के प्रतीक अपने ही हाथ। बब्बा अपने दोनों हाथों में हल्दी और घी चुपड़कर उनके छापे घर की किसी दीवाल पर उतार देते थे। वे काँपते

हुए अपने दोनों हाथों को दीवाल पर ऐसे जमाते, जैसे उसे गिरने से रोक रहे हों। जब वे हाथों को हटाते तो चूने की पपड़ी उनकी गदेलियों में चिपक जाती। एक साल तो हम बहुत परेशान हुए छापे उतरते ही नहीं थे, हर जगह दीवालों की पपड़ी उधड़ती थी। बब्बा छापे लगाते-लगाते थक गये। बड़ी मुश्किल से एक अँधेरे कोने में छापे अंकित हो पाये—अस्पष्ट धुँधले छापे; जिनमें कुल देवता के हाथ की एक अँगुली गायब थी। आयु रेखा नहीं थी। भाग्य रेखा पर चूने की पपड़ियाँ उधड़ रही थीं। मस्तिष्क रेखा के ठीक बीचों-बीच दीवाल का एक कंकड़ निकल जाने से गड्ढा हो गया था। इस पूजा में घी की जोत जलायी जाती थी—कुल की जोत—जिसे बहनें नहीं देख सकती थीं। कुल देवता की पूजा में पुरुष ही शामिल होते थे।

दोज की उस दोपहर मैंने एक भयानक सपना देखा—हम भाइयों ने अपने-अपने हिस्से की धरती बाँट ली है और बहनें धरती के बाहर खड़ी दस्तक दे रही हैं, ठंड में ठिठुर रही हैं। मैं चौंककर उठ बैठा। बाहर भादों की झड़ी लगी थी। दोनों बहनें आँगन में भीग रही थीं और छोटा भाई उन्हें अपनी छतरी में नहीं आने दे रहा था—बहनें—भाई और बारिश आपस में झगड़ रहे थे।

दोनों बहनों को झगड़ा किये बिना नींद नहीं आती थी जैसे लड़ाई नींद की गोली हो। झगड़ा शान्त होने पर एक पूरब की ओर करवट लेती, दूसरी पश्चिम की ओर। जब दोनों सो जातीं, मैं रूठी हुई बहनों की चोटियाँ आपस में बाँध देता—रंगबिरंगी रिबनों में बँधा एक पवित्र संधि पत्र, एक निश्चिन्त नींद मैं रोज देखा करता।

सबेरे बड़ी वाली पहले उठती थी। वह जैसे ही उठती उसकी चोटी खिंचती, वह पलटकर छोटी को एक चाँटा जड़ती। पलटने में चोटी और खिंच जाती। छोटी वाली जैसे ही बड़ी की ओर पलटती—दोनों के सिर आपस में टकरा जाते और सुबह का आलार्म बजने लगता। इस आलार्म में दो छोटे भाई-बहनों की आवाजें भी शामिल हो जातीं।

रजाई में मुँह ढाँके पिता के उपदेश प्रसारित होने लगते—बच्चों को सबेरे फूल की तरह खिलकर उठना चाहिए। जो जागत है सो पावत है जो सोवत है सो खोवत है, आराम हराम है। फिर अचानक वे कुछ गुनगुनाने लगते जैसे मार्चिंग साँग गा रहे हों। रोज हमारे घर में सुबह ऐसे ही होती थी। हम परिवार की मशीन में छोटे-छोटे कल पुरजों की तरह अपने-अपने काम में जुट जाते।

बहनों का भविष्य तो किसी और परिवार में था। वे हमारे घर में दूर देश से आये उन पंछियों की तरह थीं, जिनका अपना कोई बसेरा नहीं था। वे कुछ देर हमारे कंधों पर बैठकर किसी अज्ञात दिशा में उड़ जायेंगे। वे तो हमारे आँगन में कुछ देर के लिए दाना चुगने आ गये हैं।

बहनों को सबेरे-सबेरे बहुत भूख लगती थी। माँ उन्हें रात का बचा हुआ चाँवल और बासी रोटियाँ खाने को दे देतीं। उसे खाकर वे चूल्हे चौके के काम में लग जातीं।

उन्हें इस होमसाइन्स में दक्ष होना ही था, अन्यथा दादी की तरह उनके हाथ भी गर्म तवे पर रख दिये जायेंगे।

घर के काम-काज से फुर्सत होकर वे स्कूल चली जातीं और शाम को कंधे उचकाती खुशी-खुशी घर लौटतीं। उनकी बालभारती में वे सारे पाठ थे, जो उन्हें समाज में कन्धे से कन्धा मिलाकर चलने की प्रेरणा से भरते थे। पर अपनी गृह भारती में आते ही वे एक सहमी-सी पत्नी बनने की दीक्षा पाने लगतीं। बालभारती और गृहभारती के बीच झूलता उनका जीवन—जैसे कोई चिड़िया अपनी पूरी उड़ान भरने से पहले ही थक गयी हो।

वे थकते-थकते बड़ी हो गयीं। घर से विदा होते समय उनके उज्ज्वल चेहरे पर एक लम्बी थकान की छाया थी। घर से बाहर कदम रखते ही वह दिखी और खो गयी। वे दोनों बारी-बारी से घर छोड़कर चली गयीं। उनकी बिदा के समय उलटे बाजे बज रहे थे। अशुभ के संकेतों जैसी ध्वनियाँ हमारे घर में गूँज रही थीं। ये बाजे मैंने माँ की मृत्यु के समय सुने थे। माँ की अरथी के आगे-आगे यही बेसुरापन गूँज रहा था।

मैंने दादी से पूछा—ये बाजे यहाँ क्यों बज रहे हैं।

दादी बोली—बेटा, ये उलटे बाजे हैं। लड़की की विदा के समय बजाये जाते हैं। लड़कियाँ पराये घर की होती हैं न। जब वे हमारे घर से जाने लगती हैं, तब हम यह सोचकर संतोष कर लेते हैं कि वे हमारे लिए मर चुकी हैं। इस तरह दोनों बहनें मर गईं...

पिता के चेहरे पर तपता हुआ सन्नाटा झाँय–झाँय करता रहता। उनका चेहरा तालाब के टूटे हुए किनारों पर पड़े पत्थरों की तरह लाल होकर चिलकता। पास जाओ तो गर्म लू के झोकों जैसी उनकी साँसें चलती रहतीं। हम उनसे दूर होते जा रहे थे जैसे टूटे हुए किनारे से दूर अपने ही वृन्त पर मुरझाए कमल के फूल...

जब तक ऊँचाई बढ़ती रही हमारे नये कपड़े छोटे पड़ने का किसी को दुःख नहीं हुआ और नये कपड़े पहनाने का मन हुआ। अब ऊँचाई एक जगह रुक गयी है तो कपड़े फटने का दुःख होता है; डाँट पड़ती है। रूठ जाने पर अब कोई मनाता भी नहीं। देर तक प्रतीक्षा करने के बाद हम ही मान जाते हैं।

बिरले ही होते हैं जो अपना पिछला जन्म याद रख पाते हैं। पिता अपना पिछला जन्म भूलते जा रहे थे। उनका एक और जन्म हो गया। उन्हें नया नाम मिला। नयी माँ उन्हें नये नाम से बुलाती हैं। मुझे बुलाने पर अब मैं ही उत्तर देता हूँ। रोज शाम को मुझे दोस्त बुलाते हैं। मैं घर से बाहर निकलता हूँ। जब घर लौटता हूँ तो मन होता है कि अपना नाम लेकर दरवाजा खटखटाऊँ, जोर-जोर से अपने लिए बुलाऊँ; घर के भीतर से खुद आकर अपने लिए दरवाजा खोलूँ। प्रतीक्षा करते-करते बहुत देर हो जाती है। मैं घर के भीतर प्रवेश नहीं कर पाता। मेरी आवाज की प्रतिध्वनि भी मुझ तक नहीं लौटती। कितना अच्छा होता कि एक बुलाती हुई आवाज घर के भीतर जाती और एक आती हुई आवाज झट से दरवाजा खोलती।

कभी-कभी शक होता है कि आवाज घर तक नहीं पहुँचती। दीवालों की बाहरी सतह से टकराकर पलस्तर की तरह झर जाती होगी। पुराने घरों की दीवालों को देखकर लगता है कि कितनी सारी आवाजें दस्तक दे चुकी हैं। जब हमारा घर नया था और पिता नयी-नयी गृहस्थी जोड़ रहे थे, तब घर के किसी भी कमरे में धीरे से बोलो तो जोर से आवाज गूँजती थी। हर कमरे की दीवार में मन्दिरों जैसे छोटे-छोटे आले थे। वे घर की चारों दिशाओं में तीर्थों की तरह लगते थे। आलों के सामने खड़े होकर हम गाना गाते थे। हमारी आवाज मीठी होकर गूँजती और दुगनी होकर हमारे पास वापस आती थी।

आले धीरे-धीरे भरते गये। दीवालों और जमीन पर चीजों ने अपनी जगह बना ली। जब जगह कम पड़ने लगी तो छप्पर के नीचे और सिर के ऊपर सामान रखने के लिए जगह निकाल ली गयी। घर भीतर से भारी हो गया। बाहर सड़क पर खड़े होकर देखो तो कुछ झुका-झुका-सा लगता है। पिता जब घर से बाहर निकलते हैं तो कुछ झुके-झुके से लगते हैं। वे दीवालों की तरफ देखकर कहते—जब तुम्हारी नौकरी लग जाये तो मकान की मरम्मत करवा देना, यह पुरखों की दी हुई छाया है, इसे बनाये रखना। उनकी बातें सुनकर मैं दीवालों की तरफ देखने लगता।

दीवालों पर पुराने कैलेण्डरों और कपड़े टाँगने की खूटियों के बीच दादों-परदादों की तस्वीरें टँगी हैं जो छप्पर से टपकती बारिश को अभी भी झेल रहे हैं। तस्वीरों पर फफूँद के धब्बे हैं। सोचता हूँ कि इन तस्वीरों पर लगी फफूँद का अध्ययन किया जाये तो किसी भयानक रोग की दवाई का आविष्कार हो सकता है। काश घर को परखने

की प्रयोगशाला घर में ही होती! सब रसायन घर में ही मौजूद होते।

नये साल के कैलेण्डर में फिर वही तस्वीर है जो न जाने कब से उस पर छपती चली आ रही है। वही बारह खानों में विभाजित तीस की गिनती। वही तीन सौ पैंसठ दिनों में विभाजित पूरा साल। दीवाल पर टँगी-टँगी ये तारीखें सदी हो जाने का स्वप्न देखती रहती हैं। एक घटनाहीन तारीख सबेरे-सबेरे क्यों आ जाती है। वह पूरा दिन पूरी रात क्यों नहीं गुजर जाने देती। काश हर तारीख का एक अलग कैलेण्डर होता, जिसे हम दूसरे दिन देखते और एक दिन ऐसा आता कि नयी तारीख को देने के लिए हमारे पास अंक न होते।

इस तीस की गिनती में आसानी नहीं है। वही एक तारीख की खुशी और पच्चीस तारीख का भारीपन। एक ही अनुभव जो बार-बार दुहराया जाता है। पच्चीस तारीख को ही एक तारीख की प्रतीक्षा में पाँच ऊबी हुई सुबहें और पाँच हताश संध्याएँ। पाँच दिनों में कितना समय बीत जाता है—आदमी बूढ़ा हो जाता है। सपने देखता है और वे टूट जाते हैं। लोग घर छोड़कर चले जाते हैं। बटवारा हो जाता है। तलाक हो जाता है। घर की दो ईंटें ढीली पड़ जाती हैं। पाँच खपरे और फूट जाते हैं। जूते और घिस जाते हैं। चीजों की पालिश उतर जाती है। जरूरत बढ़ जाती है। सोचने का तरीका बदल जाता है। आदमी पागल हो जाता है—तब कहीं आती है वह निश्चित अंकवाली पहली तारीख।

पिता हर पहली तारीख को अपनी जेब में एक संख्या रखकर घर लौटते हैं और यह संख्या घर आते ही घटने लगती है। वे हर महीने इस संख्या को किसी इच्छित अंक पर रोक लेना चाहते हैं। वे हर महीने इसी इच्छा को इसी इच्छा में जोड़ते जाना चाहते हैं। पर हर बार इच्छित अंक बदल जाता है उसमें से कुछ और घट जाता है इच्छा और छोटी हो जाती है। वे किसी और अंक पर रुक जाना चाहते हैं, पर उसमें से भी कुछ घट जाता है, इच्छा और छोटी हो जाती है। छोटी होते-होते यह इच्छा शून्य में भटकती है, जहाँ कोई अंक नहीं जो पिता के खाते में दर्ज हो सके।

पिता ने वह दिन कभी नहीं जिया जिस दिन वे हैं। वे हमेशा वह दिन जीते रहते हैं, जिस दिन वे होंगे। उनकी इच्छाओं के शून्य में मैंने उनकी इस तिथि का उदय कभी नहीं देखा। मेरी अँगुली धीरे-धीरे उनके हाथों से छूट रही थी। मैं पसीने से भरी पिता की मुट्ठी में अपनी फिसलती हुई अँगुली महसूस कर सकता था।

दो हाथ थे—एक पिता का और एक बब्बा का। पिता के हाथ से मेरी अँगुली छूट रही थी और बब्बा मेरा हाथ पकड़कर चलते थे। वे एक हाथ में मेरा हाथ पकड़े रहते और दूसरे हाथ में लकड़ी की छड़ी। इस तरह मेरे तीन हाथ हो जाते। दो हाथ बब्बा को थमाकर एक हाथ में झोला भी पकड़ लेता था। कभी-कभी जब सामान ज्यादा होता तो बब्बा अपना हाथ मेरे कंधे पर रख लेते और मैं दूसरा झोला भी पकड़ लेता था, इस तरह मेरे चार हाथ हो जाते थे। अगर शंकरजी गणेशजी को साथ लेकर

बाजार जायें तो बहुत सारा सामान आ सकता है—मैं सोचा करता।

हाथों में जो कुछ है, उसे हम कभी नहीं देख पाते; जो नहीं है उसे खोजते फिरते हैं। पिता हमेशा अपने हाथों में धनरेखा खोजते फिरते थे और बब्बा खोजते थे सन्तान रेखा। इन दो पटरियों में एक खोई हुई यात्रा थी। ये रेल की पाँतें अभी तक बिछ नहीं सकी थीं। टेढ़े-मेढ़े अंधेरे ऊब भरे गलियारों-सी वे बब्बा और पिता के हाथों से ओझल थीं। दो हाथों में दो रास्ते थे। हम दोनों रास्तों पर भटकते थे, उन चूजों की तरह जो घोंसले से गिरकर कहीं नहीं पहुँच पाते। हम ही उन्हें उठाकर फिर घोंसले में रख देते हैं, किसी तरह उनकी जान बचाये रखते हैं।

छत के एक कोने में चिड़ियों ने घोंसला बनाया था। वे अपने अण्डे सेतीं और कौए आकर उनके अण्डे खा जाते। कभी लेकर भागते तो वे आँगन में गिरकर फूट जाते। एक पीला शान्त द्रव सफेद खोल से निकलकर बहने लगता। उसमें बहते चिड़िया के पाँव, उसके पंख, उसकी चोंच—निःशब्द। दादी कौओं को धुतकारती और कहती—काना कौआ।

कुँआर के महीने में छत पर खड़े होकर बब्बा कौओं को बुलाते थे। उन्हें पूड़ी खिलाते और फिर खुद खाते। परमा (प्रतिपदा) से अमावस तक रोज यही होता। हर एक तिथि हमारे किसी पितर की स्मृति होती। उस दिन पितर को पानी दिया जाता। पितर कौआ बनकर हमारी छत पर आते। अपने हिस्से की पूड़ी खाते और चिड़िया के घोंसले से एकाध अण्डा भी उठा ले जाते। पन्द्रह दिनों में पूरे स्वर्गीय वंश को पानी मिल जाता। पितर तृप्त हो जाते। बब्बा इन दिनों को करये (कड़वे) दिन कहते थे। वे इन दिनों कई बार रो लेते थे—कभी अपने पिता की याद में, कभी अपनी माँ की याद में, कभी बड़े भाई की याद में। उनकी आँखों से पानी बनकर बहती एक वंश-छवि हम हर साल देखा करते जो बब्बा के गालों पर आकर सूख जाती थी; चेहरे की झुर्रियों में विलीन हो जाती थी।

करये दिन बीत गये। आश्विन का शुक्ल पक्ष शुरू हुआ। बब्बा ने पिता को बुलाकर कहा—तुमने कभी सोचा है मेरे मरने के बाद मुझे पानी कौन देगा। पिता ने विह्वल होकर कहा—मैं दूँगा मैं; और कौन दे सकता है। मुझे मेरे बच्चे देंगे। यह सुनते ही पूरे घर में पानी के छोटे-छोटे सोते फूट निकले, ऐसी बाढ़ मैंने पहले कभी नहीं देखी थी। उदास मुरझाये चेहरों पर राहत की साँसें और आँसुओं से तर उम्मीद की ठंडी मुस्कराहटें। दो शान्त किनारों के बीच एक छोटी-सी डोंगी में हम सब बैठे थे।

बब्बा ने पिता से कहा—मैं अपना सब कुछ तुम्हारे बच्चों को दे देना चाहता हूँ। पिता चुप रहे, उन्होंने बब्बा से कुछ नहीं कहा। बस एक लम्बी साँस ली जैसे बिजली के एक धनात्मक तार के समानान्तर खींचा गया एक न्यूट्रल तार। दो रेखाएँ सीधी हो गयीं—दो पटरियाँ—जिन पर हमारी रेलगाड़ी आकर खड़ी हो गयी—बब्बा इंजन में बैठे, पिता गार्ड बने और हम सब सवारियाँ।

रोज रेल की सीटी सुनायी देती। हम दौड़कर छत पर चढ़ जाते और दूर जाती हुई रेल देखा करते। रेल का चलते रहना हमें अच्छा लगता। उसके रुक जाने पर हम दुःखी होते। जब कभी वह रुक जाती तो जोर-जोर से कराहने लगती। उसकी साँसें बहुत तेज चलने लगतीं। पूरे शहर में गूँजती थी उसकी कराह। कभी वह थककर चुप-सी हो जाती। फिर अचानक भभककर अपने में लौट जाती। धीरे-धीरे उसमें गति आने लगती। रेल में बैठो तो लगता है, हम अपने प्रतीक में बैठे हैं। हम और हमारा प्रतीक एक साथ यात्रा पर हैं।

जब यात्रा पर चलते हुए पीछे का दृश्य छूटने लगता है, हम खिड़की के शीशे से अपना मुहँ चिपकाएँ उसे बार-बार देखने की कोशिश करते हैं, पर वह छूटता: ही चला जाता है; फिर हमारी ही एक आह उसे धुँधला कर देती है। शीशे पर एक धुन्ध छा जाती है। पीछे मुड़कर देखते-देखते गर्दन अकड़ जाती है और हम आगे देखने लगते हैं। हम फिर एक दूसरे के सामने होते हैं, फिर एक नया परिचय हमें पाना होता है। प्रतीक का अर्थ और विस्तृत करना होता है।

कुछ लोग पीछे छूटे दृश्य को ही लगातार देखते रहते हैं और आगे के दृश्य से अपनी पीठ किये अँधेरी सुरंग में प्रवेश करते चले जाते हैं। मैं गार्ड के बारे में सोचता हूँ जो सबकी यात्रा से पीठ किये अकेला बैठा रहता है। वह यात्रा में सबके साथ होकर भी किसी के साथ नहीं होता। जब किसी स्टेशन पर गाड़ी रुकती है तो उछलकर बाहर आता है, दो मिनट रुककर पलटकर देखता है और हरी बत्ती दिखाकर फिर पीठ देकर बैठ जाता है।

ड्रायवर कभी नहीं उतरता। वह खूब ध्यान से पीछे मुड़कर देखता है और पलक झपकते गाड़ी आगे बढ़ने लगती है। हम भी पीछे मुड़कर देखते हैं और आगे बढ़ने की प्रतीक्षा करते हैं। कभी-कभी जब बहुत देर तक गाड़ी आगे नहीं बढ़ती, हम डिब्बों में बैठे-बैठे ऊबने लगते हैं। गोलाई पर चलती इस यात्रा को जरा-सी भी देर रोका नहीं जा सकता। मुझे उन सर्कस की लड़कियों की याद आती है जो एक चक्के की सायकिल चलाती हैं। वे जरा भी स्थिर नहीं रह पातीं, लगातार एक गति को पकड़े रहती हैं। उसे टूटने नहीं देतीं। वे आगे बढ़कर पीछे हटकर एक गोलाई पर अपने को साधती रहती हैं।

पहले मैं सोचा करता था कि रेलगाड़ी पूरी धरती का चक्कर लगाकर वापस आती होगी। पर वह तो जिस दिशा से आती है उसी दिशा से वापस नहीं लौटती। वह तो जिस दिशा में जाती है उसी दिशा से वापस लौट आती है। लौटते समय भी गार्ड का डिब्बा पीछे ही रहता है। वहीं आकर और नये डिब्बे जुड़ते जाते हैं। गार्ड का डिब्बा थोड़ा और पीछे खिसक जाता है। लम्बी गाड़ी में वह इतना पीछे छूट जाता है कि प्लेटफॉर्म से बाहर हो जाता है। हम आगे के डिब्बे में बैठकर उसे एक जुगनू की तरह चमकता देख सकते हैं।

हम अपना अपना सामान लेकर अपने-अपने प्लेटफॉर्म पर उतर गये और अलग-अलग शहरों की भीड़ में खो गये। बहनें तो शहर के एक पास वाले छोटे से स्टेशन पर बहुत पहले उतर गयी थीं।

बिना बहनों के पूरी रेल बनती भी नहीं थी। हम दोनों भाई रेल बनाते तो एक इंजन बनता एक गार्ड का डिब्बा। यह भी कोई रेल हुई, जब तक दोनों के बीच खचाखच सवारियों से भरे डिब्बे न हों।

जब कभी किसी प्लेटफॉर्म पर होता हूँ तो मेरे भीतर एक खाली डिब्बों वाली रेल गुजरती है, जो गुजरती ही चली जाती है, समाप्त ही नहीं होती। मैं प्रतीक्षा करता रहता हूँ उस अंतिम डिब्बे की, जहाँ अँधेरे में ढंका हुआ एक हरा पल अब भी चमक रहा है...

जब सन्तान नहीं होती तब क्या पुरुष, स्त्री बन जाने की सोचते हैं और स्त्री, पुरुष बन जाना चाहती है? बब्बा और दादी अक्सर यही सोचा करते थे। अपना दुःख कह भी देते—वे कहते—बेटा, हम तुम्हारे घर में जन्म लेंगे। उनका यह दुःख देखकर मैं हँसने लगता।

मेरी आँखों के सामने एक फिल्म चलने लगती। इस फिल्म का निर्माता मैं ही होता। सारे दृश्य मेरे मन के दृश्य होते। पहले ही दृश्य में दादी और बब्बा एक-दूसरे से कपड़े बदल रहे हैं। दादी ने बब्बा की धोती और कुर्ता पहन लिया है। चश्मा लगाकर हाथ में छड़ी ले ली है। बब्बा ने दादी की हरी साड़ी पहन ली है और वे बैठे-बैठे अपने हाथों में चूड़ियाँ चढ़ा रहे हैं। एक छोटी-सी गोल लाल बिन्दी उनके माथे पर लगी है। सिर गंजा है। यह दृश्य देखकर मैं जोर-जोर से हँसने लगता। मेरी हँसी मेरी फिल्म में भर जाती। मेरे पात्र मुझे चौंककर देखने लगते। सेट पर घबराये से खड़े रह जाते।

यह फिल्म मैं रोज बनाता था। सधे हाथों साँस रोककर कैमरा दृश्य पर ले जाता, जिससे कि दृश्य हिले नहीं। पर दृश्य को देखते ही मैं उस पर हँस देता। एक दिन दृश्य ने खुद पूछा--तुम मुझे देखकर हँसते क्यों हो? मैंने दृश्य को बताया कि मैं उसे किस तरह देखता हूँ। तब दृश्य खुद मेरे साथ हँसने लगा। दृश्य ने पहली बार अपने को इस रूप में देखा था। अब दृश्य खुद अपना दर्शक था और अपने पर हँस रहा था--दर्शक दृश्य को देखकर और दृश्य दर्शक को देखकर एक साथ हँस रहे थे।

जब हम अपने में हँसने लगते हैं और बहुत देर तक हँसते रहते हैं तो थोड़ी देर बाद हँसी थकने लगती है और हँसते-हँसते रोना आ जाता है। जब कभी मैं ऐसे ही हँसता रहता तो दादी कहती--अब ज़्यादा मत हँसो, रोना आ जायेगा।

बब्बा और दादी हँसते-हँसते रोने लगे। दृश्य बदल गया। बब्बा बोले--कपड़े बदल लेने से सब कुछ नहीं बदल जाता। इन्द्रियाँ भी बदलनी चाहिए और फिर सारा अनुभव इन्द्रियाँ होने से भी नहीं मिल पाता। हम इन्द्रियों में भटकते रहते हैं। जीवन सूखे आटे की तरह है। हमें उसी से जल निकालकर उसे गूँथना पड़ता है, तब ही तो अपने मन की रोटी पकती है। अगर गूँथने में कमी रह जाये तो रोटी पूरी नहीं पकती, वह अधकच्ची और कुरूप रह जाती है। जीवन एक गोल रोटी की तरह है। वह इतना सुन्दर हो कि हम उसे स्वाद से मुक्त होकर खा सकें। जो लोग अधपके जीवन को खाते रहते हैं, वे उसका मर्म नहीं जान पाते।...इन्द्रियाँ इतनी शिथिल और बेजान होती जा रही हैं कि उनसे नया जन्म दे पाना सम्भव नहीं है। वे अब नये जन्म का सपना भर देखती हैं। मेरा आगे का बचा हुआ जीवन नया जन्म पाने की लालसा में बीत रहा है। खुद नया जन्म देने की इच्छा समाप्त हो गयी है। मैं दिन भर बैठा-बैठा न जाने कितनी योनियों में भटकता रहता हूँ।...जानती हो चौरासी लाख योनियाँ होती हैं जो हमने देखी तक नहीं हैं और जीवन इतना थोड़ा है कि इतनी सारी योनियों में एक साथ कैसे रहा जा सकता है। हर योनि के लिए एक नया जन्म लेना पड़ता है। कुछ जन्म तो क्षणिक होते हैं, वे होते ही मर जाते हैं। कुछ रेंगकर थोड़ी दूर चल पाते हैं, फिर उनकी मौत आ जाती है। दूरी का अनुभव हमें ही होता है, अगर हम एक कीड़ा बनकर थोड़ी दूर तक रेंगे तो सदियाँ बीत जायेंगी।

बब्बा कहते-कहते अचानक रुक गये, उस सफेद भूरी इल्ली की तरह जो

चलते-चलते एक जगह ऐसे रुक जाती है कि हमें लगता है वह मर गयी है और हम उसे एक तिनके से विचलित करते हैं। वह फिर चलने लगती है, पर यह सब इतने सधे हाथों से करना होता है कि तिनके की नोंक से कहीं वह घायल न हो जाये।

एक दिन मैंने ऐसी ही एक स्तब्ध इल्ली को तिनके से छुआ। तिनके की नोंक उसमें गड़ गयी। इल्ली चलने लगी तो तिनका भी उसके साथ चलने लगा। मैं जोर-जोर से चिल्लाया—इल्ली की पूँछ उग आयी है। बब्बा यह दृश्य देखकर आग-बबूला हो गये। उन्होंने जल्दी से वह तिनका खींचा पर वह इतना गहरा गड़ गया था कि तिनके में छिदी हुई इल्ली बब्बा के हाथ में आ गयी। उन्होंने तिनके को जोर से झटका। इल्ली आँगन के एक कोने में गिरी।

मैं फिर एक तिनका उठा लाया। अबकी बार मैंने बहुत ही सधे हाथों से इल्ली को छूआ। वह थोड़ी-सी ऐंठी, पर चली नहीं। वह तो गोल चकरी बन गयी। मैंने उसे बहुत उल्टा-पुल्टा, पर वह अपनी गोलाई से मुक्त नहीं हो रही थी। मैंने उसे चुपचाप आँगन से एक कोने में कर दिया। वह शून्य बनकर कई दिनों तक वहीं पड़ी रही। सिकुड़कर छोटी होती गयी। एक दिन मैंने देखा इल्ली वहाँ नहीं है। उसके आकार का एक छोटे से शून्य का धब्बा आँगन के कोने में बना है। मैं उसे बड़ी देर तक देखता रहा। उसकी बगल में तिनका रखा तो वह दस बन गया। उस शून्य के चारों तरफ मैंने चाक से बहुत सारे शून्य से बनाये। पूरा आँगन शून्य से भर दिया, पर जैसे ही मैं इन शून्यों की बगल में तिनका रखता, पूरे आँगन में अरबों-खरबों की गिनती फैल जाती, जिसे मैं गिन नहीं सकता था।

किसी ने मेरा कन्धा छुआ। मैं चौंका। पीछे मुड़कर देखा तो बब्बा खड़े थे। वे बोले—क्या फिर इल्ली खोज रहे हो? मैंने कहा—हाँ।

वे बोले—तुम अब बड़े हो गये हो, पाप लगेगा।

मैंने पूछा—पाप क्यों लगता है।

वे बोले—बेटा, बड़े हो जाने पर ही हम पाप करते हैं और पुण्य करते हैं। भेद दृष्टि जिस दिन से हमारे जीवन में आती है, उसी दिन से हमें पाप लगता है और पुण्य लगता है।

उस रात मैंने एक सपना देखा—पेड़ की खोखल में एक घोंसला है। तिनकों से बुना हुआ सुन्दर घोंसला। उसमें एक अण्डा रखा है जिसके भीतर मैं हूँ। वह पेड़ कँटीला है, उसकी हर डाल में काँटे हैं। एक काला साँप तने से लिपटकर खोखल की ओर बढ़ रहा है। अण्डे के भीतर से अण्डा मुझे ही फोड़ना है और उसके फोड़ने का समय आ गया है। सोचता हूँ कि अण्डा फोड़कर जब मैं बाहर निकलूँगा तो मेरे शरीर में काँटे छिद जायेंगे। मैं जन्म लेते ही तड़प उठूँगा। क्यों न मैं इस अण्डे के भीतर रहूँ। इस

सफेद आवरण में पीले द्रव की तरह भरा शरीर बनकर। लेकिन मेरा शरीर तो पीले द्रव से बहुत दूर आ चुका है। मुझे ध्यान आया कि यदि मैं अण्डा नहीं फोड़ूँगा तो साँप खोखल में आकर उसे खा लेगा। मैंने सोचा कि क्यों न खोखल से लुढ़ककर जमीन पर गिर पड़ूँ और घास पर जाकर फूटूँ। मुझे चोट भी नहीं आयेगी; मैं बाल-बाल बच जाऊँगा। मुझे याद आया, जमीन पथरीली होती है। पेड़ की जड़ें सख्त होती हैं। कहीं मैं उनसे टकरा गया तो मारा जाऊँगा। मेरे पास कोई चारा नहीं था, सिवा इसके कि मैं अण्डा फोड़कर बाहर निकलूँ। काँटे छिद जाने की पीड़ा भोगने का मैंने मन बनाया। अण्डा फोड़ा और खोखल से सिर बाहर निकाला। एक तीखी नोंक मुझे चुभी। खोखल के आकार के एक गोल प्रकाश छिद्र से मैं तत्क्षण बाहर निकला। उस चकाचौंध में कुछ दिखायी नहीं दिया। मैं पास ही की एक डाल पर अटक गया। साँप मेरे ऊपर झपटा। मैं फड़फड़ाकर जमीन पर गिरा, जोर से चीखा—मेरा सिर दादी की गोद में था।

दादी ने पूछा—क्या कोई बुरा सपना देखा है? वह पीठ पर हाथ फेरने लगी। बब्बा मुझे पंखा झलने लगे। मैंने पूरा सपना रह-रहकर सुनाया।

बब्बा बोले—सपने में साँप काट खाये तो आयु बढ़ जाती है। यह काल का स्पर्श है, बड़ा भयकारी है, पर माँगलिक होता है।

मैंने पूछा—मेरी उमर कितने साल बढ़ जाएगी।

बब्बा बोले—कितने साल नहीं, लम्बी उमर मिलेगी।

मैंने कहा—यदि मेरी उमर सौ साल हो जाये तो मैं अपने पापों की उमर उसमें से घटा दूँगा।

बब्बा बोले—उमर तो एक ही होती है, पाप की अलग, पुण्य की अलग नहीं होती।

मैंने कहा—लोग अपने पाप धोने गंगा जी में जाते हैं। पाप का मैल निकल जाने से उनकी उमर भी धुल जाती होगी। सफेद कमीज जैसी सफेद निकल आती होगी।

बब्बा बोले—उमर तो रोज मैली होती है। कपड़े रोज मैले नहीं होते, दो दिन तो चल ही जाते हैं। पर आज जो उमर गुजर चुकी है, उसे कल नहीं पहना जा सकता। रोज पहनने के लिए नयी उमर चाहिए।

·

मुझे याद आया बब्बा के पास एक कत्थई रंग का कोट है जो उनके मरने के बाद भी बचा रहेगा। मैंने सोचा उसे पहनेगा कौन? शायद पिताजी पहनेंगे। फिर मैं सोचता गया—बब्बा की थाली, जिसमें वे खाना खाते हैं, शुद्ध काँसे की है। जब दादी खाना परोसने के लिए यह थाली उनके सामने रखती है तो धरती पर रखे चन्द्रमा जैसी लगती है। उनका पानी पीने का बड़ा गिलास उसमें कौन पानी पिएगा। हाँ, और बब्बा का चश्मा उसे तो कोई नहीं लगा पाएगा और न जाने कितनी सारी चीजें याद आयीं।

जो घर में होते हुए भी रोज याद नहीं आतीं। मुझे मेरी थाली याद आयी। वह भी काँसे की थी, पर बब्बा की थाली से छोटी थी। जब खाना बनने में देर होती तो मैं रसोई घर में बैठकर उसे लुढ़काया करता। दादी डाँटती थी–जिस बर्तन में खाते हैं, उससे खेलते नहीं। थाली फूट जायेगी।

फूटे बर्तन तो घर में बहुत थे। दादी उन्हें एक लोहे की पुरानी पेटी में जमा करती जाती थी। जब वे बहुत सारे हो जाते तो कबाड़ियों को बेचे जाते।

और भी बहुत सारा कबाड़ घर में इकट्ठा होता रहता–टूटी हुई लालटेन, जंग लगी कीलें, तार के टुकड़े और न जाने क्या-क्या अंगड़-खंगड़ सब अलग-अलग भाव से बिक जाता। ताँबा, पीतल और काँसे की चीजें आधे दाम में और लोहे की चीजें सस्ती।

मैंने कबाड़ी से कहा–तुम इन टूटी-फूटी चीजों को खरीदकर क्या करते हो।

वह बोला–इन्हें गलाकर फिर से नयी बनाते हैं।

मैंने कहा–क्या इन सबको एक साथ गला देते हो?

वह बोला–नहीं, पीतल के साथ पीतल; काँसे के साथ काँसा; लोहे के साथ लोहा अलग-अलग गलाये जाते हैं।

मैंने कहा–यदि पीतल के साथ लोहे की एक कील गल जाये तो क्या होगा?

वह बोला–भैया, एक कील के गल जाने से कोई फरक नहीं पड़ता।

मैंने कहा–कैसे नहीं पड़ता, कील थाली बन जायेगी।

वह बोला–एक कील में कितना-सा लोहा होता है।

मैंने कहा–तुम लोग जरूर पीतल की थाली में एक कील गलाते होगे। तभी तो थाली में छेद हो जाते हैं और तुम्हारा फूटे बर्तन खरीदने का धन्धा चलता रहता है।

वह कुछ नहीं बोला सामान समेटकर जाने की तैयारी करने लगा।

मैंने बब्बा से कहा–जब ये बर्तन गला दिये जायेंगे, गलकर इनका मैल निकल जायेगा, तब इनका सारा पाप धुल जायेगा। ये निष्पाप नये बनकर पूरी कीमत में बिकेंगे।

दादी बोली–बर्तन तो रोज माँजे जाते हैं। मेरी उमर तो बर्तन माँजते-माँजते बीत गयी, उनमें मैल कहाँ से आएगा!

मैंने कहा–क्या हम अपनी उमर रोज नहीं माँज सकते?

बब्बा बोले–हम रोज नहाते-धोते जो हैं।

मैंने कहा–पर हम बर्तनों जैसे कहाँ चमकते हैं।

बब्बा बोले–जब अपने बर्तन-भाँडे सम्भालोगे, तब अकल ठिकाने आयेगी...

जब दो जल मिलते हैं तो उनमें से एक को कुछ समय के लिए सूखकर अदृश्य हो जाना पड़ता है, जिससे कि माटी गूँथी जा सके; शिल्प गढ़ा जा सके। माटी अगर गीली बनी रहे तो लोथड़े की तरह दिखती है, उससे हाथ-पाँव-नाक-कान कुछ भी नहीं बनते; यहाँ-वहाँ लटक जाते हैं; उसे तो हाड़ माँस की तरह कड़ा होना चाहिए।

मिट्टी के फल आसानी से बन जाते हैं, पर मिट्टी की गुड़िया बनाने में अनेक परेशानियों का सामना करना पड़ता है। सारे अंग अलग-अलग बनाकर जोड़ना पड़ते हैं—सिर-धड़, हाथ-पाँव, नाक-कान और अँगुलियाँ तो बहुत ही सधे हाथों से बनाना पड़ती हैं। हाथ-पाँवों में लोहे के तार डालना पड़ते हैं। आँखों की जगह दो गुमचियाँ लगा देने से गुड़िया देखने लगती है।

सिगरेट की पन्नी से चमकनीदार लहँगा और ब्लाउज बन जाता है। रस्सी को काले रंग में रंगकर बाल बन जाते हैं। सोने के गहने पहनाने के लिए चने की दाल काम में आ जाती है—माथे की बिन्दी, नाक की लौंग और कान के कर्णफूल चमकने लगते हैं।

गुड़िया ऐसी बन जाती है कि जैसे अभी-अभी बातें करने लगेगी और कभी हालत यह हो जाती है कि एक कान चिपकाओ तो दूसरा गिर जाता है। नाक टूट जाती है। कभी माटी इतनी कड़ी हो जाती है या इतनी गीली कि अंग बनने से इंकार करती है। माटी में लोच बनी रहे तो टूटे हुए अंगों का गोला बनाकर फिर से गुड़िया बनायी जा सकती है।

सूखने के बाद जो बन गयी सो बन गयी। फिर उसी से खेलना पड़ता है। चाहे थोड़ी-सी कानी-लूली ही क्यों न हो। अपनी बनायी गुड़िया सबको अच्छी लगती है। हम उसके साथ खेलते हैं और बातें करते हैं—उससे पूछते हैं और उसी की तरफ से उत्तर देने लगते हैं।

बब्बा और दादी सुबह-शाम भगवान के सामने खड़े होकर अपनी तरफ से बोलते थे और अपनी तरफ से उत्तर भी देते थे। वे मन ही मन बातें करते। मैं भी उनके साथ हाथ जोड़कर खड़ा हो जाता। वे आँखें बन्द किये रहते। मैं भी आँखें बन्द कर लेता।

जब बात करने वाला कोई नहीं होता है तो लोग किसी भी दिशा में हाथ जोड़कर खड़े हो जाते हैं। हाथ जोड़कर एक से दो हो जाते हैं और बातें करने लगते हैं। ऐसे में कोई किसी की हँसी नहीं उड़ा पाता। हम ही अपने पर हँस देते हैं, रो देते हैं।

जब मैं अपनी गुड़िया से जोर-जोर से बातें करता तो बब्बा और दादी मुझे देखकर हँस देते और मैं शरमा जाता। मैं भी उनकी तरह मन ही मन बातें करने लगा। माटी की गुड़िया तो जल्दी टूट जाती है; मैंने अपने मन में अपनी गुड़िया गढ़ ली। जब भी उसकी याद करता, वह मेरे पास आ जाती और मैं उससे बातें करने लगता। हम साथ-साथ रहते और हमें कोई नहीं देख पाता।

एक दिन अकेला पाकर मैंने उसे छुआ। उसके हर अंग को छूने की इच्छा हुई। सबसे पहले उसका माथा छुआ। वह सिर को नीचे झुकाती गयी। मैं ठुड्डी पकड़कर उसका

सिर ऊपर उठाता गया, पर उसने उसे इतना कड़ा कर लिया कि मैं डर गया। कहीं जोर से ऊपर उठा दूँगा तो गर्दन टूट जायेगी। अब मैंने उसके दोनों कंधे पकड़ लिये। वह गर्दन नीची किये हुए दरवाजे की ओर सरकने लगी। मैं उसे अपनी ओर खींचने लगा। उसका सिर मेरे कंधे पर आकर गिरा। वह इतने पास आ गयी कि उसकी छाती पर उभरी दो छोटी-छोटी गोलाइयाँ मेरी छाती पर फिसलने लगीं। वे मुझे पीछे धकेल रही थीं। मेरा मन और पास आने का हुआ। मैं उसे अपनी बाँहों में समेटने की कोशिश करने लगा, पर वह तो पूरी तरह समाती ही नहीं थी। थोड़ी-सी देर में वह इतनी ढीली हो गयी कि उसका चेहरा मेरे चेहरे के सामने आ गया—माथे के सामने माथा, नाक के सामने नाक और होंठों के सामने होंठ। मैं उसके होंठ चूमने की कोशिश करने लगा तो उसके गाल मेरे होंठों पर आ गये। मैं थोड़ा झुककर उसकी गर्दन चूमने लगा और वह पीछे झुककर अपनी गर्दन लम्बी करने लगी। वह उल्टी प्रत्यंचा की तरह मेरी बाँहों में दुहरी होती जा रही थी। उसकी दोनों गोलाइयाँ मेरे होंठों तक आ गयीं।

वह अचानक सीधी हो गयी। जैसे प्रत्यंचा से अभी-अभी कोई तीर छूटा हो। उसने मुझे एक क्षण हिरनी की तरह एकटक देखा और फिर कुलाँचें भरती घने जंगल में विलीन हो गयी। मैं तपती दोपहर के सन्नाटे में उसे खोजने निकल पड़ा। ऐसा लगता कि वह यहीं कहीं किसी झाड़ी में दुबकी हाँफ रही है।

कॉलेज से लौटते हुए मैं उसे रास्ते में खोजा करता। पर वह कहीं दिखायी नहीं देती। शाम को हाथ-मूँ धोकर उसे देखने फिर बाहर निकल पड़ता। शहर के बागीचों, सिनेमा हाल और घरों की छतों पर उसे खोजा करता। छतों को ताकते हुए आकाश दिखायी दे जाता। वह आकाश में भी नहीं मिलती। जब घूम-घामकर घर लौटता तो लगता कि बाहर कुछ भूल आया हूँ। इस भूलने को याद करते-करते बिस्तर पर लेट जाता।

थोड़ी देर में वह मेरी बगल में आकर लेट जाती और मैं तुरन्त उसकी ओर करवट बदल लेता। वह अपने अंगों को मुझसे छिपाने लगती। वह छिपते-छिपते इतनी छोटी होती जाती जैसे वह किसी एक अंग में सिमट जायेगी। छोटी होकर एक कोशा बन जायेगी। मुझे लगता मैं एक छोटी-सी कोशा में समाता चला जा रहा हूँ। भ्रूण की तरह कोशा के जीवद्रव्य में तैर रहा हूँ। मेरे भीतर से कुछ विकसित हो रहा है और कोशा के ब्रह्माण्ड में बिखर रहा है। मैं एक शरीर बनता जा रहा हूँ।

दो शरीर एक दूसरे पर गुलाल मल रहे हैं। तन रंगों में डूब-डूब कर हवा की फुरफुरी में रोमांचित हो उठा है। बसन्त की हवा में घुली स्वरलिपि कानों में कुछ कह रही है। मैं अचानक बोल पड़ा—कोई शब्द—जिसे उसने सुना। हम जोर-जोर से बातें करने लगे जो सबने सुनीं...और एक समूह गान ने हमें चारों तरफ से घेर लिया—

नयी गोरी नये बालमा, नयी होरी की झाँक।
ऐंसी होरी दागियो, तोरे कुल खों ने आवे आँच।
संभर कें अरे यारी करो रे मोरे बालमा।
चुनरी रंगी रंगरेज नें, गगरी गढ़ी कुम्हार।
बिंदिया गढ़ी सुनार नें, दमकत माँग लिलार।

वह बोली—मैंने देवी-देवताओं का नित्य पूजन किया है और अनेकों प्रकार का पुण्य किया है, तब आपको पाया है। गृहस्थाश्रम में सुख और दुःख आया करते हैं। आपको हर हाल में सौम्य रहना होगा। व्रत और दान मेरे नैसर्गिक लक्षण हैं, इनमें आप हस्तक्षेप नहीं करेंगे। निर्माण, यात्रा और उत्सव मेरी सहमति के बिना आरम्भ नहीं होंगे। आपको अपने पुरुषार्थ से कमाया हुआ धन मुझे सौंपना होगा। लेन-देन के काम मुझसे बिना पूछे आप नहीं करेंगे। मैं अपना अपमान कभी सहन नहीं कर सकूँगी। जो गहने आपने मुझे पहनाये हैं, मैं कभी वापस नहीं दूँगी।

मैंने कहा—ठीक है। मेरे चित्त के अनुकूल चित्त रखना और मेरे वाक्य का उल्लंघन नहीं करना। जो मैं कहूँ उसको अपने हृदय में धारण करना। हमें जिस प्रकार संतोष हो वही करना। तुम्हें मेरे भाई बन्धुओं के प्रति स्नेह रखना होगा। जब मैं तुम्हारे पास रहूँ, तब तुम सज-धजकर हँसती बतयाती रहना, त्यौहार मनाना, पड़ौस के उत्सवों में जाना, पर जब मैं तुमसे दूर रहूँ, तब यह सब अनुचित होगा। बिना तुम्हारे गृहस्थ आश्रम का पालन नहीं हो सकता—तुम मेरी विश्वासपात्र बनो—आओ मेरी वामांगनी बनो।

पड़ित जी बोले—ठहरो, तुम्हारे इन वचनों का साक्षी कौन है?

मैंने कहा—समाज है।

वह बोली—नहीं। समाज तो रोज मरता है। जो बाराती यहाँ हैं वे भी कल नहीं रहेंगे। हो सकता है, वे मुकर जायें।

मैंने कहा—देवता हैं हमारे साक्षी।

वह बोली—देवता स्वार्थी होते हैं। हमेशा अपना ही हित देखते रहते हैं और एक दिन उनका देवत्व भी तो क्षीण हो जाता है।

मैंने कहा—यह अग्नि, जिसकी हम परिक्रमा कर रहे हैं, यह ही हमारी साक्षी हो जाये।

वह बोली—यह तो अभी थोड़ी देर बाद ही बुझ जायेगी।

मैंने कहा—चन्द्रमा—आकाश में पूर्णिमा का चाँद चमक रहा था।

वह बोली—चन्द्रमा शुक्ल पक्ष में रहता है और कृष्ण पक्ष में नहीं रहता। वह अस्थिर है और फिर अहिल्या के साथ छल करने में उसका भी तो हाथ था। वह

कलंकी है।

मैंने कहा—नक्षत्र और तारे हमारे साक्षी होंगे।

वह बोली—तारे तो डूब जाते हैं। उनमें उल्कापात होता है। वे टूटकर बिखर जाते हैं।

पंडित जी बोले—एक तारा है जो कभी नहीं टूटता। वह नित्य और अविचल है। तुम उसकी साक्षी लो।

हम दोनों ने ध्रुवतारा देखा—अन्तरिक्ष में हेरती हमारी आँखें एक तारे पर जाकर मिलीं। दो दृष्टि रेखाएँ समानान्तर चलती-चलती दूर गगन में एक हो गयीं। मैं उससे सात वचन हार गया, वह मुझसे पाँच वचन हार गयी।

चारों तरफ, ऊपर-नीचे उजाला ही उजाला था। हमारी परछाईं तक नहीं थी। हम ही हम थे, एक तारे में चमकते। हम धीरे-धीरे अंतरिक्ष से उतरने लगे।

अचानक रास्ते में हमें बादलों ने ढँक लिया। जब हमने ऊपर नजर उठाकर देखा तो हमारा तारा हमसे ओझल हो गया था। अब हम बहुत तेजी से गिरने लगे और नीचे देखने लगे।

रास्ते में जोर की बरसात हो रही थी। बूँदें ऐसी झर रही थीं जैसे एक बूँद दूसरी का पीछा कर रही हो और उसे कसके पकड़ लेना चाहती हो। जब एक बूँद दूसरी से मिलती तो दोनों मिलकर एक बूँद बन जातीं और फिर किसी बूँद का पीछा करने लगतीं।

अब हम बहुत नीचे आ गये थे। हमें जोर की सर्दी लगने लगी। हम एक दूसरे से लिपट जाना चाहते थे। अचानक एक तेज हवा का झोंका भरी बरसात से दो बूँदों को उड़ाकर ले गया। वे रेत के मैदान पर जाकर गिरीं। वे एक-दूसरे से इतनी दूर थीं जितने दो आँसू। वे रेत पर गिरते ही रेत की आँखें बन गयीं और नहरें बह निकलीं।

एक दिन उसने सकुचाकर मुझसे कहा—मेरा जल सूख गया है और आँखें झुका लीं। मैंने उसका चेहरा उठाकर देखा—पानी की पर्तों में काली मिट्टी झाँक रही है, आकार लेने के लिए व्याकुल है। उसके शरीर पर तप्त हरी दूब की-सी आभा चमकने लगी। मैंने देखा—एक बहुत बड़े मैदान में दो पत्तियाँ सिर उठा रही हैं; एक अदृश्य जल उनमें बह रहा है।

वह इस अदृश्य जल के बहाव को अपने भीतर महसूस करती है। एक मछली -सी विह्वल वह उसी में तैरती रहती है। उसकी लम्बी-लम्बी साँसों में पानी की गंध है, दो छोटी-छोटी पतवारें उसकी नाव खे रही हैं। वह कहीं पहुँच रही है।

वह एक अदृश्य झरने-सी करवटें बदल रही है। सामने एक बहुत भारी चट्टान है, जिसे वह तोड़ रही है और तड़प रही है। उसे घेरे खड़े हैं—डॉक्टर, नर्स, घर के लोग।

कमरे में बन्द यह हाहाकार अचानक अस्पताल की गैलरी में मुझे एक झरने -सा बहता सुनायी दिया। थोड़ी देर बाद सिस्टर ने दरवाजा खोला। मैं भीतर गया। मैंने देखा, वह पहाड़ी से उतरकर एक शान्त झरने-सी बह रही है और उसकी गोद में एक मछली तैर रही है।

स्त्री अपने पति को पुत्र के रूप में एक बार फिर पाने की आकांक्षा करती है। पर वह चूक गयी। मैंने ही उसे बेटी के रूप में पा लिया—मैं दोनों के सामने था।

वह बोली—मैं तुम्हें नहीं पा सकी।

मैंने कहा—मैंने तो तुम्हें पा लिया। जीवन तो हमारा अब शुरू हुआ है। इससे पहले सिर्फ हम थे। अब हम अपने लिए हुए हैं—आगे भी होंगे।

उसकी आँखों में फिर वही विह्वल पानी झलक आया—काली मिट्टी तैरने लगी...

शब्दप्रिया

कविताएँ

प्रणाम

रश्मियों से जल उठाते लोकलोचन
सूर्य को प्रणाम
शून्य में सागर उठाये लोकसर्जक
मेघ को प्रणाम
जल को पालना झुलाते लोकप्राण
वायु को प्रणाम
सब को क्षमा करती लोकनेत्री
वसुन्धरा को प्रणाम
शब्द में डूबे नील-नीरव लोकनायक
गगन को प्रणाम

रूप को प्रणाम
रस को प्रणाम
स्पर्श को प्रणाम
गंध को प्रणाम
शब्द को प्रणाम

❑

चित्रकार पानी

लहरें आती हैं बार-बार
रेत पर सागर किनारे
खींचती हैं रेखाएँ

उद्‌गम से दूर
चित्र बनाता है पानी
पर्वतों की चोटियों के

लहरें आती–आती हैं बार-बार
बनने और मिटने को
करती हैं रेखांकित रेत पर

❑

पानी की प्रिया

रेत से प्रेम करता है पानी
खटखटाता ही रहता है द्वार तट का
आठों प्रहर
कभी धीरज से
कभी धीरज खोकर

पूरे पाट पर फैलाता है बाँहें
भर लेना चाहता है पूरी रेत को
अँकवार में
लौटता है कई-कई बार खाली हाथ

सोखकर पानी के स्पर्श को
अपनाकर उसकी गंध को
बार-बार डूबकर उसके रस में
हिलुर-हिलुरकर
होती रहती कोमल और सुनहरी
पानी के प्रेम में पगी रेत

❑

रेत का शृंगार

कोई लहर
लिपट जाती है रेत से
साड़ी की तरह
कोई बूँद उछलकर
बन जाती है रेत के माथे की बिन्दी
फिर कोई लहर कण्ठहार
कोई करधनी बनकर
सँवार देती है उसे

पूरे चाँद की रोशनी में
भागा चला जा रहा है विह्वल पानी
किनारों की तरफ

□

अकेली रेत

निढाल पड़ी रेत पर
बिखरे हैं छोटे-छोटे शंख
जैसे कण्ठहार के मनके
बिखरी हैं सीपियाँ
जैसे करधनी की टूटी झालरें

तपती धूप में
उसे अकेली छोड़
किनारे से दूर चला गया है पानी

❑

अकेला पानी

अपने ही अथाह में
खोजता है अकेला पानी
छिपने की जगह रेत में
रेत नहीं छिपाती उसे
ठेलती रहती है गहरायी की ओर

रेत से पानी
पानी से रेत
मिल रहे हैं ऐसे ही
न जाने कब से इसी तरह
बचाए हुए अपना प्रेम

❑

अथाह सागर में

पर्वत के शीश पर चन्द्र रेखा-सा अंकित
गिरिमालाओं पर अक्षत-सा छिटका
प्रिया की देह से झाँकता है पानी

काल की जटाओं में ओझल
भाल पर खिंची रेखाओं में चमकता
नयनों में झिलमिलाता
झर रहा है रोम-रोम से
अथाह सागर में
काल शैया को डुलाता
हमारी नौका उठाये
न जाने कब से बह रहा है पानी

❑

धरती

वृक्ष की देह पर लिपटी छाल-सी
फूल के केन्द्र में संचित पराग-सी
फलों के शीश पर डिठौने-सी

टहनियों पर जुगनुओं के दीप धरे
प्रार्थना करती है धरती
पत्ते मंजीरे बजाते हैं

❑

काल की इच्छा

वृक्ष की कोख में
काल की इच्छा
जन्म देती टहनियों को
टहनियों की इच्छा पत्तों को
पत्तों की फूलों को
टहनियाँ फल देती हैं नव वधुओं-सी

❑

फूल

किसी की परवाह नहीं उन्हें
चाह भी नहीं कोई

खिलते हैं अपने स्वराज्य में
मुरझाते हैं अपने ही वृन्त पर
मुग्ध नहीं अपने रूप से
जीते हैं थोड़ी-सी धूप से

❑

वृक्ष

फूल पर
नहीं रीझता
फल पर
नहीं आसक्त
टहनियाँ फैलाये
अनन्त में झूमता
संकीर्तन में लीन
कोई भक्त

❑

मुक्ति

तुम्हारे पाँवों से चलकर आता है
तुम्हारे पास पेड़
तुम्हारे हाथों से तोड़कर
देता है तुम्हें फल
तुम्हारी आँखों से देखकर
पेड़ खुश होता है
पेड़ वही करता है
जो तुम चाहते हो
पेड़ की तरफ तो देखो
एक छोटी-सी चीज
बीज की मुक्ति को देखो
तीनों लोकों में मुक्त
छाया रस रंग खुशबू से भरी
देखो घर बसाते
पक्षियों को देखो
फल खाते फैलाते बीज को
छोटी-सी चीज को
मुक्ति के लिए
देखो

❑

बाँस

बाँस पक गये हैं
उन्हें छप्पर पर बिछा दो
खपरे छा दो
एक टोकनी बुन लो
अपने मन की चीजें भरो
कचरा भरकर फेंको
एक काँवर बना लो
कधों पर रखो और चल दो
पुल बनाकर पार हो जाओ

इससे पहले कि
बाँस बेसुरे हो जाएँ
और जल मरें
उनकी गाँठों को काट दो
छोटी-छोटी बाँसुरियाँ बना लो
पूरे जंगल में सुर भरो

❑

हम आपके हैं कौन?

पूछ रहे हैं उजड़ते वन-पर्वत–
हम आपके हैं कौन?
धार खोती नदियाँ पूछ रही हैं–
हम आपके हैं कौन?
पूछ रहे हैं असहाय भटकते पशु-पक्षी–
हम आपके हैं कौन?
धरती से जड़ें छोड़ते वृक्ष पूछ रहे हैं–
हम आपके हैं कौन?
पूछ रही है अकुलायी-सी पूरी पृथ्वी–
हम आपके हैं कौन?

कोई किसी का होने के लिए
कहाँ बचता है मरने के बाद
जीते-जी सब पूछ रहे हैं–
हम आपके हैं कौन?

❑

जरिया और मुराद

खुद से पहले हो
खुद के बाद भी हो
खुद की कैद में हो
खुद से आजाद भी हो
तुम्हीं जरिया
तुम्हीं मुराद भी हो
जबसे आबाद हो
तबसे बरबाद भी हो
कबसे हो
जा रहे हो कहाँ
कौन जाने
तुम्हें
कुछ याद भी हो

❑

खूबसूरत डर

अनन्त शून्य को भरता है
एक खूबसूरत डर
जो मेरी साँस है
उड़ा देगी मेरा घर
जरूरी आग
जिसके लिए लड़ता हूँ
रोज जलाती है मुझे
बहाके मुझको
कहीं छोड़े
चाहे तो मेरा दम ले ले
वही तो है
जो मेरी प्यास बुझा सकती है
खूब जमाता हूँ
जहाँ अपने पैर
उसी में ऐसे समाता हूँ
कि हूँ कि नहीं

❑

भव बाधा

तन से बड़ी आग
कहाँ बुझाऊँ
आकाश से बड़ा मन
कहाँ ले जाऊँ
धरती से बड़े पैर
कहाँ उठाऊँ

क्या पाऊँ, कहाँ समाऊँ

❑

नहीं जलती जिन्दगी लौ की तरह

तन की आग
कैसी फैलती जाती
जलते हुए संसार में
ठहरती ही नहीं घर में
कहाँ लगना चाहती है
देश-दुनिया में, शहर में

जिन्दगी लौ की तरह
जलती नहीं
भभकती है लपट बनकर

❑

उसी शहर में

उसी शहर में नाल गड़ी है मेरी
उसी शहर में दाल पकी है मेरी
उसी शहर में रहते मेरे दोस्त
उसी शहर में बीबी बच्चे
उसी शहर में खाल खिंची है मेरी
उसी शहर में बहुत दिनों तक
रहने से दुख होता है
उसी शहर में बहुत दिनों के बाद
लौट आने से सुख होता है

□

ढाई अक्षर

जन्म मिला ढाई अक्षर का
धर्म मिला ढाई अक्षर का
कर्म किया ढाई अक्षर का
मर्म मिला ढाई अक्षर का
प्रेम किया ढाई अक्षर का
जन्म गँवाया
प्रेम न पाया
सत्य मिला ढाई अक्षर का

❑

स्थान देवता–एक

चबूतरे पर दिया जल रहा है...

अक्षत बिखरी है
नारियल फूटा पड़ा है
जैसे अभी-अभी टूटकर चन्द्रमा गिरा हो

कोई कुछ कहकर चला गया है...

एक गिलहरी आकर
थोड़ा-सा नाच जाती है
बरगद में खो जाती है
शक्कर की चिरौंजी को
चीटियाँ
कहीं ले जाने की कोशिश कर रही हैं
चींटे
टूटे हुए चन्द्रमा पर बैठकर सोच रहे हैं
कोई कुछ कहकर चला गया है...

❑

स्थान देवता–दो

आते हैं नाम-रूप धारी
चले जाते हैं अपने-अपने लोकों को
मूरतें छोड़ जाते हैं

उसकी कोई मूरत नहीं बनी

तुलसी चौरे पर लौ-सा काँपता
अगवारी में फूलती रोटी जैसे भरती है उसाँस
गोखुर से उठती है धूल जैसे
भर आती हैं आँखें

लिपे हुए आँगन-सा चुप

दस्तक देते हैं राहगीर
खोल देता द्वार
खाट बिछा देता है
पानी की पूछता है
स्थान देवता

❑

स्थान देवता–तीन

इस बिरछा पर पूरे गाँव का दुःख टँगा है
टहनियों पर रंगबिरंगी चिन्दियाँ बाँधे
तूल की झण्डियाँ खोंसे जड़ों में
गाँव के मुहाने पर खड़ा
जैसे कोई मसखरा

उसे देखकर कोई नहीं हँसता
जो भी उसके पास आता है
एक झण्डी खोंस देता है
एक चिन्दी और बाँध देता है कसकर
मनौती के धागे
मन हो तो सिसक लेता है

हर गठान में एक दुःख बँधा है
हर झण्डी में एक पीड़ा फहरा रही है

कभी किसी को लगता है कि सुख आ गया
तो अपनी गठान खोल जाता है

हवा जब पत्ते झराती है
दुःख की कोंपलें छाया किये रहती हैं
पूरे गाँव की पीड़ा अकेली फहराती है

❑

स्थान देवता–चार

जड़कारे की धुन्ध में डूबे गाँव के बीच
हहराता
चिलकती चुप जेठ की दुपहरी में
हर हर
हर हर
कभी चुप नहीं रहता
छानी-छप्पर उड़ाती
बसकारे की आँधी को
ठेलता
हर हर
हर हर
सुनहरी धूप में हजारों आँखें चमकती हैं
टुकुर-टुकुर ताकती हैं पत्तियाँ पूरे गाँव को
कीच मचे रस्ते पर बिजना झुलाती हैं
जब सब देवता सो जाते हैं
जागता रहता है स्थान देवता

❑

स्थान देवता–पाँच

गाँव की आग पर झूल रही है
गाँव की नदी में बहती जा रही है
गाँव की हवा में घुल रही है
गाँव के आकाश में शब्द-सी चुप है
गाँव की मिट्टी में मिल रही है

फिर इसी गाँव में उसका जन्म हो रहा है ...

❑

स्थान देवता—छह

वे अयोध्या छोड़कर जा चुके हैं—
उस पृथ्वी की खोज में
जो सदियों पहले
उनके पाँवों के नीचे फिसल गयी

वे उस स्थान की खोज में भटक रहे हैं
जहाँ अपना नाम-रूप खो सकें
नेत्रों में भर-भर आती है
'पृथ्वी-तनया-कुमारिका-छवि'

वे एकान्त में रोते हैं
उनकी धरती कोई हर ले गया है

❑

स्थान देवता–सात

हे पुरुषोत्तम
कहाँ जा रहे हो!
बाँह गहो

गुदना से गुदे रहो
गाल पर काले तिल की तरह रहो
अंग में बसो
देह का उपवन सींचो

घर के चकिया-जाँते टाँको
धान कूटो
यूँ ओखली-मूसल उठाकर न जाओ
आले में लिखना से लिखे रहो
ग्राम छोड़कर क्यों जा रहे हो

❑

पूर्वजों के गाँव में

चार भाई क्या पहनें
कौन-से पुश्तैनी गहने
किस आसन पर विराजें
घर के किस कोने में खोजें शरण
कि कुल देवता लगें

कुल देवता की कोई प्रतिमा नहीं देखी
स्तुति भी नहीं सुनी
पिता कहते हैं—
वे कुल की रक्षा करते हैं
आज भी पूर्वजों के गाँव में रहते हैं

पूर्वज गाँव छोड़कर
भाग आये थे इस शहर में
प्लेग के दिनों में

यहाँ से सौ योजन दूर है पूर्वजों का गाँव
वर्षों से कोई उस गाँव नहीं गया
यहाँ तो बस कुल की जोत जलती है

कुल देवता को
यहीं से छिटकी चढ़ाते थे परदादा
दादा भी यहीं से छिटकते रहे चन्दन-अक्षत
पिता भी यहीं से छिटकते हैं

पूर्वजों का गाँव किस दिशा में हैं
बेटों को नहीं मालूम
कौन-सी है कुल देवता की दिशा

कुल देवता गाँव में
पिता नगर में
बेटे अपने-अपने हिस्से के कमरे बेचकर
बस गये महानगर में

सब घर खाली कर गये
जहाँ कुल की जोत जलती थी वह कमरा भी
जहाँ हाथों से छिटकी अक्षत
पूर्वजों के गाँव में झरती थी

❑

पुराने शहर पर विश्वास करते हैं लोग

जब मन ही मन लगता है
दुकानदार ठगता है
पुराने शहर पर
विश्वास करते हैं लोग
पुरानी चीजों से
काम चलाने की कोशिश करते हैं

तंग गलियों में ही सही
बहुत पास से होती है दुआ-सलाम
यहीं है हमदर्द दवाखाना
यहीं होता है रोगों का शर्तिया इलाज
पुराना घड़ीसाज
जान डाल देता है
मुद्दत से बन्द पड़ी घड़ियों में

टूटी हुई लड़ियों को गूँथना-पिरोना
जानती है एक बुढ़िया
ढूँढ़ रहे लोग उसे
पुराने शहर में

टूटकर बचने के औजार
चीजों के पुराने अंग
सहेजकर रखे हैं पुराने शहर ने
क्या जानें कब कौन अंग जी जाये

चीजें तो बड़ी उमर पाती हैं
चीजों को लग जाती लोगों की उम्र

सरे बाजार अब भी कोई देता है अजान
हल्का-सा लगता है चीजों का बोझ
लगता है चीजें सब यहीं रह जायेंगी

❑

यह जगना है किस काम का

रोज जगाती है जब मुझको श्यामला
कहती है–तुम जल्दी क्यों उठते नहीं
जाओ खुली हवा में बाहर घूमने
पड़े हुए बिस्तर पर क्यों लाचार से

उठूँ नहीं तो गुस्साकर झकझोरती
जैसे मुझे जगाने को ही किया ब्याह
कभी जगाती है वह इतने प्यार से
मन ही मन कहती हो जैसे–मत उठो

नींद रोज खुलती है अपने आप ही
उसी समय वह कहती बिस्तर छोड़ दो
आँखें बन्द किये मैं गुमसुम जागता
वह कहती–यह जगना है किस काम का

❑

वह न होती हमें कौन पहचानता

बड़े सबेरे उठ जाती है श्यामला
नींद खुले ऐसे जैसे कोई काम हो
घर की चीजें सहमीं उसको देखकर
पता नहीं वह उन्हें जमायेगी कहाँ

चीजों पर हो धूल उसे भाती नहीं
जालों पर मकड़ियाँ डरी-सी झूलतीं
झाड़ू–पोंछा लिये घूमती वह घर में
फर्श चमकता ऐसे जैसे आईना

उजला-सा यह घर है उसके होने से
उसके होने से ही घर में स्वाद है
राख झराते जीवन के हर कमरे में
वह न होती, हमें कौन पहचानता

❑

जामुन का यह पेड़ डालता रंग है

आँगन में कपड़े धोती है श्यामला
रस्सी पर फैलाती उजले भाव से
पके हुए जामुन टपकाकर उसी समय
जामुन का यह पेड़ डालता रंग है

वह कहती है—इसकी डालें छाँट दो
आँगन में किरनों का रस्ता रोकतीं
कपड़ों पर पिचकारी-सी ये तनी हुई
खेल रही हैं फाग भरी बरसात में

यह जामुन का पेड़ आम पर झुका हुआ
आम डालें फैलाये अमरूद पर
धूप उतर न पाये आँगन में कभी
तीनों मिल पूरे आँगन पर छा गये

❑

बिना धूप का आँगन घर से दूर है

यह कैसा घर है—कहती है श्यामला
गर्मी में ठण्डा रहता सो ठीक है
मगर ठण्ड में लगता जैसे हो शिमला
दरवाजे उसके रुकती ही नहीं धूप

घर ही ऐसी जगह मिला संयोग से
घर ही रोक रहा आँगन की धूप को
धूप देखने घर की चीजें तरस रहीं
बिना धूप का आँगन घर से दूर है

सूरज आकर उसकी भी चीजें देखे
पापड़, बड़ियाँ, सेवइयाँ, चटनी, अचार
उसको चलती धूप चाहिए आँगन में
वह घर में चलती तो लगता धूप है

❑

उसके हिस्से में आये राधा-माधव

श्रीकृष्ण को नहलाती है श्यामला
राधा का श्रृंगार सजाती रोज ही
तीन पीढ़ियों ने पूजी जो मूर्तियाँ
उसके घर में आयी है संयोग से

सास-ससुर ने छीन लिये उसके गहने
छोड़ गये भगवान भरोसे वे उसको
सब कुछ बाँट लिया उनने यह भूलकर
आयेंगे किसके हिस्से भगवान जी

पास रह गये उसके तब राधा-माधव
साँझ-सकारे रोज उतारे आरती
उनको भोग लगाकर सबको भज रही
उनको भी जो उसे छोड़कर चले गये

❑

फिर बाहर निकलूँगी अपने आप से

हुई श्यामला की दो प्यारी बेटियाँ
बाती चली गयी कर्नाटक पढ़ने को
और दूर्वा रहती उसके साथ है
बेटा प्रियवत पढ़ता देहरादून में

रोज बात करती है उनसे फोन पर
जो पढ़ने चले गये और घर से दूर हैं
करती उनको याद और फिर भूलती
घर के इतने काम जो करने हैं उसे

घर के लिए बनी है जैसे श्यामला
घर ही उसका देश और संसार है
कहती है–पहले मैं बच्चों को गढ़ लूँ
फिर बाहर निकलूँगी अपने आपसे

❑

लगता जैसे घर कोई तालाब हो

सब बहनों में जेठी है यह श्यामला
उसके पीछे चार और फिर आ गयीं
विमला, सविता, रजनी, सीमा, भाई दो
और चचेरी बहनें भी हैं अनगिनत

कभी-कभी जब सब बहनें मिल बैठतीं
लगता जैसे घर कोई तालाब हो
बीच-बीच में भाई भी सब शोभते
जैसे कमल-कुमुदनी खिलते हों यहाँ

उछल-कूद करते हैं इन सबके बच्चे
जैसे घर में भाग रही हों गिलहरियाँ
कुछ बच्चे भौंरों जैसे भन्ना रहे
कुछ फूलों पर तितली-से चुपचाप हैं

❑

प्रिया–1

शब्द सुन्दर होते हैं
उन पर कोई भी रीझ सकता है

कभी-कभी जीवन में
धोखे की भोर होती है
हम चल देते हैं
नदी किनारे
आधी रात
सेज पर छोड़कर
अपनी प्रिया को

उसे अकेली पाकर
देवता कलंकित करते हैं
अपना काला मुँह करके दमकते हैं

शब्द ऐसे भी हमसे बिछुड़ जाते हैं
हमारे शाप से शिला बन जाते हैं
फिर युगों तक हमारी प्रतीक्षा करते हैं ...

❑

प्रिया–2

शब्द के पास रहो
उसे अकेला मत छोड़ो
कोई हर लेगा

आक्रमण करते हैं शत्रु
स्वरों पर टूटते हैं
व्यंजनों को लूटते हैं

बहुरूपिये
उठा ले जाते हैं उसे
आकाश मार्ग से
न जाने किस दिशा में

रोते बिलखते रह जाते हैं हम
कुछ कह नहीं पाते
पता पूछते फिरते हैं–
वृक्षों से लताओं से
वन पाँखियों से
पर्वतों से सरिताओं से

रास्तों पर बिखरे पड़े हैं
हमारे ही पहनाये हुए गहने
हम उन्हें उठाते हैं

घने वन में प्रिया की याद आती है ...

❑

प्रिया–3

शब्द मृग हैं
अर्थ ही आखेट करता है

जिसे अंगीकार किया
उसे ही धिक्कार रही है प्रिया–

'मैंने तुम्हें पति के रूप में पाया
पुत्र के रूप में जाया तुम्हें ही
अपने एक और अर्थ को पहचानो
मेरे गर्भ के दर्पण में
अपना मुख देखो'

शब्द
एकान्त में अर्थ का वरण करते हैं
अर्थ
उन्हें अकेला छोड़कर चला जाता है ...

❑

प्रिया–4

शब्द स्वयं वरते हैं
किसी के कहने में नहीं आते

वह सामने से गुज़र रही है ...

सबकी आँखें उसी पर लगी हैं
पलकें तक नहीं झपकतीं किसी की
किसी के पाँव धरती पर नहीं पड़ते

वह सामने से गुजर रही है ...

दूर एक आसन पर
धरती में पाँव गड़ाये
पसीने में डूबा
वह बैठा है

बेसुध पलकें
उठती हैं
सूनापन भरती हैं
गिरती हैं
बार-बार
उमड़-उमड़ आता है प्यार
उठता है ज्वार

वरमाल लिये धीरे-धीरे आ रही है प्रिया ...

❑

प्रिया–5

रंग चढ़ गया है
अब नहीं छूटेगा

जिस रंग में रंगो रंग जाते हैं शब्द
रंगदार हो जाते हैं

देखो इनके ढंग
शरद में दहकते हैं
ग्रीष्म में महकते हैं सावन के अंधे
वर्षा में सूखकर काँटा हो जाते हैं

श्याम रंग में रंगी प्रिया किसी की नहीं सुनती

❑

प्रिया–6

जिसकी आयु कम थी
प्रिय हो गया
शब्द को वही अर्थ

यम पीछे पड़े हैं
द्वार पर खड़े हैं

घर में पुरुष नहीं है–
द्वार के पास खड़ी होकर रोज कह देती है
द्वार नहीं खोलती प्रिया
उसे बाँहों में भर लेती है

❑

प्रिया–7

शब्द को शाप है
वह अकेला रह जाएगा

अर्थ को डिगाने के लिए
व्याप रहा है
एक और अर्थ
हथेली से बाहर का
भाग्य कहाँ खोजें
अनंग भस्म
झर रही है
आठों याम

सूने घर की देहरी पर
खड़ी राह देख रही है प्रिया

❑

प्रिया–8

भोर होते ही प्रिया ने
शब्द को बुलाया–
सूर्य
वह आ गया
धर्म
वह आ गया
वायु
वह आ गया
इन्द्र
वह आ गया
वह वीर पुत्रों की माँ बनीं
युद्ध
उसने नहीं बुलाया
वह आ गया

❑

प्रिया–9

भूमि प्रजा और धन जुए में हार गये
वे शब्द को भी हार गये

अनर्थ भरी सभा में
घसीटकर ले आया उसे निरलंकार
निर्वसन करने को आतुर
खींचता श्याम-वर्ण केश
धोये गये जो मंत्रपूत जल से

ज्ञानी हतप्रभ हैं!

पूछती है प्रिया–
क्या तुम्हें मुझे भी दाँव पर लगाने का अधिकार था?

❑

प्रिया–10

शब्द आँखों से झाँकता है

आँखों में झाँककर देखती है प्रिया–
अपनी अँधी सन्तानें
मूर्खता
युद्ध
भूख
अँधे देख नहीं पाते शब्द में फैला
उज्ज्वल
आकाश

❑

प्रिया–11

शब्द सबके अपने होते हैं
प्रेम उन्हीं से उपजता है

जो दूसरों के शब्द उठा लाये थे
वे किसी के मीत नहीं हुए
अपने शब्दों से विमुख
अहंकार में डूबे
एक दिन जीवन से हार गये

उजड़े हुए नगर में विलाप करती है प्रिया

❑

प्रिया–12

शब्द अपनी राह चला जा रहा है
उसकी कोई कामना नहीं

सब उसे घेरकर आगे बढ़ रहे हैं
वह धीरे-धीरे चल रही है

किसी से कुछ नहीं कहती
कुछ कह रही है शायद–सब सुनते हैं
किसी की ओर देखती तक नहीं
सब देख रहे हैं–देख रही है शायद

सब सोचते हैं–
उसके चेहरे पर सूर्य उदित हो
ऐसी हवा चले
उसकी चुनरी उड़ जाये
इतना पानी बरसे
उसके वस्त्र पारदर्शी हो जायें
आये ऐसी बाढ़
वह पार न पा सके
रात रुक जाये गाँव में
अकेली
मेला देखने आयी है प्रिया

❑

प्रिया–13

शब्द अपने रूप में डूबे हैं

ठहरी हुई है
एक ही मुस्कान
आँखों की कोर पर ठहरा है
एक ही आँसू

कितने कंकर फेंके
डोल गये
सूर्य चन्द्र तारे सब
वन पर्वत

पानी हिला-हिलाकर हार गये
मिटती नहीं महाछवि
फिर वही
मछली तैरने लगती है

शान्त

नीले जल में
अपना रूप निहार रही है प्रिया

❑

प्रिया–14

शब्द पर्वत पर जन्म लेते हैं

पत्ते खाकर जीते हैं
चेहरा पीला पड़ जाता है वहीं
झर जाता है एक अर्थ
फिर पीकता है वहीं से
एक और

मौर बाँधे काल
वन-प्रान्त में आलोकित
अमरता का रहस्य
विलोकती है प्रिया

❑

शोकगीत
मौत की मोटर साइकिलों पर सवार युवाओं के लिए

हमने ही रखा था तुम्हारा नाम—शान्तनु

तुम्हें पुकारने के लिए
हमने ही रखा था तुम्हारा नाम—
शान्तनु!
अब तुम वहाँ चले गये
जहाँ हमारी आवाज नहीं जाती

अगर तुम हमारी ओर लौट सकते
तो हम भी कुछ दूर तक
तुम्हारी तरफ चले ही आते
पर अब हम क्या करें
तुम्हें कितना भी पुकारें
तुम अब हमारी सुनोगे नहीं
तुम तो बाहर ही चले गये
सब मौसमों से

हम यहाँ अकेले
ठण्ड में ठिठुर रहे हैं शान्तनु!
ओस की बूँदों की तरह तुम्हारी याद
सबकी आँखों से झर रही हैं

❑

तुम किसके सपने में चले गये शान्तनु!

आँखों में भर आया है इतना पानी
डूबते ही जा रहे हैं सारे सपने
ठिठकी हुई हैं पूरे कुटुम्ब की पलकें
ढह रहा है हमारे धीरज का पुल

पटरी से उतरे
खाली डिब्बों की खिड़कियों जैसे
देख रहे हैं हम एक-दूसरे को
नहीं मिल रहा हमारा खोया हुआ सामान

हमारे सपने की रेलगाड़ी से उतरकर
तुम किसके सपने में चले गये शान्तनु!

❑

माँ रो रही है शान्तनु!

माँ रो रही है शान्तनु!
वह मानती ही नहीं कि तुम नहीं हो
उसे हम दिलासा नहीं दे पा रहे
तुम्हारा काम हममें-से किसी को नहीं आता

कैसे समझें और समझायें उसे
कि अब कुछ नहीं होगा रोने से

आँसुओं के पानी में बही चली जा रही
हमारी ही बोली होंठों पर आकर
न जाने क्यों सूख जाती है शान्तनु!

❑

पूरा घर बिखर गया है शान्तनु!

तुम्हें बीननी थीं हमारी अस्थियाँ
अब हम ही चुन रहे हैं तुम्हारी
पूरा घर बिखर गया है शान्तनु!

छोटी-सी पोटली में
अपने सपनों की राख लिये पिता
बैठे हैं चुपचाप तुम्हें गोद में उठाये

बिलखते हैं हम रह-रहकर
निहत्थे हो जाते हैं
डाल से टूटे पत्ते की तरह

❑

क्या लौटना सम्भव नहीं शान्तनु!

माँ की आँखों को रोशनी की धुँध से भरतीं
भागमभाग के भय से भरतीं पिता को
प्रतीक्षा को बढ़ातीं
दूर ले जातीं घर से
मौत की मोटर साइकिलें
न जाने किस प्रतियोगिता में
दौड़ी चली जा रही हैं सड़कों पर
तुम्हारी उम्र की चौगुनी रफ्तार से

शान्तनु!
क्या एक मोटर साइकिल
इतनी दूर ले जा सकती है किसी को
जहाँ से लौटना सम्भव नहीं?

❑

माँ की चालीसवीं बरसी पर

धरती पड़ जाती है कम
रोज एक कदम
कोई एक स्पर्श
घुलता चला जाता है
अनन्त में

भूल गया है बरसना
कोई एक बादल
पानी के बहने की
कोई एक पहचानी-सी आवाज
अब नहीं आती
कोई एक आँच
चली गयी है दूर
कोई एक साँस
रह गयी है पीछे
अटकी है न जाने कहाँ

❑

ऐसा लगता है, पता नहीं कैसा लगता है

सुख सूना-सूना-सा लगता है
दुःख दूना-दूना-सा लगता है
मन ऊना-ऊना-सा लगता है

शाम पाँच का वक्त
छह का लगता है
ऐसा लगता है
पता नहीं कैसा लगता है

ज्ञानी कहते—
जो जैसा, वो वैसा लगता है
—उसको कैसे जानें, जो ऐसा लगता है?
रोज डूबता दिन, जैसे का तैसा लगता है

❑

समय से पहले सूर्योदय

समय से पहले सूर्योदय हो रहा है ...

आँख नहीं खुल रही
नींद में डूबी बस्ती की

आदत नहीं है लोगों को
समय से पहले जागने की
समय के स्वाद से वंचित होकर जीने की

सब समय पर सोते हैं
जागते हैं, हँसते हैं, रोते हैं
काटते हैं, बोते हैं

हमारे जागने के समय में
जो सोते हैं
और सोने के समय में जागते हैं
बढ़ते चले आ रहे हैं
नींद में डूबी बस्ती की ओर

समय से पहले सूर्योदय
जैसे आने वाले वक्त का भय

❑

किसके नेतृत्त्व में जा रहा है कौन

फँस जाती है सँकरे रास्ते में
विजय जुलूस के बीच
कोई न कोई शवयात्रा

विजेता और शव
ढँके हुए दोनों
इतने सारे फूलों से
पहचानना हो जाता है मुश्किल
मर गया है कौन
हुई है किसकी विजय
दफ्न होने जा रहा है कौन

❑

एक कोशा हो गयी पागल

रूठकर सब कोशिकाओं से
देह में वह भागती फिरती
सबको मारती पत्थर
एक कोशा हो गयी पागल

वह देह के भीतर
अलग से देह रचना चाहती है
चाहती है अलग, अपना खून
अलग अपना मांस
अपनी नसें
अपनी नाड़ियाँ
अपनी अलग आँगन बाड़ियाँ

बिन नाक-नक्शे का
अचानक उभरता है एक बीहड़
लुटेरे रोज आते हैं
गाँव सारे काँप जाते हैं
जिन्दगी की झुरमुटों में
पल रहा वर्षों पुराना विष
बाहर निकलकर
मारता है डंक

❑

खुद से हारे हुओं में शामिल

तुम जो खुद से डरे हुए हो
तुम्हीं तो सबको डरा रहे हो
खुद से हारे हुओं में शामिल
तुम्हीं तो सबको हरा रहे हो
यकीन मानो तो क्या किसी का
काम आओ तो क्या किसी के
सबसे अपनी नजर बचाकर
खुद से नजरें चुरा रहे हो
दूर खुद से चले गये हो
अरे! तुम्हारी अदा कहाँ है
किसके कहने में आ गये हो
अरे! तुम्हारी सदा कहाँ है
जुदा भले हों काम-धन्धे
जाँ हमारी जुदा कहाँ है
खुद ही अपनी दिलों में झाँकें
खुदी कहाँ है! खुदा कहाँ है!

❑

ये कोई बावरी-सी जिद है

कोई कहता है कि मन्दिर है यहाँ
कोई कहता है कि मस्जिद है
ये कोई बावरी-सी जिद है

ये खुदाई कहीं रहीम-सी लगती है
कहीं राम-सी है
किसी को ऐसी लगे
पानी पे लिखे नाम-सी है
सबके आँगन में वो उतरी है
आस्माँ की तरह
वो कभी सुबह-सी लगती है
कभी शाम-सी है
वो अपने में गुम नाम-सी है

शाम ढलते ही मस्जिदों से अजाँ उठती है
घण्टियाँ मन्दिरों की बजती हैं
जैसे संगीत की महफिल हो कोई

हवाओं में घुली
अपनी ही आवाज पर अँगुली रखकर
बता सकोगे कभी—
मन्दिर है कहाँ!
मस्जिद है कहाँ!

❑

आजकल जिन्दगी

पानी के इंतजार में हो जैसे घड़ा
सुबह खुलें ही नहीं, राशन की दुकानें कोई
छोटी होने में कतारों को बहुत देर लगे
कौन जाने कि कब किसकी बारी आयेगी
आजकल जिन्दगी ऐसे ही गुजरती सबकी

रेल रुक जाये कहीं
नाम न ले चलने का
और मुश्किल से मिले आखिरी बस
राह में रोक ले दस्ता कोई
जामातलाशी के लिए
घर पहुँचने में बड़ी देर लगे
कौन जाने कि कब आँख लगेगी किसकी
और कब नींद टूट जायेगी
आजकल जिन्दगी ऐसे ही गुजरती सबकी

फिर सुबह काम पर जाना सबको
और घर लौटकर आना सबको
सब अपने काम से ही दौड़े चले आते हैं
राह ऐसे चलें जैसे किसी से काम नहीं
आजकल जिन्दगी ऐसे ही गुजरती सबकी

सबके दिल में ये खयाल रहता है–
कुछ देर ठहरी हुई-सी शाम मिले
जिस्म को आराम मिले
रात जल्दी न बीत जाये कहीं
सुबह होने में जरा देर लगे

❑

कोई रूप

हवा चुप हो जाती है
इतनी चुप कि सोचती है ... साँस
हरे कि न हरे
सोच में डूब जाता है पेड़ ...
फरे कि न फरे
पत्ते से अटकी है बूँद ...
झरे कि न झरे
पानी पर डोलती गागर ...
भरे कि न भरे
धुंधाता है काठ ...
जरे कि न जरे
पाँव को पाँव से दबाये वह सोचती है ... प्रेम
करे कि न करे
हिरनी ठिठकी है ... कुलाँच
भरे कि न भरे
बाघ के सामने बाघ
लरे कि न लरे
सोचती है उछलती देह ...
मरे कि न मरे
डूबता दिन सोचता है ... कोई रूप
धरे कि न धरे

हवा चुप हो जाती है
इतनी चुप कि सोचती है ...

□

खून का घूँट

अन्त में सब हार जायेंगे
एक ही शब्द को पुकारेंगे
माँ! माँ!
माँ!
हम सब एक दूसरे के शत्रु हैं
लड़ते-लड़ते हार गये हैं

हमसे नहीं उठते हथियार अपने ही
चक्रव्यूह में

आख्या
जीवन की
हम नहीं जानते
मृत्यु को

माँ आयेंगी
सबकी हारी हुई
लड़ाइयों को जीतेंगी
खून का घूँट पीकर
अकेली रह जायेंगी

❑

यह उनींदा जीवन

जैसे ही
बन गयी होंगी आँखें
सोये हुए काल के स्फुरण से
समय की पलकें भी

इसी क्षण आये किसी सपने में
जन्मा होगा यह उनींदा जीवन

आकाश के सपने में
चमका होगा कोई सूर्य
सूर्य के सपने में पृथ्वी
पृथ्वी के सपने में देह
देहों के सपनों में
गंध, स्पर्श और रस

बार–बार टूटती है नींद
टूटते हैं सपने
अब जीवन से छुटकारा नहीं

❑

चीजें सबकी होकर अपनी

खरीदी हुई चीजों के गुमने से
बेची हुई चीजों में घाटा लगने से
अपनी बनाते-बनाते चीजों के बिछुड़ने से
चोरी चले जाने से
होता है दुःख

जंगल में चोरी से काट लिये गये वृक्ष के बारे में
कोई नहीं पूछता किसी से
किसका वृक्ष चोरी चला गया है

चिता पर चढ़ने से पहले सोचता हूँ
चीजें अपनी होकर
सबकी कैसे बनें
सबकी होकर अपनी कैसे रहें

❑

प्रभु तुम द्वन्द्व समास

कोई कब तक
नदी किनारे
बैठा रहे उदास
प्रभु तुम द्वन्द्व समास

धरती सबकी माँ है
अन्यायी भी बो देते हैं
अन्न नियम से
बड़े प्रेम से उग आता है

रोज-रोज ये थोड़ा-थोड़ा
मेरे भीतर क्या मरता है?
सारा सत्य लुटाकर कोई
अपना घर कैसे भरता है!

मरी हुई मछली की पीड़ा
वहीं छोड़कर सागर तट पर
सब मछुआरे रोज चले जाते हैं

कविता मेरी करनी है
मेरी नैया भी तो पार उतरनी है
दे न पाया आज तक मैं
दुःख की उपमा
मुझे करना क्षमा

❑

अनगढ़ देवी

घर में अनगढ़ देवी रहती है

वह जब से इस घर में आयी है
कितनी पीढ़ियाँ बीत गयीं
उसका कोई रूप थिर नहीं हुआ

पूर्वज अपने-अपने अस्त्र-शस्त्र दे-देकर हार गये
आज तक उसकी किसी लड़ाई का अन्त नहीं आया

वह रोज नये-नये रूप धरती है
हर रूप के लिए नया शृंगार माँगती है

यह वंश न जाने कब से है
जो उसके सँवरने में बीत रहा है

❑

हे जगन्नाथ!

हे भुवनेश्वर! गरजा सागर।
आया तूफान, करुणा निधान!
हिल गयी धुरी, मिट गयी पुरी।
डूब गया सब लोक, नाथ!
हे जगन्नाथ! हे जगन्नाथ!

हे लोकबन्धु! यह सिन्धु
उमड़, बन काल, उड़ाता पाल।
नीर अधीर, बढ़ाता पीर
बेखबर हुए क्यों, खबरनाथ!
हे जगन्नाथ! हे जगन्नाथ!

हे केशव! शव ही शव।
राज-पाट सब हाट-बाट।
लुट गया ठाठ, बह गया काठ
राजा बेबस, हैं हम अनाथ।
हे जगन्नाथ! हे जगन्नाथ!

❑

है कोई बात जो इक चुप में ढली जाती है ...

कभी—कभी
मेरी आवाज चली जाती है
है कोई बात जो
इक चुप में ढली जाती है

शाम झरती है
जैसे राख हो उजाले की
बची जो आग वो
रह-रह के चिलक जाती है
है कोई बात जो
इक चुप में ढली जाती है

कोई बादल है
अनमना-सा है
कभी उसी में कोई
बिजली चमक जाती है
है कोई बात जो
इक चुप में ढली जाती है

नजर न आये कहीं
फिर भी कोई सूरत है
डूबते दिन के उजाले में
घुली जाती है
है कोई बात जो
इक चुप में ढली जाती है

वो साँवरी-सी
अकेली-सी सड़क जाती है
साँझ ढलते मुझे
जाने कहाँ बुलाती है
है कोई बात जो
इक चुप में ढली जाती है

❑

बस ऐसे ही यह दुनिया चलती जाती है

कुछ हैं जो रो-धोकर काम चलाते हैं
कुछ हैं जो करने-धरने में लग जाते हैं
कुछ हैं जो इस रोने-धोने, करने-धरने पर प्रश्न उठाते हैं
कुछ हैं जो इस मरने-खपने का अर्थ बताते हैं

जो रोते-धोते हैं, वे कितने ज्यादा हैं
जो करते-धरते हैं, उनका भी पार नहीं
जो प्रश्न उठाते, उनकी कोई सुनें नहीं
जो मर्म जान लेते हैं, चुप हो जाते हैं

बस ऐसे ही यह दुनिया चलती जाती है
रोज जनम लेती है, मरती जाती है
यह कहाँ किसी के हाथों में कब आयी है
यह कहाँ किसी की बातों में कब आयी है

सुबह-शाम, दिन-रात बीतते रहते हैं
आते-जाते रहते हैं कितने ज्ञानी
रोज बदलते रहते हैं राजा-रानी
सब अपने-अपने दुःख में रोते रहते हैं
क्या पाकर दुनिया को खोते रहते हैं

❑

ऐसी ही यह दुनिया हमने पायी है

उसे छोड़कर कोई कहीं नहीं जाता
सब उसके भीतर आते-जाते रहते हैं।
सब रचते हैं अपने-अपने घावों को
सब अपने-अपने भावों को ही भजते हैं।
सब डूबे हैं अपनी–अपनी बातों में
जिसके जी में जो आये सो कहते हैं।
ऐसी ही यह दुनिया हमने पायी है।

कोई इस दुनिया में
होकर रहता है इस दुनिया का।
कोई इस दुनिया में
खोकर रहता है इस दुनिया को।

❑

हम उपमा देकर ठगे गये

हम अपने को छोड़
अपने से बाहर चले गये।

अपने कल्पित सच हमको
ऐसे लगे नये
धरती के भाग जगे जैसे!

कल्पित महिमा गायी हमने
सब आभासें प्रेम पगे
कहीं नहीं था अपना कोई
मान लिया, हैं सभी सगे!

किसी और ने नहीं छला
हम अपने से ही छले गये
कहाँ खुदाई जान सके हम
उपमा देकर ठगे गये!

❑

बिखरी हुई-सी रचना

रचता हूँ छोटी-सी रचना
बिखर जाती है बार-बार

जोड़ता हूँ जिसे अपने से
छिटकने लगता है वही

बिखरने को देखने की कला
अब तक नहीं आयी मुझे

कला आयी मुझे समेटने की
यह भी तो पता नहीं

रचता हूँ बिखरे हुए से
व्याकुल होता हूँ बिखर जाने पर

❑

शब्दप्रिया

मैं मतिमन्द दीन दुनिया में
छन्दहीन प्रभुता में गर्वित अर्थ का
भार उठाऊँ शब्द से
चरित कहाँ रच पाऊँ

वे होनी को कह गये
कहूँ मैं अनहोनी को

सूख रही रसधानी
लौट रहे हैं रूप बीज की ओर
छूट रहा स्पर्श
पवन थका
बिखर रहा सब अंगराग
शून्य में क्रिया
किसी और दुनिया में राह
देखती होगी शब्दप्रिया

अकाल बेला है
काँप रहा ब्रह्माण्ड
तारे टूट-टूट कर भाग रहे तारों से
दसों दिशाएँ साध रही हैं अन्तरिक्ष में पृथ्वी
भागती चली जा रही है अनाम की ओर ...

❑

उर्ध्वमूल

वृक्ष पर लिखे हैं कितने शब्द
जड़ तना
डाली पत्ते
फूल फल
नदी पर लिखा है जल
वायु पर बहता है प्राण
हवन-कुण्ड में आहूत अनन्तदेव
आकाश से झरकर पृथ्वी पर बिखरते हैं
देह पर लिख जाता है नाम
गेह पर धाम
समाधि पर हे राम।

❑

उसका घर

कहानियाँ

बेल का पेड़

जवा के आँगन में बेल का पेड़ है।

वह सूरज के घर नहीं जाती; उसे पीपल के पेड़ से डर लगता है। जवा की माँ कहती है, पीपल के पेड़ में भूत रहते हैं।

वह देहरी पर बैठकर बेल के पेड़ को ताकती रहती है। कितनी ही तेज हवा चले, वे अपने वृन्त से टूटकर नहीं गिरते। हवा में झूलते हरे-हरे कच्चे बेल धीरे-धीरे सुनहरे और मीठे होते जाते हैं। वह अपनी दोनों जाँघों पर कुहनियाँ टेके उन्हें रोज देखती है; जैसे उनके सुनहरे होने की प्रतीक्षा कर रही हो। वह बेल के पेड़ में खो जाती है; उसके वक्ष से दो बेल झाँकने लगते हैं।

सूरज की माँ कहती है, बेल के पेड़ में देवी का वास है। वह रोज जवा के घर जाता है।

जवा के घर में छोटा-सा मन्दिर है। दरवाजा खुला हो तो वे बाहर से ही दिखायी देती हैं। उनके आठ हाथ हैं। हर हाथ में हथियार हैं, पर एक हाथ खाली है। खाली हाथ की रेखाएँ साफ दिखायी देती हैं; लगता है बुला रही हैं। वे शेर की पीठ पर तनकर बैठी हैं। बायाँ पाँव जमीन पर है और दायाँ पाँव, बायें पाँव की जाँघ पर रखा है। महावर रचे पाँव दूर से ही दिखायी देते हैं। जरी-गोटे से जड़ी लाल साड़ी पहने वे मुस्करा रही हैं। कोई चाहे तो उनकी गोद में बैठ सकता है—जब भी कोई उनके पास जाता है तो दूर से ही प्रणाम करके लौट आता है।

सूरज बोला—वे मुझे ही देख रही हैं।

जवा बोली—तुम्हें नहीं मालूम; वे रोज अपने तीन रूप दिखाती हैं। माँ कहती हैं कि वे सुबह कन्या-रूप में रहती हैं, दोपहर में जवान स्त्री बन जाती हैं और शाम को बूढ़ी हो जाती हैं।

—पर मुझे तो वे हमेशा एक जैसी ही दिखायी देती हैं। क्या तुमने उनके तीनों रूप देखे हैं? तुम्हें वे कैसी लगती हैं।

—जिसकी जैसी भावना होती है, उसे वैसा ही तो दिखायी देता है। मुझे तो वे मेरी ही उमर की लगती हैं।

—फिर तो वे तुम्हारी माँ को बूढ़ी लगती होंगी?

—माँ कभी बूढ़ी नहीं होतीं।

—तुम्हारे पिताजी को वे कैसी लगती हैं?

—वे हमेशा उन्हें माँ के रूप में देखते हैं।

—क्या तुम्हारी माँ को भी?

—ये तो मैं नहीं जानती; अच्छा बताओ तुम मुझे किस रूप में देखते हो?

—तुम तो मुझे मेरी उमर की लगती हो—वह उसे अपनी ओर खींचने लगा...

—भीतर माँ हैं, देख लेंगी।

—कौन-सी माँ? क्या ये जो पत्थर बनी बैठी हैं? कभी-कभी लगता है ये किसी को नहीं देखतीं; सब इन्हें ही देखते हैं। ये इतनी सुन्दर हैं कि सड़क पर निकल पड़ें तो लोग इनके पीछे पड़ जायेंगे; इन्हें उठा ले जायेंगे। इसीलिए तो ये पत्थर बनी बैठी हैं। लोग शायद इनके सामने खड़े होकर यही आस लगाते होंगे कि ये जी उठें।

माँ सामने खड़ी थीं।

जवा उन्हें देखकर भीतर चली गयी। सूरज भौंचक वहीं खड़ा रहा।

—क्यों रे, यहाँ क्या कर रहा है?

—माँ, मैं बेलपत्री लेने आया था; माँ ने मँगायी है।

वह पेड़ पर चढ़ गया। चोरी से उसने एक बेल तोड़कर जेब में रख लिया। उसकी एक और बेल तोड़ने की इच्छा हुई।

—अभी तक नहीं मिली बेलपत्री; क्या पूरे पत्ते झराएगा? अरे, पूजा के लिए तो एक ही पत्ती बहुत होती है। पत्ती लेने तेरी माँ खुद क्यों नहीं आती? बड़ी भक्तन बनी फिरती है। तुझे क्यों भेजती है? किसी दिन मेरे घर में आग लग जाएगी।

सूरज पत्ते लेकर भागा...तभी जवा के पिताजी आ गये।

—सबेरे-सबेरे किस पर बरस रही हो?

—तुम्हें क्या फिकर? तुम तो अपने कमरे में धूनी रमाये बैठे रहो। लड़की सयानी हो रही है, कभी देखा है उसकी तरफ? कितनी बड़ी चोटी हो गयी है उसकी। अभी कुछ दिन और ठहरो, आसमान छूने लगेगी।

—आखिर हुआ क्या है?

—मुझे ये रोज-रोज सूरज का आना अच्छा नहीं लगता।

—तो बैठी रहो अँधियारे में कालरात्रि बनकर।

—अरे, मैं उस लड़के, सूरज की बात कर रही हूँ। बेलपत्री लेने आता है और घंटों खुसर-पुसर करता रहता है। जल्दी से कोई लड़का खोजो और इस लड़की के हाथ पीले करो; नहीं तो अनर्थ हो जाएगा।

—जैसे मैं तुम्हें मिल गया वैसे ही इसे भी कोई भला आदमी मिल ही जाएगा।

—हाँ, तुम्हारे घर आएगा, भीख माँगने!

—भीख माँगने ही आएगा। मेरी बेटी लाखों में एक है।

—बड़ी आयी लाखों में एक। अगर हाथ पर हाथ धरे बैठे रहे तो कोई इसे भीख में भी नहीं लेगा।

—तुम्हें शर्म नहीं आती, अपनी बेटी के बारे में कैसी-कैसी बातें सोचती हो!

—क्यों न सोचूँ। मैं दिन—रात अकेली खटती-खपती रहती हूँ। मेरे काम में हाथ तक नहीं बटाती। दिन-भर यहाँ-वहाँ डोलती रहती है। शाम होती है तो आसमान ताकने बैठ जाती है; जैसे सितारे तोड़ लाएगी। इसका होना, न होना मेरे लिए एक बराबर है। भगवान ने बेटा दिया होता तो मेरे काम आता। उसकी बहू आती तो मेरे चार हाथ हो जाते। यह तो एक न एक दिन घर छोड़कर भाग जाएगी।

जवा सोचने लगी; अगर माँ के तीन बेटे होते तो उनके आठ हाथ हो जाते; जैसे देवी के हैं। पीपल को छूकर आती हवा उसके कानों में भर गयी। अब उसे कुछ भी सुनायी नहीं दे रहा था। उसे लगा, वह दुपहर के सन्नाटे में घने जंगल में खड़ी है; जहाँ हर आवाज सूखे पत्तों की खरखराहट में विलीन हो जाती है। गर्म लू के झोंकों में झुलस जाती है। वह कुछ बोलना चाहती है, पर उसे लगा कि उसकी जीभ एक सूखा पत्ता है...अचानक उसके पाँव ठंडे पानी में डूब गये।

माँ आँगन धो रही हैं—अब यहाँ खड़ी-खड़ी क्या कर रही है; सूरज सिर पर चढ़ आया है; देवी की पूजा नहीं करेगी?

जब माँ गुस्से से भरी रहती हैं तो देवी की पूजा वही करती हैं। उसे लगता है वह अपनी ही पूजा कर रही है। हवन की धुन्ध में देवी के माथे पर चमकता लाल बूँदाय, जैसे धुएँ में उड़ती कोई चिंगारी हो। उसकी आँच वह अपने चेहरे पर महसूस करती है। जब वह अपने माथे पर छोटी-सी गोल बिन्दी लगाती है तो सिर के बीचों-बीच एक सूनी सफेद रेखा बालों के बीच से झाँकती दिख जाती है—रेत से भरी सूखी नदी दूर तक दिखायी देती है—जिसे वह कंघी करके बालों से ढँक लेती हैं। माँ कहती हैं, कुँवारी लड़कियाँ बीच की माँग नहीं निकालतीं; जब उसमें सिंदूर का समय आता है तब ही उसे काढ़ती हैं। सुहागिनें देवी की माँग से थोड़ा-थोड़ा सिन्दूर लेकर अपनी माँग में रोज भरती हैं; जैसे नदी से पानी भर रही हों।

मुहल्ले की स्त्रियाँ देवी के चरणों में शक्कर की चिरोंजियाँ चढ़ाती हैं। चिरोंजियों को देखते ही काले और लाल चींटें आ जाते हैं। वे पीपल के पेड़ पर रहते हैं? जब वह देवी का ध्यान धरती हैं तो वे चोली में घुसकर काट लेते हैं—चींटें को जरा-सा मसल दो तो वह मर जाता है, पर उसका काटा हुआ बहुत देर तक जलता रहता है—वे देवी के बायें पाँव के सहारे उन पर चढ़ जाते हैं और पूरे शरीर पर रेंगते हैं। वे हथियारों पर चढ़ जाते हैं जैसे उनमें मिठास खोज रहे हों। वे शेर के खुले हुए मुँह में घुस जाते हैं, पर वह उन्हें नहीं खाता; शायद चींटे खाने में अपना अपमान समझता हो।

जवा के घर देवी आती हैं और सीधी उसकी माँ के पास चली जाती हैं; किसी को दिखायी नहीं देतीं। उनके आते ही पूरे घर में हाहाकार मच जाता है; जैसे कोई घर फोड़ने वाली पड़ोसन हों; सबसे आँख बचाकर आयी हों और कान भर कर चली गयी हों। पल-भर में माँ क्रोध से तमतमा उठती हैं। उनका सामना कोई नहीं कर पाता। वे घर से बाहर निकल पड़ती हैं। मुहल्ले वाले अपने-अपने घरों में ऐसे छिप जाते हैं, जैसे खदेड़े हुए सैनिक हों। जो साहस करके सामने आ जाते हैं, वे थप्पड़ खाते हैं।

जब लोग साक्षात् देवी का सामना नहीं कर पाते तो कामना करते हैं कि वे पत्थर की हो जायें। वे उनकी मूर्ति बनवाकर उन्हें मन्दिर में बिठा देते हैं। उनकी निष्प्राण प्रतिष्ठा करके खुश होते हैं। जवा के घर में यह मन्दिर मुहल्ले वालों ने चन्दा करके बनवाया है। वे रोज मन्दिर आते हैं और उन्हें पत्थर की देखकर संतोष की साँस लेते हैं। देवी उन्हें देखकर मुस्करा देती हैं।

सूरज ने जवा की माँ को देखा तो वह डर गया—उनके बिखरे हुए बाल दोनों कंधों पर फैले थे। उनकी पलकें स्थिर थीं; मुँह से गुलाल निकल रही थी। किसी औरत की इतनी लम्बी जीभ उसने कभी नहीं देखी। मुहल्ले की कुछ स्त्रियाँ और पुरुष उन्हें पकड़ने की कोशिश कर रहे थे। वे काबू से बाहर थीं और पूरे मोहल्ले में हड़कम्प मचा रही थीं। कोई उनके बाल पकड़ता तो बाल हाथों में आ जाते और वे भाग निकलतीं। उनके बाल और घने दिखायी देते।

उसे काली मन्दिर की याद आयी—वे खड्ग-खप्पर लिये शिव की छाती पर खड़ी हैं। उनकी जीभ बाहर निकली हुई है। माँ कहती हैं कि जब महाकाली राक्षसों का नाश करके लौट रही थीं तब भी उनका क्रोध शान्त नहीं हुआ। उनके कोप से पृथ्वी डोलने लगी। तीनों लोकों में हाहाकार मच गया; तब देवताओं ने देवी को शान्त करने के लिए शिव से प्रार्थना की। शिव देवी के रास्ते में लेट गये। देवी अपना विकराल रूप धरे चली आ रही थीं। अचानक उनका पैर शिव की छाती पर पड़ा। जब उन्होंने देखा कि पाँवों के नीचे शिव लेटे हैं तो वे पति को देखकर लजा गयीं। उनका क्रोध तो शान्त हो गया पर लज्जा नहीं गयी। लाज के मारे उनकी जीभ बाहर निकल आयी। तब से वे इसी तरह लजायी हुई खड़ी हैं।

माँ का यह रूप देखकर जवा के पिता उनके सामने हाथ जोड़कर खड़े हो जाते हैं—माँ रक्षा करो, रक्षा करो! और वे उनके मुख पर गुलाल फूँकती रहती हैं। कभी-कभी बाल पकड़कर जमीन पर पटक देती हैं, पर वे अपनी रटन्त लगाये रहते हैं—रक्षा करो, रक्षा करो माँ! वे उनके चरणों में गिरकर दया की भीख माँगने लगते हैं। माँ की भौंहें और तन जाती हैं। वे क्रोध से भरी मुस्कान देखकर काँपने लगते हैं; निढाल होकर उनके सामने खड़े रह जाते हैं। मुहल्ले के दूसरे पुरुष भी ऐसे ही खड़े रहते हैं। जवा के चेहरे पर कोई भाव नहीं होता। वह चुपचाप एक कोने में खड़ी यह दृश्य निर्लिप्त देखती रहती है; जैसे अस्पताल की कोई नर्स हो।

जब माँ शान्त हो जाती हैं तो बहुत देर तक निश्चल पड़ी रहती हैं। उठकर बैठती हैं तो पूरा बदन दुखता है। जोड़-जोड़ में दर्द होता है; नसें खिंचती हैं। वे पूरा दिन पूरी रात बेकल रहती हैं। देवी कभी महीनों नहीं आतीं; कभी चाहे जब आ धमकती हैं। देवी तो चली जाती हैं, पर अपनी टूटन और उलझे हुए बाल यहीं छोड़ जाती हैं। माँ के उलझे हुए बालों को जवा ही सुलझाती है; जैसे वे यह काम उसे सौंप गयी हों।

कंघी करते हुए उसने पूछा—माँ, जब वे आती हैं तो कैसा लगता है?

वे बोलीं—मुझे तो कुछ भी याद नहीं रहता। कभी सोचती हूँ तो लगता है कि मैं एक सदियों पुरानी चट्टान हूँ; जिसे मैं भीतर ही भीतर तोड़ रही हूँ। वह टूटती ही नहीं। अचानक मुझे एक दरार दिखायी देती है और मैं अपनी पूरी शक्ति लगाकर बाहर निकल पड़ती हूँ। जब मेरे हाथ-पाँव दुखते हैं तो इच्छा होती है कि किसी चट्टान के नीचे दब जाऊँ।

वे खाट पर बैठी हैं; जैसे सदियों की थकी-हारी हों; मजदूरी करके लौटी हों। जवा काठ की कंघी से उनके बाल सुलझा रही है, पर वे सुलझते ही नहीं; कंघी फँस जाती है—कंघी के दाँत इतने टूट गये हैं कि वह किसी बूढ़ी औरत के खुले हुए मुँह की तरह लगती है—जवा ने कंघी जोर से खींच दी तो बाल जड़ से उखड़ आये। माँ चीखने लगीं और पलट कर एक थप्पड़ जड़ दिया।

थप्पड़ की आवाज सुनकर पिताजी बाहर निकल आये—तुम्हें शर्म नहीं आती; फूल जैसी बच्ची को मारती हो। तुम्हें गुस्सा दिखाने के लिए और कोई नहीं मिलता जो लड़की पर कोप करती हो! ये मेरे घर में बिलकुल नहीं चलेगा। अगर अब कभी तुमने मेरी बेटी पर हाथ उठाया तो तुम्हारा झौंतरा पकड़ कर घर से बाहर निकाल दूँगा। न जाने अपने आपको क्या समझती है!

माँ कुछ नहीं बोलीं। जल्दी से अपना सिर ढाँककर रसोई में चली गयीं। जवा आँगन में झाड़ू लगाने लगी। उसे लगा, कोई बुला रहा है। वह चुपचाप आँगन बुहारती रही; कुछ नहीं बोली।

ये पीपल के पत्ते सूरज के घर से उड़कर आते हैं—हरे, पीले, सूखे। इनके साथ कुछ कोंपलें भी टूटकर आ जाती हैं; जैसे घर से भागी हुई कुँवारी लड़कियाँ हों। वह बार-बार उन्हें झाड़ती है और वे पूरे आँगन में बिखर जाते हैं। वह दौड़-दौड़कर उनका पीछा करती है; पर वे नहीं मानते। पत्तों का पीछा करते हुए उसके उरोज आँगन में हेरते रहते हैं जैसे पत्तों को छू लेना चाहते हों। कभी-कभी वह हरे पत्तों का पर्स बना लेती है और उसमें पैसे रखकर उरोजों के बीच खोंस लेती है। कभी किसी पत्ते की पुंगी बनाकर बजाती है। पत्ते की आवाज सुनकर बहुत सारे पत्ते आँगन में आ जाते हैं।

जब कोई अकेली चिड़िया पेड़ पर चहकती है तो दूसरे पेड़ों पर बैठी चिड़ियाँ उसके पास चली जाती हैं; पेड़ पर छा जाती हैं। फिर पता लगाना मुश्किल हो जाता

है कि कौन चिड़िया किसके लिए चहक रही है।

वह आँगन में आ गया—क्या तुम बहरी हो; तुम्हें सुनायी नहीं देता?

वह मुस्कुरायी—इस पीपल की सरसर-खरखर सुनने से फुर्सत मिले तब कुछ और सुन पाऊँ। दिन-रात यह पीपल मेरे कानों में बोलता रहता है; मेरे ऊपर छाया रहता है। इसके पत्ते झाड़ते-झाड़ते मैं तंग आ गयी।

एक हरा पत्ता जवा के चेहरे पर आकर चिपक गया।

—देखा, ये मेरा पीछा ही नहीं छोड़ते।

—जवा, तुमने कभी अपने हृदय को देखा है?

—हम अपना हृदय कैसे देख सकते हैं; वह तो छिपा हुआ है?

—मेरी प्राणी-विज्ञान की किताब में हृदय की तस्वीर है जो बिल्कुल पीपल के पत्ते जैसी लगती है। एक और तस्वीर है जो पीपल के पत्ते जैसी है। गौर से देखो तो तुम्हारे सारे अंग पीपल के पेड़ में छिपे हैं।

—कौन-सी तस्वीर? कौन-से अंग?

—मैं नहीं बताऊँगा। तुम मुझसे बात ही नहीं करतीं।

—माँ मना करती हैं। तुम जाओ। वे देख लेंगी।

वे रसोईघर की खिड़की से देख रही हैं।

—क्यों रे, आज तू फिर आ गया!

—बेलपत्री लेने आया हूँ।

—जवा, इसे बेलपत्री दे दे।

—मैं खुद ही तोड़ लूँगा।

वह पेड़ पर चढ़ गया। जवा उसे एकटक देखने लगी जैसे स्तब्ध पत्ती हो। उसे लगा, कोई उसे छू रहा है।

माँ बड़बड़ाने लगीं—इन देवताओं का पेट ही नहीं भरता। रोज इन्हें कुछ न कुछ चाहिए। जप चाहिए। तप चाहिए। फल-फूल चाहिए। मालपुआ भी चाहिए। ससुरे पेड़ों के पत्ते भी नहीं छोड़ते; दूब तक खा जाते हैं; और रौंथते रहते हैं; कौड़ी के काम नहीं आते। पूरी जिन्दगी गुजर गयी, मुझे क्या दिया? इनसे तो अच्छे बैल हैं जो कम से कम जमीन तो जोत देते हैं। सब कुछ इन्हें ही चढ़ाते जाओ और खुद भूखे मरो। इनके ऊपर अपने आपको भी चढ़ा दो, तब भी इनकी भूख नहीं बुझती। इन्हीं के लिए जियो; इन्हीं के लिए मरो। ये अपना आसन नहीं छोड़ते और जब आसन डोलने लगता है तो भागे-भागे फिरते हैं।

—कितनी पत्तियाँ तोड़ेगा; क्या पूरा पेड़ ही चढ़ा देगा?

वह एक सुनहरा बेल तोड़कर नीचे कूदा।

—बेल क्यों तोड़ा; माँ गुस्सा होंगी।

—मैं इससे अपनी पतंग चिपकाऊँगा...

संध्या के आकाश में रंग-बिरंगी पतंगें उड़ती रहती हैं। वह रोज एक पतंग अपने लिए चुन लेती है और उसी को देखती रही है। वह मन ही मन सोचती है कि यह पतंग कभी न कटे। वह अँधेरा घिरने तक उसे उड़ते देखती रहती है। एक क्षण ऐसा आता है, जब पतंग ही आकाश में खो जाती है। कभी जब पतंग कटकर आकाश में तैरने लगती है तो वह उसका पीछा करती है। जब पतंग दिखायी नहीं देती तो वह ऐसे खो जाती है, जैसे किसी पिछले जन्म की स्मृति में डूब गयी हो।

सूरज ने किस रंग की पतंग बनायी होगी? उसे हरे, गुलाबी और पीले रंग की पतंगें बहुत अच्छी लगती हैं। उसने ऐसी ही पतंग पर अपना ध्यान जमा लिया और खाट पर लेट गयी। जब कोई दूसरी पतंग उसके पास आती तो वह काँप उठती। अचानक एक बड़ी काली पतंग उससे उलझ गयी। दो बड़ी-बड़ी लाल आँखें उसे घूर रही थीं। दोनों एक-दूसरे में उलझी कभी ऊपर जातीं; कभी नीचे आतीं। कभी छोटी हो जातीं, कभी बड़ी दिखायी देतीं। कभी अदृश्य हो जातीं। उड़ते-भिड़ते उसकी पतंग कट गयी; वह उठ खड़ी हुई। पतंग से जुड़ी डोर आँगन के ऊपर से लहराती हुई जा रही थी। वह खाट पर सिर झुकाकर बैठ गयी; जैसे लड़ाई हार गयी हो। अचानक उसे लगा कोई आहत पक्षी पेड़ पर आकर गिरा है; वह चौंक पड़ी—एक पतंग बेल के पेड़ में उलझ गयी है, पर उसकी डोर नहीं टूटी है; कोई उसे अपनी ओर खींच रहा है। वह बेचैन हो उठी। कहीं डोर वाले हाथ डोर को खींच न दें। वह जल्दी से छत पर चढ़ गयी।

सूरज डोर पकड़े आँगन में खड़ा था।

—मेरी पतंग तुम्हारे बेल के पेड़ में फँसी है।

—हाँ, वह तो बुरी तरह फँस गयी है।

—मैं डोर को ढीला किये देता हूँ। तुम पेड़ पर चढ़कर पतंग निकाल दो।

—लड़कियाँ पेड़ पर नहीं चढ़तीं। माँ गुस्सा होंगी।

—तुम्हारी माँ तो मेरे घर बैठी हैं।

—मैं पेड़ पर नहीं चढ़ूँगी। तुम अपनी पतंग खुद आकर ले जाओ।

आँगन में आते ही सूरज ने देखा—वह पेड़ के नीचे खड़ी है और उसके ऊपर पतंग फड़फड़ा रही है। वह उसके पास गया और चेहरे पर बिखरे हुए बाल धीरे-धीरे हटाने लगा। पतंग उसके हाथों में आ गयी। वह उसके बाल सहलाने लगा; जैसे कन्नी बाँध रहा हो। वह पीछे हट गयी।

—मेरे बालों को मत छुओ; वे उलझ जाते हैं।

—बाल तो तुम्हारी माँ के उलझते हैं, जब तुम्हारे घर वे आती हैं।

—माँ की कंघी तो मैं कर देती हूँ, पर मेरे बाल कौन सँवारेगा?

—क्या तुम्हें देवी आती हैं?

—नहीं, मुझे नहीं आतीं।

—जवा, जब मैं तुम्हें छूता हूँ तो लगता है, वे आ रही हैं। वे मेरे पूरे शरीर में दौड़ लगाती हैं। मुझे लगता है कि संसार की हर चीज हवा-पानी, पेड़-पौधे, पशु-पक्षी, नदियाँ-पहाड़ सब मुझे पुकार रहे हैं। मैं भयानक बाढ़ से घिर गया हूँ।

—हटो, लड़कों को देवी नहीं आतीं।

—तो फिर लड़कों को क्या आता है?

—लड़कों की बातें लड़के जानें। मुझे नहीं मालूम।

—तो तुम्हें क्या मालूम है?

—पिताजी मेरे लिए लड़का खोज रहे हैं।

—क्यों?

—उसके साथ मेरी शादी करेंगे।

—तुम शादी मत करना; तुम्हें देवी आने लगेंगी।

—वो कैसे?

—तुम्हारी माँ को जो आती हैं। तुम्हारे सारे बाल उलझ जायेंगे। मुँह से गुलाल निकलेगी।

—देवी सबको नहीं आतीं; किसी-किसी को आती हैं। जब माँ को आती हैं तो वे सब कुछ सच-सच बता देती हैं?

—क्या बता देती हैं?

—उसने कोई भी प्रश्न पूछकर देखो; सब सच निकलता है।

—तुमने कभी अपनी माँ से कुछ पूछा?

—नहीं, कभी नहीं। जब वे आती हैं तो मैं उनसे दूर ही रहती हूँ। एक बार पिताजी ने जरूर उनसे मेरे बारे में पूछा था।

—क्या पूछा था?

—यही कि मेरी शादी कब होगी? मुझे कैसा लड़का मिलेगा?

—तो माँ ने क्या कहा?

—वे बोलीं; तुम्हें लड़का खोजने की जरूरत नहीं पड़ेगी। यह खुद ही खोज लेगी। इसे बहुत अच्छा लड़का मिलेगा।

—जवा, मैं कैसा लड़का हूँ?

—तुम मुझे बहुत अच्छे लगते हो...

सूरज को लगा; वह गहरी नींद से जागा है...

❑

हिरनी

पिता के लौट आने से याद आता कि आज कौन-सा दिन है...

सुबह ऐसे होती जैसे अंगार से राख झर रही हो। उन दिनों घर में बिजली नहीं थी। ढिबरी की रौशनी से निकलता धुँआ रात भर घर के बन्द आकाश में भरता रहता। ढिबरी सिरहाने की दीवाल के पास मूढ़े पर रखी रहती। वर्षों से उस दीवाल पर काली लकीर बन रही थी जो एक आले में विलीन होती जाती। आले के ऊपरी हिस्से में उकेरे गये कँगूरे शेष नाग के फनों जैसे लगते। ढिबरी के पास ही अलार्म घड़ी रखी रहती। सुबह उसे उठाकर आले में रख दिया जाता तो वह नाग के पद्‌म जैसी चमकती।

जब घड़ी नहीं थी, तब भी सुबह चार बजे नींद खुलती थी। माँ आकाश में हिरनी देखकर समय बता देती। वह सप्तऋषियों को हिरनी कहती थी। जब घर में घड़ी आ गयी, हम घड़ी-घड़ी समय देखने लगे। मैं दिन में सुबह चार बजे का अलार्म लगाकर उसे बजा देता और माँ की डाँट खाता। घड़ी खराब हो जाएगी, का डर घर में घड़ी आने से पैदा हो गया।

सिरहाने रखी घड़ी की टिकटिक सुनते-सुनते हम सो जाते। जब कभी नींद टूटती तो टिकटिक फिर सुनायी देती और हमें यह विश्वास होता कि जीवित हैं।

इकलौता होने-से माँ के पास ही सोता था। मेरी पीठ पर आने वाली बहन माँ के पेट में थी। पिता शहर के उस पार पहाड़ी के पीछे एक गाँव में मास्टरी करने चले जाते और हफ्ते में एक बार घर लौटते। उस दिन जल्दी सोने की कोशिश की जाती और मुझे कहानियाँ सुने बिना नींद न आती। माँ एकाध कहानी सुनाती; फिर कहती, अब सो जाओ। जब जिद करता तो घड़ी दिखाती। फिर भी नहीं मानता तो सजा सुनाती—अगर तुम मेरी बात नहीं मानोगे तो तुम्हारी दुल्हन तुम्हें नहीं दूँगी।

—उसे कहाँ रखोगी?

—अपने पास सुलाऊँगी। कहानियाँ भी वही सुनेगी।

—हर बार मुझे यही सजा क्यों सुनाती हो?

—मेरे पास इससे बड़ी सजा नहीं है।

सजा सुनाने के दिन मुझे एक ही कहानी में नींद आने लगी। जब पिता नहीं होते तो माँ कहानियाँ सुनाते नहीं थकती। कभी-कभी तो मैं सो जाता और वह सुनाती रहती। दूसरे दिन जब वह किसी कहानी की याद दिलाती और मुझे याद न आती तो वह सकुचाकर कहती, अच्छा तुम सो गये होगे।

—जब मैं सो जाता हूँ तो तुम कहानियाँ किसे सुनाती हो?

—खाली घर को।

—क्या खाली घर को कहानियाँ सुनायी जा सकती हैं?

—खाली घर में ही तो कहानियाँ भरी रहती हैं। जब उन्हें कोई नहीं सुनता, तब काल सुनता है।

मैं रोज उसकी छाती पर सिर रखकर लेट जाता और वह पीठ पर हाथ फेरते हुए कहानी सुनाने लगती। जब भी सिर उठाकर उसके चेहरे की तरफ देखता—खिड़की से आते चाँद के प्रकाश और कमरे में काँपती ढिबरी की रौशनी में उसकी आँखें हिरनी जैसी चमकतीं।

माँ रोज हिरनी खोजती थी। वह साँझ घिरते ही छत पर खड़ी होकर आकाश की ओर निहारने लगती। कभी अचानक मुझे बुलाकर कहती—देखो वह बादल हिरनी जैसा लग रहा है। मैं उस बादल को खोजने लगता। खोजने में देर हो जाती और तब तक वह कुछ और हो जाता। हाथी जैसा बादल देर तक रुका रहता। पर हिरनी जैसे बादल को हवा जल्दी ही उड़ा ले जाती। सबसे पहले उसके सींग उड़ते और वह कुत्ते जैसा लगने लगता।

एक दिन बड़ा-सा बादल बिल्ली बन गया और बहुत देर तक ऐसे बैठा रहा जैसे चूहे की ताक में हो। फिर वही बादल धीरे-धीरे चूहे जैसा होने लगा।

—बिल्ली जैसा बादल, चूहे जैसा क्यों बन गया? —मैंने माँ से पूछा।

—हम जिसे खोजते हैं, वैसे ही होने लगते हैं। —माँ बोली।

वह जब मिट्टी के खिलौने बनाती तो हिरनी जरूर बनाती। उसके सींगों की जगह बबूल के सूखे काँटे खोंस देती। उसने मिट्टी की घड़ी भी बनायी थी—मिट्टी के अंकों के बीचों-बीच खुँसे बबूल के काँटे घड़ी के काँटों जैसे लगते।

दीवाल पर लटकाने के लिए घड़ी की पीठ में छेद भी कर दिया था। धूप में सूखने के बाद घड़ी दरक गयी, जैसे बूढ़ों के शरीर पर झुर्रियाँ निकल आती हैं।

जब आकाश में सप्तऋषि दिखने लगते, तब शाम को चूल्हा सुलगाया जाता। ठण्ड के दिनों में चूल्हे के पास बैठकर आग तापना अच्छा लगता है। मुझे माँ के पास बैठना अच्छा लगता। वह रोटी सेंकते हुए कनक की चिड़िया बनाकर सेंक देती। मैं सबसे पहले उसकी चोंच खाता। माँ चिड़िया की आँखें नहीं बनाती थी। यह काम

आग ही करती। आग ही उसके शरीर पर काले-कत्थई छपके भी बना देती।

जब पूरा खाना बन जाता तो आग भी सोने की तैयारी करने लगती—बुझती हुई आग को देखो तो लगता है कि उसे नींद आ रही है। वह राख की चादर ओढ़कर सो जाना चाहती है।

सुबह होते ही माँ समय खोजने लगती—उसे बाँस से नापती। धूप घर की दीवार पर चढ़कर दरवाजे की कुण्डी छू ले तो नौ बज जाते। वह मुझे जगाते हुए कहती—उठो परेना भर दिन निकल आया है, देर तक सोने से उमर कम हो जाती है। आँगन में धूप के पाँव पड़ते ही बारह बजने लगते और जब वह आँगन छोड़ने लगती तो तीन बज जाते। फिर वह घर के पाइप के सहारे चढ़कर भागती और माँ उसका पीछा करते-करते छत पर पहुँच जाती, हिरनी खोजने लगती।

संध्याकाल में समय कुछ ठिठक-सा जाता है—छोड़कर जाता हुआ दिन देर तक अलविदा कहता रहता है, जैसे घड़ी कुछ देर के लिए रुक गयी हो। छत पर खड़ी माँ कभी आवाज देती—देखो तो बेटा, कहीं घड़ी की चाबी तो खत्म नहीं हो गयी। मैं घड़ी पर कान लगाकर सुनता—घड़ी तो चल रही है।

माँ कहती—अक्सर ऐसा होता है जब मुझे समय की आवाज सुनायी नहीं पड़ती...

ब्रह्ममुहूर्त में काल का अभिषेक होता था। मुँह अंधियारे महाकाल के मन्दिर के घण्टे बजने लगते। पूरे शहर में उनकी ध्वनि गूँजती।

ग्यारह रुद्रों में से एक ने न जाने कब से हमारे शहर में डेरा डाल रखा था। मन्दिर के गर्भगृह में योनि के आकार की जलेरी में पत्थर का लिङ्ग स्थापित था। मन्दिर आधी रात तक खुला रहता—स्त्री और पुरुष मन्दिर में स्थापित अपने ही दो अंगों की रोज पूजा करने आते। उन पर जल चढ़ाते। पुष्प अर्पित करते। चन्दन-अक्षत छिड़कते। हाथ जोड़कर उन्हीं से प्रार्थना करते।

वह फूलों से ढँकता जाता और उस पर ढरकता जल जलेरी पर खिंची एक गहरी रेखा में राह पाकर बहता रहता, जैसे कामनाएँ बह रही हों।

फूलों से ढँके महाकाल आधी रात को ताले में बन्द कर दिये जाते। उनकी देह पर पड़ी कामनाएँ रात भर मुरझाती रहतीं। चार बजे सबेरे पुजारी मन्दिर खोलता तो सबसे पहले महाकाल पर पड़ी मुरझायी हुई कामनाओं को हटाता। पूरी रात झरती राख को बुहारता।

चाँदी की जलेरी और पीतल का नादिया राख से माँजे जाते। फिर मंत्रोच्चार करते हुए पंचामृत और जल से महाकाल का स्नान करवाया जाता। झीने कपड़े की पोटली में बँधी ताजे मुरदे की भस्म लिङ्ग पर भुरकी जाती, जो रोज तड़के श्मशान

से लायी जाती थी। छोटे-से गर्भगृह में भरी भस्म कणों की धुन्ध के बीच वह किसी अदृश्य जगत से प्रकट होता जान पड़ता।

कोई पूछता—यदि किसी दिन ताजे शव की भस्म न मिले तो?

पुजारी कहता—काल के अभिषेक के लिए रोज किसी न किसी को मरना ही पड़ता है। सदियाँ बीत गयीं, आज तक ऐसा हुआ ही नहीं कि काल के अभिषेक के लिए जीवन की भस्म न मिली हो।

शंख, घण्टा, तुरही, नगाड़ों और खड़तालों की ध्वनि से गूँजते मन्दिर में काल को भस्म चढ़ाये जाने के बाद उसे चाँदी के नेत्र, होंठ, रजत सर्पकुण्डल और मुण्डमाल अर्पित की जाती। मस्तक पर त्रिपुण्ड अंकित कर रुद्राक्ष और धतूरे की कलियों की माला लपेट दी जाती और फिर रजत सर्प से आच्छादित मुकुट उसके शीश पर सुशोभित होता। चाँदी का रत्न जड़ित छत्र धारण किये हुए महाकाल पर चँवर डुलाये जाते। काल को नाक-नक्श और आभूषण पहनाकर रूप में बाँध लिया जाता। कामनाओं और दुःखों की अदृश्य गठरियाँ उसके सामने खुलने लगतीं...माँ आँखें भींचकर मन्दिर के कोने में हाथ जोड़े खड़ी रहती।

घर में दो घड़ियाँ हों तो एक अविश्वसनीय लगने लगती है—पिता एक बिना चाबी वाली घड़ी भी घर ले आये। हमने यह मान लिया कि वही सही चलती है और चाबी वाली घड़ी समय बताने में कोताही करती है। वह बिना चाबी वाली घड़ी की बराबरी नहीं कर सकती। इस तरह चाबी वाली घड़ी हमारा विश्वास खोकर समय बताने में घबराने लगी। वह डर के मारे कभी आगे भागती और कभी पीछे चलती।

न जाने कब, हमने उसमें चाबी देना ही बन्द कर दिया। घर में समय की टिकटिक बन्द हो गयी। बिना चाबी वाली घड़ी दबे पाँव चलती। समय था, पर समय की आवाज गुम हो गयी थी। जब हम गहरी नींद सो रहे होते, बिना चाबी वाली घड़ी में चुपचाप आधी रात को तारीख बदल जाती।

घड़ी के चलते रहने से ही लगता कि समय चल रहा है। घड़ी सही-सलामत रहे, सब इसकी चिन्ता करते। ज्यादातर लोगों का विश्वास था कि उनका दाहिना हाथ ही अधिक काम करता है, इसलिए घड़ी बायें हाथ पर बाँधते थे। काम करने वाले हाथ को समय से दूर रखते थे। जिन्हें दाहिने हाथ पर घड़ी बाँधने की आदत थी, वे अगर गुस्से में किसी के मुँह पर मुक्का मार दें तो उसका चेहरा बाद में : पहले अपनी घड़ी देख लेते कि कहीं बन्द तो नहीं हो गयी।

जिनकी घड़ी आगे चलती, वे रेल पकड़ने की हड़बड़ी में जल्दी स्टेशन पहुँच जाते। उन्हें जब पता चलता कि रेल देर से आ रही है तो अपनी घड़ी देखकर पछताते। पीछे चलने वाली घड़ी वाले देर से स्टेशन पहुँचकर भी गाड़ी पकड़ लेते।

रेलगाड़ी की प्रतीक्षा करते हुए आगे चलने वाली घड़ी वाले दौड़कर घर जाने की सोचते, जब उन्हें याद आता कि वह सामान तो वे घर भूल आये हैं, जिसे साथ ले जाना था, पर स्टेशन की घड़ी आगे और पीछे चलने वाली घड़ियों के बीच का समय बता रही होती। जब बहुत देर तक रेल नहीं आती तो उन्हें लगता कि इतनी देर में घर जाकर लौट सकते थे। आखिरकार वे स्टेशन पर बैठकर भूले हुए सामान के बारे में वह कहानी गढ़ते रहते, जिसमें वे छिप सकें।

—यदि सारी घड़ियाँ गलत हो जायें तो उन्हें किस घड़ी से मिलायेंगे?—मैंने पूछा।

—सूर्य घड़ी से।—माँ बोली।

—क्या सूरज में समय के काँटे होते हैं?—मैंने पूछा।

—सूरज में नहीं, हमारी परछाई में काँटे होते हैं?—माँ बोली।

शहर की सूर्य घड़ी पर अँधेरा छाया रहता। वह कभी खुले मैदान में थी। बढ़ते हुए शहर के ऊँचे मकानों ने घड़ी को घेर लिया। पत्थर पर उकेरे गये समय के अंक धुँधले पड़ गये। पुरखों के गाँव से आकर कौए उन पर चोंच मारते, जैसे उन्हें फिर उकेर रहे हों। घड़ी पत्थर के स्तम्भ पर रखी थी। शहर का भैंसा उससे अपनी पीठ खुजाने आता। अहीर अपनी-अपनी भैंसें लेकर उसके आगे-पीछे घूमते। उसे घी और गुड़ खिलाते। वह शहर की सड़कों पर अपनी चाल चलता घूमता रहता। उसकी सुन्दर, बलिष्ठ, काली-चमकीली देह से सब डरते। कोई उसकी राह में आना नहीं चाहता। वह शहर के चौराहे पर घण्टों निश्चिन्त बैठा कुछ न कुछ लगातार चबाता रहता। तेज भागती मोटर गाड़ियाँ उसके चारों ओर घूमती रहतीं।

माँ कहती—आकाश गंगा से उतरकर चार चरणों वाले सत्ताईस नक्षत्र शहर की वेधशाला में आज भी विचरते हैं। उनके पाँवों से बँधे अक्षरों में स्वरों के कंकर भरे हैं। चन्द्रमा उनके नूपरों की ध्वनि का पीछा करता बारह राशियों के सौर उद्यान में रमण करता है। जहाँ संवत्सर अपलक सूर्य की निरन्तर परिक्रमा कर रहा है। न जाने क्यों, पृथ्वी के केन्द्र में काल की हथेली पर बसा हमारे भाग्य का रेखापुर धीरे-धीरे हमारे ही हाथों से छूटता चला जाता है। होरा चक्र में उस अभिजित् नाम वाले नक्षत्र की तरह, जो होते हुए भी नहीं-सा है...

मुख्य चौराहे पर घण्टा घर की घड़ी का एक काँटा दस और दूसरा दो के अंक पर न जाने कब ठहर गया था। उसे देखकर लगता कि जैसे घड़ी की मूँछें उगी हों। नगरपालिका का घड़ी बाबू कभी इसमें चाबी भरने आता था। राह चलते, चलता हुआ समय भी दिख जाता था। शहर में दिन-रात समय के घण्टे सुनायी पड़ते थे।

रोज दिन में तीन बार कपड़ा मिल का भोंपू सुनायी देने लगा, जैसे करोड़ों झींगुर गला फाड़कर चीख रहे हों। यह आवाज बड़े सबेरे पूरे शहर को हड़बड़ी से भरने लगती।

सबसे पहले झुग्गियों में रहने वाले मजदूरों की बस्ती में हलचल मचती। वे खाने का डिब्बा लेकर अपनी साइकिलों पर मिल की ओर निकल पड़ते। जिनकी नींद देर से खुलती, उन्हें यह भोंपू नौकरी छूट जाने की धमकी-सा सुनायी पड़ता। जो चैन की नींद सोते, उनने अपनी घड़ी में समय के अंकों पर सोने का पानी चढ़वा लिया था।

सुबह मुर्गा जरूर बोलता होगा, पर उसकी आवाज न जाने कब से सुनायी नहीं दी। शहर की फिजा में घुलते अजान के स्वर भोंपू के शोर में दब जाते। मन्दिरों की घंटियों की आवाज उठते ही जमीन पर गिर जाती। थके-हारे मजदूर भोंपू की आवाज सुनकर रोज दोपहर का खाना खाते और फिर काम पर लग जाते। शाम को उसी की गुर्राहट सुनकर घर की ओर भागते और रात की पारी वाले घर से निकल पड़ते। चौबीसों घण्टे चिमनी से झरती काली राख साँसों में भरती रहती, शहर के आकाश में मौत के डर की तरह छायी रहती।

मौत के डर का व्यापार चल निकला। डर से भरे जीवन की अँधेरी गलियों में योग क्षेम की दूकानें खुल गयीं जो मरकर लाभ कमाने का आश्वासन देतीं। शहर काजी ने भी अपना बीमा करवा लिया। पुजारी आरती के चढ़ावे से बीमे की किश्तें पटा देते। डरे हुए कामकाजी पति मरकर लाभ कमाने के खाते में पैसा जमा करने लगे। वे नींद के समय में भी धन कमाने को उतावले रहते। औरतें बच्चे पालने के समय को पैसा कमाने में खर्च करने लगीं। कुछ तो अपने गर्भ को भी किराये पर उठा देतीं। नौजवान समय का शिकार करने घर से बाहर निकल पड़ते और वर्षों बाद बूढ़े होकर लौटते। सूने घर में अकेली माँ भाग्य को कोसती दिन गिनती रहती।

एक सुबह माँ ने काल पर पैर रख दिया।...

वे मुँह अँधियारे सीढ़ियाँ उतर रही थीं, अचानक जोर से चीखीं। मैं चौंककर उठा—वे उल्टे पाँव सीढ़ियाँ चढ़ रही थीं। ऊपर आकर उन्होंने गौरी को आवाज दी—गौरी जल्दी आओ, घर में काल है।

गौरी हमारे घर के पिछवाड़े एक कमरे में रहती थी। पिता जिस गाँव में मास्टर थे, वह उसी गाँव से ऊँची तालीम पाने शहर आ गयी। वह हमारी देखरेख में अकेली रहती। सबको एक ही चिन्ता थी कि इस सयानी का ब्याह कब होगा और उसके हाथ में ब्याह की रेखा ओझल थी।

गौरी दौड़ी-दौड़ी आयी। माँ उसे सीढ़ियों के पास ले गयीं—वह गुड़ेरी मारे अविचल बैठा था—

—तुमने इस पर पैर रख दिया है। अब यह कहीं नहीं जाएगा।—गौरी बोली।

—क्यों?—माँ ने पूछा।

—जब कोई गर्भवती उस पर पाँव रख देती है तो वह अँधा हो जाता है। ठहरो!

मैं किसी को बुलाकार लाती हूँ—गौरी चली गयी।

घर में उसका नाम नहीं लिया जाता। सब उसे काल कहते। अगर कहीं उसकी याद भी आ जाये तो समझो वह कहीं पास ही होगा। माँ कहती, वह खाट पर नहीं चढ़ता और मैं निश्चित होकर सोता। जब कभी उसकी याद आती तो गरदन लटकाकर नीचे देख लेता। जो लोग खाट पर पड़े-पड़े मर जाते हैं, उन्हें जल्दी ही जमीन पर लिटा दिया जाता है, जिससे कि काल उन्हें पूरी तरह मार सके।

सुबह की नमाज पढ़कर मुल्ला जी लौट रहे थे। गौरी उन्हें बुला लायी—

—वे देखते ही बोले—इसे नहीं मारना चाहिए।

—गौरी बोली—यह तो खुद ही मरने को यहाँ बैठा है। क्या इसे ऐसे ही छोड़ देंगे?

—मुल्लाजी बोले—काल को छोड़ना ही पड़ता है। हम काल को मार लेंगे तो फिर हमें कौन मारेगा!

—गौरी एक घट उठा लायी—लो इसमें भरो और कहीं बाहर फेंक आओ।

—मुल्लाजी बोले—हम काल को भरकर कहीं नहीं फेंक सकते। गौरी वह तो हर चीज में भरा है। हमारा जोर हुस्न पर रहता है और हम उसकी चाल को नहीं पकड़ पाते। वह धीरे-धीरे जमती धूल की तरह हमारी जिन्दगी पर झरता रहता है। खाली घरों में रहता है। बहुत दिनों के बाद जब हम घर लौटते हैं तो फर्श पर जमी धूल पर उसके रेंगने के निशान होते हैं। उन निशानों पर गौर किये बिना हम घर का हुस्न सँवारने लगते हैं।

मुल्लाजी ने एक लकड़ी पर उसे उठाया तो वह ऐसे लटक गया, जैसे माँ की दो चोटियाँ हों। वे उसे घट में भरकर ले गये...

—माँ ने पूछा—गौरी! वह देख क्यों नहीं पाता?

—गौरी बोली—शायद वह अँधा नहीं होता। बस कुछ देर तक ठिठककर अपनी ओर आ रहे एक और जीवन के बारे में सोचता होगा।

—तुम्हें ऐसा क्यों लगता है गौरी?—माँ ने पूछा।

—गर्भ में अंकुरित होते ही बीज उसी की ओर ही तो बढ़ने लगता है। जन्म वृक्ष की शाखाएँ, पत्ते, फूल, फल सब उसी के अनन्त में लहलहाते हैं, मुरझाते हैं, विलीन होते जाते हैं। जन्म-जन्मातरों से उड़ती राख उसी के भीतर भरती जा रही है, जिसे वह अपलक बुहारता चलता है। वह राख बुहारते हुए जरूर ठिठकता होगा और राख होने के लिए आने वाले जीवन के बारे में शायद सोचता होगा...

...गौरी बोल रही थी और राख के रंग का उजाला धीरे-धीरे पूरे घर में फैलता जा रहा था...

❑

उसका घर
(श्यामला के लिए)

ये जाले मेरा पीछा कभी नहीं छोड़ेंगे। इन्हें रोज झाड़-बुहारकर घर से बाहर फेंक देती हूँ, पर ये मकड़ियाँ न जाने फिर किस लोक से मेरे घर में आकर तम्बू तान लेती हैं। ये घर बुहारते बरसों बीत गये, पर पूरा कचरा कभी बाहर ही नहीं निकलता।

वह बड़े सबेरे उठकर घर जमाने लगती है और घर जमते ही बिखरने लगता है। वह आज तक अपने मन का, घर नहीं जमा पायी। उसकी इच्छा है, एक बार घर की चीजें इस तरह जम जाएँ कि फिर कभी न बिखरें। अगर उसका वश चले तो मुझे भी घर के किसी कोने में जमा दे।

लगता है कि चीजें एक जगह जम ही नहीं सकतीं। वे बिखरने के लिए ही बनी हैं–कपड़े पूरे घर में बिखरे रहते हैं। वे बिस्तर पर फैल जाते हैं। कुर्सी के हत्थों पर झूलते हैं। खूँटियों पर महीनों लटके रहते हैं, जैसे उन्हें फाँसी दे दी गयी हो। बाहर सूखने डालो तो वे अनन्त में उड़ जाते हैं। तह करके रखो तो उनकी तहें जल्दी ही खुलने लगती हैं। बहुत दिनों तक तह करके रखे गये कपड़ों को देखो तो लगता है कि वे उदासी से भरे हैं। कमीजों की कालर लटक जाती है। आस्तीनें कुछ इस तरह सिकुड़ जाती हैं कि पहनते ही कमीज छोटी लगती है।

मँजने के बाद बरतन कितनी जल्दी रसोई घर में बिखरने लगते हैं। लाख बचाओ, गेहूँ की बोरी से कुछ दानें बिखर ही जाते हैं। पीपे में आटा कितने ही सधे हाथों से भरो, वह बिखरता ही है। हमें पता ही नहीं चलता और पूरे घर में धूल बिखरती रहती है। हमारी ही जमायी हुई चीजों पर झरती है। सुबह झाड़ू लगाओ तो कम से कम एक मुट्ठी धूल जरूर निकलती है।

किसी फूल को न भी तोड़ो, तो देखते-देखते उसकी पँखुड़ियाँ बिखरने लगती हैं। पेड़ पर जमा हुआ पत्ता न जाने किस दुःख में पीला पड़ता जाता है। लगता है, जैसे बिखरने की तैयारी कर रहा हो!

–कुछ भी जमाया नहीं जा सकता। सब कुछ बिखरने के लिए ही बना है, समझीं तुम?

—मुझे मत समझाओ। घर तुम्हें नहीं, मुझे जमाना पड़ता है, समझे तुम?

—देखो, कोई घर कभी जम ही नहीं सकता। जरा अपने घर से बाहर निकलकर सारे घरों को देखो, वे भी बिखरे पड़े हैं। हर आदमी घर जमा-जमाकर हार गया है। जो कवाड़ तुम घर से बाहर हटाती हो, लोग उसी कचरे से घर बसा लेते हैं। बरतन माँजने वाली बाई हमारे घर के कबाड़ से अपना घर सँवर जाने का सपना देखती है। मेरे पुराने कपड़े उसका घर वाला पहन लेता है। हमारे बच्चों की उतरन उसके बच्चे पहनते हैं। तुम्हारी फीकी पड़ गयी साड़ी वह खुद पहनकर अपने खालीपन को मन समझाने के लिए भर लेती है। घर तो उसका भी नहीं जमता। चीजें तुम्हारे घर से निकलकर उसके घर में बिखरने लगती हैं। चीजों को बिखरने से कोई कहीं भी नहीं रोक सकता। बाजार भी तो चीजों के ढेर हैं, जहाँ कितनी चीजें बिखरी रहती हैं। दूकानदार अपनी जमी-जमायी चीजें ग्राहक के सामने जानबूझकर बिखराते हैं। बिना बिखराये चीजें देखी ही नहीं जा सकतीं और ग्राहक उन्हें घर जमाने की सोचते हैं। तभी तो घर में जमी हुई बहुत-सी चीजें ठीक से दिखायी तक नहीं देतीं। ढूँढ़ने पर नहीं मिलतीं। चीजें जमने के लिए बनी ही नहीं। वे दूकान से घर में आकर तुरन्त बिखरने लगती हैं, समझीं तुम?

—मुझे समझने की फुर्सत ही कहाँ है! कितना सारा काम पड़ा है। अब बन्द करो ये कचरा पुराण। मुझे अपना घर जमाने दो।

सबेरा होते ही बेटियाँ उसकी एक ही आवाज पर उठ जाती हैं। दूसरी और कभी तीसरी आवाज पर मैं भी उठ जाता हूँ। बेटा उसकी कई आवाजें सुनकर भी नहीं उठता। उसे लगता है कि बिस्तर पर पड़े-पड़े करवटें बदलने से भी घर बिखरता है। बेकार ही बिस्तर पर पड़े रहना बिस्तर पर फैले कचरे के समान है।

कम समय में बहुत सारे काम निबटाना हो तो इसका हुनर कोई उससे सीखे। सबेरे दूधवाले के आते ही नल आ जाते हैं, जैसे दूध में पानी मिलाने आ गये हों। वह नल खोलकर बड़ी टंकी में नहाने का और मटके में पीने का पानी एक साथ भरने लगती है। गैस के एक चूल्हे पर पानी मिलाकर दूध चढ़ा देती है और दूसरे पर नाश्ता पकाने लगती है। मैं उसी समय चाय माँगता हूँ और बरतन माँजने वाली बाई दरवाजा खटखटाती है। मटका पूरा भरकर छलकने को और दूध उफान लेने को उतावला हो रहा है।

वह किस-किसको सँभाले? नल बन्द करने दौड़े तो दूध उफन जाएगा। दूध को बचाये तो मटके से पानी बिखरकर घर में भर जाएगा। पानी से घर को बचाये तो चाय जल जाएगी। दरवाजा न खोले तो बरतन वाली बाई बहाना बनाकर भाग जाएगी। वह सब कुछ एक साथ सँभालती है, फिर भी कुछ-न-कुछ तो बिखर ही जाता है।

—ये लड़कियाँ किसी काम की नहीं। सुबह से अखबार लेकर बैठ जाती हैं, किसी काम में मेरा हाथ भी नहीं बटातीं। घर कितना बिखरा पड़ा है! सूरज सिर पर चढ़ आया है।

मैं भी अखबार लेकर बैठा रहता हूँ और उसकी बात सुनकर लगता है कि जैसे वह सूरज की नौकरानी हो और काम पूरा न होने पर सूरज उसे नौकरी से निकाल देगा। पूरे अखबार में न जाने क्या-क्या बिखरा पड़ा है! भाषा इतनी बिखरी-बिखरी कि समझ में ही नहीं आती। कहीं बम फटने से लाशें बिखरी पड़ी हैं। कहीं पटरी से उतरी रेल के डिब्बे बिखरे पड़े हैं। कहीं लोगों ने सरकार बिखरा दी है और कहीं सरकार ने लोगों को बिखरा दिया है। घर जमाने वाला जैसे कोई है ही नहीं। देश में दुनिया बिखर गयी है और दुनिया में बिखरे-बिखरे देश दिखायी दे रहे हैं। कोई नंगी औरत अखबार के पूरे पन्ने पर बिखरी पड़ी है और विज्ञापन कहता है कि यह किसी साबुन से नहाने के कारण निखर उठी है। पन्ना-पन्ना बिखरते अखबार में प्रकाशित घर जमाने की किसी भी विधि से घर नहीं जमता। कोई विधान घर जमाने के काम नहीं आता।

उसकी झिड़की सुनकर लड़कियाँ कुछ काम सम्भालने लगती हैं—हटो, तुम से नहीं होगा। इसे छोड़ो, यह मुझे ही करना पड़ेगा।

कोई कुछ करे तो मुसीबत, न करे तो मुसीबत। उसे किसी का भी किया हुआ काम पसन्द ही नहीं आता और कहती रहती है कि सब काम मुझे ही करना पड़ता है। वह दादी की याद करने लगती है—वे बूढ़ी होकर भी मेरे काम में हाथ बटाया करतीं। बैठे-बैठे भाजी ही साफ कर देतीं। गेहूँ बीन देतीं।

घर में पूर्वजों की स्मृतियाँ पग-पग पर बिखरी हुई हैं। कुछ तो फिर लौटकर आ गये हैं। अपने पिछले जन्म के खालीपन को भरने के लिए दादाजी बड़ी लड़की के रूप में अवतरित हुए हैं। जब बड़ी लड़की उसके गर्भ में आयी तो दादाजी ने उसके सपने में आकर कहा कि हम आ रहे हैं। उनकी इच्छा थी कि वे अगले जनम में लड़की बनें। उन दिनों मैं उसे रामचरितमानस पढ़कर सुनाया करता। बड़ी लड़की तुलसीदास के मानस पर उतरी है। घर आये आपातकाल में उसका धीरज और मित्रता हम सबके काम आती है। आखिर वह दादाजी जो ठहरी।

वह इस घर में दादाजी की इच्छा से ही आयी। उनकी इच्छा थी कि नतबहू के हाथ का खाना खा लेने के बाद ही वे प्राणों का त्याग करेंगे। दादाजी ने उसके पाँव देखकर मेरा रिश्ता तय किया। वे कन्या के पाँव का आकार देखकर उसके स्वभाव को पहचान लेते। वे कहते, पाँव छोटा हो और पूरा जमीन पर जमता हो, यही शील की निशानी है। वे उसके हाथ का खाना खाकर डेढ़ बरस बाद ही चल बसे।

छोटी लड़की मेरी माँ का रूप धरकर आयी और उसकी सास बन बैठी। छोटी लड़की उससे सास की तरह की व्यवहार करती है। मेरी माँ होती तो उसको इतना कभी न डाँटती। वे दोनों सास-बहू की तरह ही झगड़ती हैं। बेटा मेरा ही अवतार है।

दो बेटियों के बाद उसने गुरुवार का व्रत करके मुझे ही बेटे के रूप में फिर पा लिया। बेटी के रूप में मैंने उसे पहले ही पा लिया था। कभी-कभी लगता है कि हम जीते-जी अपने खालीपन को भरने के लिए आपस में जन्म बदल लेते हैं और फिर भी खालीपन नहीं भरता।

पूरा घर गीले कपड़ों से भरा है। खुले में ही नहीं, घर के भीतर भी कपड़े सूख रहे हैं। किसी भी दरवाजे से निकलो तो ढीले पड़ गये वन्दनवार की तरह वे सिर से छू जाते हैं। उसकी सूखती हुई साड़ी की ठण्डक तन को सिहरा देती है। मैं उसे शुरू से याद करने लगता हूँ। वह साथ होते हुए भी मेरी यादों में बिखरने लगती है।

पहली मुलाकात का मौका मिलने पर भी मैंने उसे नहीं देखा। उसके पाँव देखने के बाद यह मौका दादाजी ने ही दिया कि मैं उसका चेहरा देख लूँ। वे कहते कि नये जमाने के लड़कों की नजर चाल पर उतनी नहीं जितनी चेहरे पर जमती है।

वह बहुत-सी लड़कियों के बीच एक छोटे-से कमरे में बिठा दी गयी। मुझे सब लड़कियों को देखकर लगा कि जैसे किसी घनी छाया में गायें सुस्ता रही हों! उन्हीं के बीच कुछ बूढ़ी और अधेड़ स्त्रियाँ भी ऐसी लग रही थीं जैसे अभी-अभी खलिहान में आये नये गेहुँओं के ढेर में मोटे-मोटे डण्ठल पड़े हों।

मैंने सब लड़कियों को एक साथ देखा और चाय पीकर लौट आया।

"तुम्हें लड़की पसन्द आयी?" पिताजी ने पूछा।

"देखी ही नहीं," मैंने कहा।

"जाकर एक बार फिर देख लो," पिता बोले।

उसे दोबारा कैसे देखूँ—मैंने सोचा—उसने मुझे जरूर एक बार देखा होगा। मुझे तुलसीदास की याद आ गयी—'लोचन मग रामहिं उर आनी। दीन्हें पलक कपाट सयानी।' हो सकता है, वह मुझे पसन्द कर चुकी हो। ये लोग मेरे बारे में उससे क्यों नहीं पूछते?

"तुम जल्दी बताओ, क्या सोचा?" पिता बोले।

"अभी मैं सोच रहा हूँ, क्या कहूँ।"

"लड़कीवाले को क्या जवाब दें," पिता ने पूछा।

"लड़कीवाले तो मुझे पसन्द कर चुके हैं," मैंने कहा।

"तुम्हें लड़की पसन्द है, कि नहीं?" पिता झल्लाये।

"यह कैसे पता चले कि मैं उसे पसन्द हूँ?" मैंने कहा।

"अगर यही हाल रहा तो तुम्हारी शादी होना मुश्किल है," पिता बोले।

मैंने दोस्त से पूछा, "तुमने लड़की देखी है?"

वह बोला, "मैंने तो अच्छी तरह देखी है।"

मैंने पूछा, "कैसी है?"

वह बोला, "अच्छी है।"

लड़की में अच्छा क्या होता है?—मैंने सोचा। मेरे फूफा के लड़के की अभी तक शादी नहीं हुई। फूफा बड़ी शान से कहते हैं कि मेरा लड़का अभी तक दस लड़कियाँ देख चुका है। उसे एक भी पसन्द नहीं आयी। किसी की नाक छोटी होती है तो किसी का मुँह चपटा। कोई मुटल्ली होती है तो कोई दुबली। कोई गोरी, कोई साँवली। कोई लक्ष्मी की तरह थोड़ी-सी भेंगी तो कोई सरस्वती की तरह शान्त और समदृष्टि। कई तरह के दाँत, कई तरह की आँखें, कई तरह के कान और बाल भी कई तरह से गुँथे हुए। कोई ठिंगनी होती है तो कोई लड़के से ज्यादा ऊँची लगती है।

मैंने सोचा—ऊँचाई और ठिंगनेपन से दूर किसी गहरी जगह में सुन्दरता का वास है, जिसे मैं उससे मिले बिना कैसे देख सकता हूँ? वह सुन्दर है, यह मैं अभी कैसे बता सकता हूँ? और मैंने उसे बिना देखे ही हाँ भर दी।

वह आ गयी और आते ही घर जमाने में जुट गयी। उसे देखकर लगा कि उसकी गृहस्थी तो कई लोकों में बिखरी पड़ी है। वह कहाँ-कहाँ जाकर सामान जमाएगी! उसे माटी, पानी, हवा, आग और आकाश में रचे-बसे अपने देह-लोक के कामों से ही फुर्सत नहीं मिलती। उसकी इच्छा है कि थोड़ा-सा समय अपने स्मृति-लोक में गुजारकर उसे व्यवस्थित कर ले। कुछ समय अपने भाव-लोक में रहकर उसे सँवार दे। पर उसके मन के लोक की अँगनाई ही इतनी बड़ी है कि उसी में पोंछा लगाते-लगाते पूरा दिन बीत जाता है। वह अपने लोकों की झाड़-बुहारी करते समय किसी को भी उनमें एक पग नहीं धरने देती।

उसे जब कभी अपने इन लोकों के काम से थोड़ी-सी फुर्सत मिलती है, तब हम दोनों कुछ देर के लिए आत्मा की देहरी पर आकर मिलते हैं, जहाँ हमारे मन के उजालों और अँधेरों के बीच कुछ देर के लिए एक आलोक उतर आता है, जिसमें हम घुलते-मिलते हैं। मुझे लगता है कि वह अपने सारे काम भूल गयी है। पर उसे तो कोई काम कभी भी याद आ जाता है और वह अपने लोकों में लौट जाती है।

"सुख बीच-बीच में कहीं चला जाता है," मैं उससे कहता हूँ।

वह कहती है, "घर में ही तो रहता है।"

"घर में कहाँ रहता है?" मैं पूछता हूँ।

वह कहती है, "हमारे मन में रहता है।"

"मन कहाँ रहता है?" मैं पूछता हूँ।

वह कहती है, "तन में रहता है।"

"तन कहाँ रहता है?" मैं पूछता हूँ।

वह कहती है, "माटी, पानी, हवा, आग और आकाश में।"
"ये पाँचों कहाँ रहते हैं?" मैं पूछता हूँ।
वह कहती है, "अपने आप में।"
"अपना-आप कहाँ रहता है?" मैं पूछता हूँ।
"वह कहती है," अपने ही जाप में।
"अपना जाप कहाँ रहता है?" मैं पूछता हूँ।
वह कहती है, "अपनी बानी में।"
"बानी कहाँ रहती है?" मैं पूछता हूँ।
वह कहती है, "हमारे खालीपन में।"
"खालीपन कहाँ रहता है?" मैं पूछता हूँ।
वह कहती है, "हमारे बिखरेपन में।"

—तभी तो मेरा घर इतना बिखरा-बिखरा लगता है। मैं रोज घर में चीजों को जमाती रहती हूँ, यह सोचकर कि कभी तो मेरा खालीपन भर जाएगा। पर वह रोज मेरी ही जमायी चीजों पर छा जाता है। मेरी चीजें फिर उसी खालीपन में बिखरने लगती हैं...।

❑

छिपने का खेल

लड़कियाँ अपने छिपने की जगह कभी नहीं बतातीं...

वे दोनों रोज शाम को छिपने का खेल खेलती हैं। घर के किसी कोने में मुँह छिपाकर एक लड़की सौ तक गिनती गिनना शुरू करती है और दूसरी लड़की बाकी घर में छिपने की कोशिश करती है। गिनती पूरी होने से पहले लड़की को छिप जाना है।

वह रोज साँझ होते ही घर लौट आता है। दरवाजे पर दस्तक देते ही उसे छिपने के खेल की आवाज सुनायी देती है—गिनती अभी शुरू हुई है। छोटी लड़की गिनती गिन रही है। बड़ी लड़की अभी छिप नहीं पायी होगी। वह छिपने की जगह खोज रही होगी। गिनती आगे बढ़ती जा रही है—घर लौटने और छिपने के खेल का समय एक ही है।

गिनती पूरी हुई तो पत्नी ने दरवाजा खोला—घर में शान्ति है। बड़ी लड़की न जाने कहाँ छिप गयी है। छोटी लड़की रसोईघर की तरफ जाती दिखायी दी, जैसे बिल्ली हो। वह सोचने लगा, छिपने की जगह न भी हो, तब भी छिपने का खेल खेला जा सकता है।

रसोईघर में छिपने की जगह कहीं नहीं है। गेहूँ के पीपे में गेहूँ पहले से ही छिपे हैं। पत्नी ने बिल्ली के डर से दूध छिपा रखा है। हल्दी, नमक, मिर्च, चाय की पत्ती, तेल सब अपने-अपने डिब्बों में छिपे हैं। शक्कर दो डिब्बों में छिपी हुई है। एक डिब्बे को वह खोज सकता है। लड़कियों के हाथ भी डिब्बे तक पहुँच जाते हैं। दूसरा डिब्बा पत्नी ने खुद ही गिनती गिनकर किसी ऐसी जगह छिपा दिया है, जिसे वह ही ढूँढ सकती है। घी का डिब्बा भी ऐसी ही किसी जगह छिपा होगा।

घर में ऐसी कोई जगह नहीं होती, जिसे घर के लोग न जानते हों। पर वे अपनी चीजें जहाँ छिपाते हैं, उस जगह के बारे में उनको यह विश्वास रहता है कि उस जगह को उनके अलावा किसी ने नहीं देखा। पत्नी को पता है कि कौन-सी चीज कहाँ छिपी है। कभी वह चीजों को ऐसे छिपा देती है कि ढूँढने पर उसे ही नहीं मिलतीं। वह जब भी अपनी छिपायी हुई चीजें खोजती है तो लगता है जैसे अपने ही घर में चोरी कर

रही है। वह उन जगहों पर सबकी नजरें बचाकर जाती है जहाँ, उसकी चीजें छिपी हैं। उसे डर है कि अगर इन जगहों का भेद खुल गया तो छिपाने की जगह वह कहाँ ढूँढेगी।

वह घर के ऐसे कोनों और दराजों को जानता है, जहाँ चीजों के साथ पत्नी भी छिपी हुई है। पर वह उन जगहों को अनदेखा कर देता है जैसे उसने कुछ देखा ही न हो। वे जगहें और उन जगहों में छिपी चीजें पत्नी के चेहरे से अपने आप झाँकती रहती हैं।

जैसे कोई छिपी हुई चाह बाहर आना चाहती हो—उसे लगा, वह प्यासा है। उसने पानी माँगा। पत्नी ने फ्रिज का दरवाजा खोला तो उसमें बन्द ठंडी साँसें बाहर निकल पड़ीं। उसने एक गिलास पानी पिया और जल्दी ही अपनी प्यास को वहीं दबा दिया, जहाँ से वह उठी थी। उसने देखा, डरी-सहमी सब्जियाँ और फल सड़ने के डर से फ्रिज में छिपे हैं; वे हाथों में आते ही कुम्हलाने लगेंगे।

वह सोचने लगा, हम अपनी प्यारी चीजों को कितना कम छूते हैं। छूने के डर से उन्हें छिपा देते हैं। हाथों में न जाने ऐसा क्या है कि कोई भी चीज छूते ही मैली होने लगती है; मुरझाने लगती है। शायद वह हाथों में छिपे चाकू से डर जाती है; हाथों में छिपी हाथ की सफाई को ताड़ लेती है। बाजार से आयी थकी—हारी सब्जियाँ फ्रिज में छिपने के लिए कितनी उतावली लगती हैं। आग पर जाने से पहले राहत की साँस लेना चाहती हैं। पेड़ से टूटकर फल जब अलग-अलग थैलों में छिप जाते हैं; तब भी उनके भीतर अपने पेड़ की स्मृति रहती होगी। मुरझाये हुए फल गहरे विषाद में डूबे लगते हैं। फलों को तो छिपने की आदत होती है; वे पेड़ पर पत्तों में छिप जाते हैं। उन्हें लगता होगा कि वे छिप गये, अब उन्हें कोई नहीं देख पाएगा, पर हवा का एक हल्का—सा झोंका उनकी ओट उनसे छीन लेता है।

अचानक हवा का एक तेज झोंका आया और घर के सारे दरवाजे भड़भड़ाने लगे। वे खुलते और बन्द होते, बन्द होते और खुलते। जैसे घर अपने आपको नंगा होने से बचा रहा हो; अपने ही उड़ते हुए नक्शे को बाहर जाने से रोक रहा हो। जब तेज हवा चलती है, तब घर में कुछ भी नहीं समा पाता। सब कुछ हिलने लगता है; उड़ने लगता है; चीजें अपनी जगह छोड़कर भागने लगती हैं; उन्हें बटोरने के लिए हाथ कम पड़ जाते हैं। एक फल भी तो पूरी तरह हाथों में नहीं समा पाता, जबकि पूरे जीवन का नक्शा इन्हीं में छिपा है, जिसे कोई पूरी तरह पढ़ भी नहीं पाता। कितनी छोटी-सी जगह में कितना बड़ा नक्शा; जैसे बीज के भीतर छिपा हुआ पेड़ का नक्शा। जब लोग हाथ मिलाते हैं तो लगता है जैसे नक्शा बदल रहे हैं, पर हाथ जल्दी ही छूट जाते हैं। कुछ भी हाथ नहीं आता। एक भी रेखा सीधी नहीं होती। सब टेढ़ी की टेढ़ी पसीने से भरी नालियों जैसी। जिनके हाथ कट जाते हैं, उनके हाथों की रेखाएँ, न जाने कहाँ छिप जाती होंगी।

छोटी लड़की रसोईघर से बाहर आकर बैठकखाने में चारों तरफ देख रही है। एक कोने में डायनिंग टेबिल है और दूसरे कोने में चार कुर्सियाँ हैं। उनमें तीन अकेली बैठी हैं। एक कुर्सी पर पत्नी बैठी है। सामने टेलीविजन पर कोई फिल्म चल रही है।

छोटी लड़की फिल्म देखने लगी। शायद वह सोच रही है कि बड़ी लड़की फिल्म में छिप गयी होगी। वह अक्सर पूछती है कि टेलीविजन के पीछे लोग कैसे छिप जाते हैं? लड़की के इस प्रश्न का उत्तर वह नहीं देता। उसे टेलीविजन से कभी-कभी डर लगता है—घर में रखा यह डिब्बा सड़क पर खड़े उस गुण्डे की तरह है जो छिपकर छुरा दिखाता है, मारता नहीं और चाहे जिसको अपने वश में कर लेता है। गुण्डे से कोई प्रश्न नहीं पूछ सकता, वह जो कुछ कहता है, वही मानना पड़ता है। छोटी लड़की टकटकी लगाये फिल्म को ऐसे देख रही है जैसे चलती हुई फिल्म में बड़ी लड़की को खोज लेगी और सामने आते ही उसके बाल पकड़कर बाहर निकाल लायेगी।

गोली चली। वह चौंका। सड़क पर गोलियाँ बरस पड़ी हैं। शहर में भगदड़ मच गयी है। लोग अपने घरों की ओर भाग रहे हैं। सड़क पर छिपने की कोशिश कर रहे हैं। दूर-दूर तक छिपने की कोई जगह दिखायी नहीं देती। पुलिस है, पेड़ नहीं हैं। दूकानें बन्द हो गयी हैं। दूकानदार दूकानों में ही छिप गये हैं।

वे कहाँ छिपते हैं? उनके छिपने की जगह कहाँ है? क्या वह उनके भीतर है? हत्या होने से पहले किसी के हृदय में छिप जाती होगी; जैसे कामनाएँ छिप जाती हैं; ईर्ष्या और द्वेष छिप जाते हैं और मौका पाते ही प्रगट हो जाते हैं। न जाने किस-किसकी हत्या किस-किसके हृदय में छिपी है। वे अब छिपकर वार नहीं करते। वे धूल में छिपे धूल के बवण्डर की तरह उठते हैं; चारों तरफ से घेर लेते हैं।

छोटी लड़की छत पर चली गयी है। छोटी-सी छत पर गमलों में छोटे-छोटे पौधे मुस्कराते रहते हैं। वे अपनी मुस्कुराहट कभी नहीं छिपाते; उनके पीछे कोई नहीं छिप सकता। वह छत पर क्या कर रही है? शायद छिपने की जगह खोज रही हो। हवा में घुलकर फूलों की खुशबू बैठकखाने में आ रही है।

वह सोचने लगा, जब बहुत देर तक हवा नहीं चलती तो दम घुटने लगता है, लेकिन फूल स्तब्ध टहनी पर अपनी साँस रोके मुस्कराते रहते हैं जैसे वे अन्तिम साँस तक इसी तरह रहेंगे। कभी कोई फूल जब पत्तियों में छिपने लगता है तो उसे देखकर उन शर्मीले बच्चों की याद आती है, जिन्हें छिपने की जगह नहीं मिलती और वे अपने दोनों हाथों से अपना मुँह ढाँप लेते हैं। कभी दौड़कर माँ की जाँघों के बीच छिपने लगते हैं और माँ एक टहनी की तरह उन पर झुक आती है।

लड़की दौड़ती हुई पढ़ने के कमरे में जा रही है। इस कमरे में एक बड़ी अलमारी है, जिसमें किताबें अटी पड़ी हैं। अलमारी से निकलकर जो किताबें टेबिल तक आ जाती हैं, उनकी जगह भर वहाँ खाली होती है। इस जगह में किताबें ही छिप सकती हैं। जैसे ही एक किताब की जगह खाली होती है, उस खाली जगह को भरने के लिए

दो किताबें एक दूसरी की ओर झुकने लगती हैं। लगता है एक किताब दूसरी के कंधे पर सिर टिकाकर सो रही है। जब वह नींद में डूबी ऐसी ही किसी किताब को पढ़ने के लिए उठा है तो लगता है कि उसने उसे नींद से जगा दिया। किताब को छूते ही उसके पन्ने फरफराने लगते हैं; जैसे नींद से उठकर कोई नायिका अपनी अँगुलियाँ चटका रही हो, अँगड़ाइयाँ भर रही हो। वह पढ़ते-पढ़ते किताब की ओट में छिपने लगता है। वह उसमें इस तरह छिप जाता है कि छिपने की जगह में ही अपने आपको खोजने लगता है।

छोटी लड़की सोने के कमरे की ओर जाती दिखी। उसे देखकर पत्नी मुस्करायी। शायद पत्नी को मालूम है कि बड़ी लड़की सोने के कमरे में छिपी है। इस कमरे में भी एक बड़ी-सी अलमारी है, जिसमें दोनों लड़कियों की फ्रॉकें और पत्नी की साड़ियाँ टँगी हैं। लड़कियाँ जब अपनी फ्रॉकों में नहीं छिप पातीं तो साड़ियों की ओट में छिपने लगती हैं।

पत्नी अपनी साड़ियों की ओट में अब नहीं छिप पाती। वह रोज उनमें छिपने की कोशिश करती रहती है। जब कभी वह लड़कियों के कहने में आकर उनके साथ छिपने का खेल खेलने लगती है तो बिस्तर की ओट में छिपती है। जब वह उसके साथ बिस्तर पर होती है तो दोनों एक-दूसरे में छिपने लगते हैं।

एक दिन पत्नी बड़ी पेटी में छिप गयी तो वहाँ पहले से छिपायी गयी चीजों से मुलाकात हो गयी। पर बहुत देर तक नहीं। दम घुटने लगा। पेटी का ढक्कन इतना खोलना पड़ा जितने से साँस और उजाला एक साथ आ सकें। इस छिपा-छिपौअल में उसे कढ़ाई की सुई मिल गयी—जब चीजें बहुत दिनों तक छिपी रहती हैं तो चुभने लगती हैं। उन्हें छूकर देखने का मन होता है। जब चीजों को कोई नहीं खोजता, तब वे खुद ही खोजती हुई पास आ जाती हैं—यह सुई उसी ने छिपाकर रखी होगी। वह तो उसे खोया हुआ मान चुकी थी।

उसे लगा, खोता कुछ नहीं, छिप जाता है। हम ही तो उसे छिपाते रहते हैं। वह छिपकर भी हमारे साथ-साथ रहता है। स्मृति में उसका रूप कभी धुँधला नहीं पड़ता। अगर कभी उसे भूल भी जायें तो उसकी फिर से याद आ जाती है। जिन लोगों को अपनी खोयी हुई चीजों की बहुत दिनों तक याद नहीं आती, उनके दुःख और बेचैनी को वे ही समझ पाते होंगे। फिर कुछ लोग ऐसे भी होते हैं जो खोयी हुई चीजों को खोया हुआ मान लेते हैं।

दोनों लड़कियाँ छिपने के खेल में इतनी मग्न हो जाती हैं कि अपनी भूख-प्यास तक भूल जाती हैं। खेलते-खेलते अचानक उन्हें भूख लगती है और वे अपना खेल भूल कर खाना माँगने लगती हैं। खाना खाने के बाद यदि उसी खेल की याद न आये तो कोई दूसरा खेल खेलने लगती हैं।

छोटी लड़की सोने के कमरे से निकलकर खाना खोजने लगी—वह सुबह से छिपे

हुए खाने को फ्रिज से बाहर निकाल रही है। यह देखकर पत्नी तुरन्त उसकी तरफ बढ़ी। वह सोचने लगा, जरूर कोई ऐसी चीज फ्रिज में छिपी होगी जो वह लड़की को नहीं देना चाहती। पत्नी ने उसे अपने हिसाब से खाना दिया और बाकी खाना फिर से फ्रिज की ओट में छिपा दिया।

छोटी लड़की खाना खा रही है। बड़ी लड़की अभी भी कहीं छिपी है। अचानक उसकी आवाज आयी—मुझे भी भूख लगी है।

वह बोला—भूख लगी है तो यहाँ आकर खाना क्यों नहीं खा लेती।

वह बोली—मैं तो अभी छिपी हूँ। कोई मुझे खोजे, तब मैं बाहर आऊँ।

❑

चक्की

उनकी आँखों की जोत बुझ गयी थी।

अपनी आजीविका चलाने के लिए गोविन्द बाबू आटा पीसने लगे। उनकी विधवा बहन हमेशा उनके साथ रहती और चक्की चलाने में सहायता करती। वे भँजे हुए तारों की पुरानी लोहे की कुर्सी पर बैठे रहते। उनके सामने एक बड़ी तराजू दिन भर झूलती रहती। तराजू के पास बाँटों का ढेर लगा रहता। उसी के बीचोंबीच दीवार से टिककर उनकी बहन बैठी रहती। जब कोई ग्राहक आता तो आटा तौल देती। सब उसे चाची कहते थे।

गोविन्द बाबू चौड़ी मोहरी का सफेद पाजामा और आसमानी रंग की कमीज पहनते थे। काले फ्रेम में जड़े हल्के नीले काँच का चश्मा उनकी आँखों पर चढ़ा रहता। उनकी ज्योतिहीन काली आँखें दिन भर झपकती रहतीं। कुर्सी के पीछे के हिस्से पर उनकी छड़ी टँगी रहती। वे बैठे-बैठे मन ही मन कुछ बुदबुदाते रहते और बाईं जाँघ पर हौले-हौले हाथ पटकते, जैसे खुद अपने आपको थपकी दे रहे हों। कभी वे आँखें भींच लेते और उनका हाथ उन्हें थपकी देता रहता। उनकी पलकें लोरी सुनते बच्चों की तरह खुलती और बन्द होती रहतीं।

रोशनी चली जाये तब भी पलकों का झपकना बन्द नहीं होता। बिजली जब गुल हो जाती है तो अंधेरे में माचिस खोजते हुए याद आता है कि प्रकाश बहुत दिनों से बाहर है, भीतर नहीं आया। भीतर के अंधेरे को जगमग करने के लिए उसे रोज आँखों के रास्ते भीतर ले आना पड़ता है। जो प्रकाश आँखों के आगे अंधेरा छाते ही भीतर रह जाता होगा, वह जोत बनकर शेष जीवन में जलता होगा। गोविन्द बाबू अभी भी कुछ देखते रहते थे।

चाची लोहे के तार वाला गोल चश्मा लगाती थी। जब कोई आटा पिसवाने वाला नहीं होता, वह एक छोटी-सी पुस्तक पढ़ती रहती। वह हमेशा उसे अपने साथ रखती थी। यह पुस्तक वह वर्षों से पढ़ रही थी। कुछ पुस्तकें ऐसी जरूर होती होंगी

जो छोटी होने के बावजूद भी कभी समाप्त नहीं होतीं। चाची के पास ऐसी ही कोई पुस्तक थी। वह पुस्तक पढ़ते-पढ़ते अक्सर आँखें भींच लेती, जैसे प्रकाश की कोई किरण भीतर आ गयी हो। वह तराजू के बीचोंबीच तस्वीर की तरह टिकी बैठी रहती। जब दोनों पलड़े झूलते तो तस्वीर भी हिलने लगती।

गोविन्द बाबू चक्की से दूर नहीं रहते थे। उन्हें घर पहुँचने के लिए सड़क पार करनी पड़ती थी, फिर कुछ सीढ़ियाँ चढ़कर सँकरे-ऊँचे रास्ते से छड़ी टेकते हुए घर पहुँचते थे। पहले यहाँ छोटी-सी पहाड़ी थी। पहाड़ी को चीरकर सड़क निकाली गयी थी। नीचे सड़क पर तेज रफ़्तार गाड़ियों की आवाजाही होती रहती और गोविन्द बाबू चाची का हाथ पकड़े धीरे-धीरे अपने घर की ओर बढ़ रहे होते।

वे दोनों बड़े सबेरे चक्की पर आ जाते और दिन भर चुपचाप बैठे रहते। उनके बीच बातचीत कम ही होती थी। चाची अगर उनकी तरफ देख रही होती तो उन्हें उसके देखने की आहट जरूर सुनायी दे जाती। वे पूछते—कुछ कहा तुमने। वह जवाब देती—नहीं, कुछ भी तो नहीं कहा मैंने। गोविन्द बाबू के सिर और मूँछों पर पिसे हुए आटे के कण दिन भर जमते रहते। वे दोपहर को ही कुछ बूढ़े दिखायी देने लगते। शाम को घर जाते समय उन्हें देखो तो वे और अधिक बूढ़े लगते। जब चाची चक्की का ताला लगाकर साड़ी का सफेद पल्लू झटकतीं तो उनके शरीर से पिसा हुआ आटा झरता।

अदृश्य कण हर पल चीजों पर जमते रहते हैं। वे दिखायी नहीं देते। अचानक पता चलता है कि उनकी मोटी पर्त जमा हो गयी है। वे चारों तरफ से घेरे हुए हैं और जमते जा रहे हैं। रोशनी का कोई अंश जब खपरैल फोड़कर घर के भीतर आता है, तब वे आकाश से पाताल तक आते-जाते दिखायी देते हैं।

शाम को जब चक्की बन्द हो जाती तो मुहल्ले के लड़के उसके फर्श पर अपनी ही अँगुली से अपना नाम लिख देते। कभी अँगुली से काना गोटी खींचकर खेलने लगते। इस खेल में गेहूँ और चने के दाने गोटियाँ बनते और इमली के बीजों के पाँसे। अँधेरा घिरते ही वे खाली चक्की की खुली दहलान में अपने आप छिपने लगते और उन्हें छिपकर बीड़ी पीने का बहाना मिल जाता। घुप्प अँधेरे में दहलान की तरफ देखो तो लगता कि जैसे अंधेरे में गुम देह के भीतर ठहरा हुआ प्रकाश पुतलियों पर झलक आया हो।

लोग चक्की वालों को अपना मकान किराये से नहीं देते। वे कहते हैं कि चक्की चलने से मकान की नींव कमजोर हो जाती है। धीरे-धीरे हिलता मकान एक दिन भरभरा कर गिर जाता है। चक्की के पड़ौस में रहने वाले लोग कभी अनुभव नहीं कर पाते थे कि चक्की चल रही है। उन्हें तो हमेशा डर लगा रहता कि घर हिल रहा है।

चक्की वाला कोठा और तराजू वाली दहलान हिल-हिलकर जर्जर हो चुके थे। छप्पर को साधने के लिए लकड़ी की झेकें लगी थीं। छप्पर और दीवालों पर मकड़ियों के पुराने तार-तार जाले झूलते रहते। उन पर आटे की पर्त ऐसी जम गयी थी कि वे मोटे-मैले धागे की तरह लगते। उन पर मरी हुई मकड़ियाँ लटकी रहतीं। आटा पिसवाने जाओ तो बिलों से चूहे झाँकते, चक्की पर चढ़ जाते। बरसात के दिनों में पानी खपरे फोड़कर चूने लगता और पिसे हुए आटे के पीपे में टपकता। जमीन चिपचिपी हो जाती और मक्खियाँ भिनकने लगतीं। सड़े हुए आटे की गंध सड़क पर आ जाती।

गोविन्द बाबू की चक्की मन्दिर की जमीन पर थी, जिस पर यह पुराना मकान खड़ा था। आधे हिस्से में चक्की और आधे में जगन्नाथ का मन्दिर था। मन्दिर क्या था, बस टूटे-फूटे घर में बड़ी-बड़ी आँखों वाली मूर्तियाँ बिराजी थीं, जिन पर रोज आटे और धूल की पर्त जमती रहती। पुजारी भाग गया था। सिंहासन के सामने एक बूढ़ा दरजी पुरानी मशीन रखकर दिन भर कपड़े सिलता और रात को सिंहासन के पीछे सो जाता।

दरजी की इकलौती बेटी जगन्नाथ की आँखों से डरती थी। वह बची-खुची चिन्दियों से गुड्डे-गुड़ियाँ बनाती रहती और गुमचियों में सुई से छेदकर उनकी आँखें लगा देतीं, जो जगन्नाथ की आँखों जैसी लगतीं। उनकी आँखें देखो तो लगता है कि आँखें नहीं, चक्की के दो पाट हैं, जो निर्निमेष हमारी ओर देख रहे हैं। वह चिन्दियों से सुन्दर चिड़ियाँ भी बनाती, फिर उनमें लकड़ी का बुरादा भरकर उन्हें तन्दुरुस्त कर देती। उसने चिड़ियों को धागे से लटकाकर झूमर बनाये थे जो सिंहासन के चारों तरफ झूलते रहते। चिड़ियाँ मैली हो गयी थीं। कभी एक चिड़िया दूसरी के पेट को कुतर देती तो उसका सारा बुरादा झर जाता और गर्दन लटक जाती।

दुबला-पतला दरजी हनुमान जी का भक्त था। लोग उसे जिन्ना मास्टर कहते थे। उसने अपने जीवन में कभी सही नाप के कपड़े नहीं सिले, पर वह सस्ते में सिलता था, इसीलिए उसका गुजारा चल जाता था। पास के गाँवों के लोग उससे अपने सलूके और बण्डियाँ सिलवाते। वह लँगोट बहुत अच्छे सिलता था। शहर के लोग कहते कि अगर वह विष्णु का भक्त होता तो उसे सही नाप के कपड़े सिलने का वरदान जरूर मिल गया होता। वह बची हुई चिन्दियों से भगवान की पोशाक इतनी बड़ी बनाता कि उसमें भगवान भी छिप जाते।

दोपहर को चक्की सन्नाटे से भरी रहती। चाची थोड़ी देर के लिए खाना बनाने घर चली जाती और गोविन्द बाबू अकेले बैठे रहते, तब वह दरजी भी उनके पास आकर बैठ जाता। गोविन्द बाबू के कपड़े भी वही सिलता था और चाची हमेशा शिकायत करती रहती कि कपड़े बिगाड़ देता है। वह कहता—गोविन्द बाबू को तन ढँकने से मतलब है। यह सुनकर वे मन्द-मन्द मुस्कराते, फिर अपनी जाँघ पर थपकी

देने लगते, जैसे अपने आपको दिलासा दे रहे हों – क्या जिनकी आँखें नहीं होतीं, उनकी सही नाप के कपड़े पहनने की चाह मर जाती है।

वह कहता–समझ में नहीं आता कि लोग फिटिंग के लिए क्यों मरे जाते हैं। कपड़े तो तन ढँकने के लिए होते हैं। वे ऐसे होने चाहिए कि शरीर पर उनका कोई बोझ न हो। कसना हो तो लँगोट कसो, बाकी सब ढीला होना चाहिए।

वह नाप लेते समय एक-दो इंच बढ़ाकर ही रखता था। उसे हर कपड़े पर शक रहता कि धुलने के बाद सिकुड़ जाएगा। वह नाप लेने के बाद नये कपड़े को पहले धोता, फिर सिलता। जब सिले हुए कपड़े घर में आते तो वे किसी के पहने हुए पुराने कपड़ों से लगते। कभी-कभी लगता है कि हम पुराने कपड़े ही तो पहने हुए हैं। न जाने यह किसका चोला है जो हमें मिला है और न जाने यह किसके जीवन का संचित प्रकाश है जो हमारे अँधेरे में रोशनी किये हुए है।

वह कपड़ा धोने के बाद भी दो इंच नाप अधिक ही रखता था। वह कहता कि कपड़े इतने ढीले हों कि हवा उनके भीतर आसानी से घुस सके। सिर्फ चेहरे पर लगी आँखें ही नहीं देखतीं, पूरा शरीर देखता है, उसे कपड़ों की कैद से मुक्त करो। वैसे उसने कभी खिड़की वाले कपड़े सिलने पर विचार नहीं किया। वह बचे हुए पूरे कपड़े से पाजामे में इतनी गहरी जेब लगा देता कि पैसे निकालने में अपना ही हाथ छोटा पड़ जाता था।

गोविन्द बाबू कहते–अपनी ही जेब से पैसा निकालने के लिए अपने ही सामने झुकना पड़ता है।

दरजी अपनी रौ में बहे चला जाता, जैसे मशीन चला रहा हो–परमात्मा ने आकाश को कितना ढीला कर रखा है गोविन्द बाबू! पूरी दुनिया उसे टकटकी लगाये देखती रहती है। रोज वहाँ कितनी पलकें झपकती हैं, पर वह कभी छोटा नहीं पड़ता। जानते हैं, भगवान ने औरत के लिए साड़ी क्यों बनायी, क्योंकि औरत आकाश रूप है। सब उसी को निहारते हैं। अब आजकल की औरतों की कौन कहे, कपड़े के नाम पर चिन्दियाँ पहन के निकलती हैं। कसा हुआ बदन ही बदन दिखायी देता है, शरीर से आटे की लोईयाँ झाँकती हैं। मैंने तो एक ही बात समझी गोविन्द बाबू कि, कुछ पाने के लिए अपने आपको ढीला छोड़ दो। आप हनुमान जी को ही देखिए लँगोट के सिवा तन पर कपड़े नहीं। बस अपने आपको ढीला छोड़ दिया और वायु रूप हो गये। तपस्या का तो एक ही फल है गोविन्द बाबू की कपड़े झर जायें। न झरें तो कम से कम शरीर से इतने दूर तो रहें कि शरीर उनमें झूलता रह सके।

दोपहर की फुर्सत में पड़ौस का नाई भी वहीं आकर बैठ जाता। उसने पूछा–जब तुम्हें कपड़ों से इतनी चिढ़ है तो सिलते क्यों हो। जब हनुमान जी से शिकायत नहीं तो औरतों से क्यों है।

दरजी बोला–कपड़े सिलता हूँ इसीलिए तो कपड़ों के बारे में जानता हूँ। मुझे

औरतों से कोई शिकायत नहीं। वे तो संसार की चक्की चलाने वाली माँ हैं, पर कपड़े उन्हें पीस रहे हैं। वे चक्की नहीं चला पातीं। अगर वे अपना आटा खुद पीस लेतीं तो गोविन्द बाबू को चक्की नहीं चलानी पड़ती।

मन्द-मन्द मुस्कराते हुए गोविन्द बाबू बोले—मैं चक्की नहीं चलाऊँगा तो क्या खाऊँगा। यह सुनकर जिन्ना मास्टर चुप हो गया।

—अच्छा ये बताओ! तुम औरतों के ब्लाउस का नाप कैसे लेते हो?—नाई ने चुहल करते हुए चुप्पी तोड़ी।

—औरतें अपना ब्लाउस अपने साथ लाती हैं।—दरजी बोला।

—अगर न लायें तो?

—जो औरतें अपना ब्लाउस अपने साथ नहीं ला पातीं, उनका ब्लाउस कभी नहीं सिलता। वे जीवन भर धोती से ही अपनी छाती ढँके रहती हैं। औरत का नाप कोई नहीं ले सकता। जो उसका नाप लेता है, उसी में समा जाता है।

गोविन्द बाबू फिर अपनी बाईं जाँघ पर थपकी देने लगे, जैसे अंधेरे में खोयी हुई मोमबत्ती मिल गयी हो। मोमबत्ती को एकटक जलते हुए देखो तो लगता है कि प्रकाश रो रहा है। जैसे भीतर के प्रकाश में कोई चित्र उभर आया हो, वे कुछ देर उसे देखते रहे और फिर रुमाल से उसे जल्दी ही पोंछ दिया।

लक्ष्मी चक्की के सामने आकर खड़ी हो गयी। वह रोज दोपहर को आती थी। सिर पर गुदड़ियों की बड़ी-सी पोटली, हाथ में टीन का डिब्बा और पीठ पर अपना बच्चा बाँधे रहती। बच्चे उसे झाँसी की रानी कहकर चिढ़ाते और भाग जाते। वह कभी बोलती नहीं थी। धोती इस तरह कसे रहती, जैसे उसी में बँधी हो। वह आते ही चक्की की देहरी से खाली डिब्बे को टकराती और चाची उसमें थोड़ा-सा आटा डाल देती। जब चाची नहीं होती तो गोविन्द बाबू खुद आगे बढ़ते।

जब आँखें नहीं होतीं तो हाथ-पाँव देखने लगते हैं। स्पर्श ही आँखें बन जाता है। वे सधे कदमों तराजू के पास रखे उस पीपे तक आ जाते, जिसमें आटा भरा रहता। वे आटा निकालते और लक्ष्मी उनके हाथों के पास अपना खाली डिब्बा बढ़ा देती, जैसे उनसे आँखें मिला रही हो।

कितना भी सम्भालो, आटा जमीन पर जरूर गिरता है। कोई भी उसे अपने लिए पूरा पीसकर नहीं ले जा सकता। पिसते हुए आटे को पीपे में दाब-दाबकर भरो तो गर्म साँसें छोड़ता हुआ ऊपर उछलता है, आटे की बोरी से झरता है। गेहूँ के दाने भी कभी कोई पूरे बटोरकर नहीं ले जा पाया। दिन भर बकरियाँ और गायें चक्की का चक्कर लगाती रहतीं। उनकी नजर आटे से भरे हुए पीपों पर होती। चाची उन्हें झिड़ककर भगा देती। जब चाची नहीं होती तो उनकी आहट सुनकर गोविन्द बाबू

उन्हें छड़ी पटककर डरा देते। जब वे पीपे तक नहीं पहुँच पातीं तो फर्श चटाने लगतीं। आटे की पर्त में दबी फर्श की आँखें चमकने लगतीं।

चक्की के टूटे-फूटे छप्पर में चिड़ियों ने घोंसले बना लिये थे, जैसे पानी के पास लोग अपना डेरा डाल लेते हैं। घोंसलों से उनके चूजे टुकुर-टुकर ताकते रहते और वे दाना उठा-उठाकर उनकी चोंच में डालती रहतीं। चूजे घोंसलों से फिसलकर गेहूँ के पीपे में गिर जाते। जब पीपा चक्की में उँड़ेला जाने लगता तो चाची उन्हें देख लेती और फिर से घोंसले में रख देती।

चक्की वाला मकान शहर के सबसे बड़े मन्दिर की जागीर में था। मन्दिर के महन्त हाथी पालते थे, पर उसे भर पेट खिला नहीं सकते थे। वे हाथी को सिर से पाँव तक खड़िया माटी के रंगों से सजाते और हाथी पर बैठकर पूरे शहर में हाथी के लिए रोज भीख माँगते। हाथी के बहाने कुछ भिक्षा उन्हें भी मिल जाती। वह कभी अपनी इच्छा से भीख नहीं माँगता। वह तो सीधा मन्थर-मन्थर चला-चलता है। जब महन्त उसे अंकुश चुभाते तब वह अपनी सूँड आगे बढ़ाता। तरबूज-खरबूज बेचने वाले उसकी सूँड पर पूरा तरबूज रख देते। सब्जी वाले सब्जी खिला देते। जब राहगीर उसकी सूँड पर पैसे रखते तो वह सूँड ऊपर उठाकर महन्त को सौंप देता, जैसे अनाथ बच्चे रोज चन्दा इकट्ठा करके अनाथालय के दफ्तर में जमा कर देते हैं।

वे रोज बैण्ड बजाते हुए शहर की गलियों में भीख माँगने निकलते। गोविन्द बाबू की चक्की से रोज आटा ले जाते। बैण्ड की आवाज से हाथी बिदकता और वे महन्त की डाँटे खाते—बैण्ड बजाना बन्द करो। हाथी के गले में लटकी घण्टी किसी को बजाना नहीं पड़ती थी। वह हाथी की दबी चाल पर मन्दिर की घंटियों की तरह बजती रहती। लोगों ने दबे पाँव भीख माँगने के तरीके निकाल लिए थे। एक अनाथ दूसरे अनाथ को फूटी आँखों नहीं सुहाता था।

हाथी रोज चक्की के सामने आकर खड़ा हो जाता। गोविन्द बाबू एक अखबार पर उसके सामने गेहूँ के दाने रखवा देते। चाची ये दाने चक्की बुहारकर रोज इकट्ठे करती थी। चाची को हाथी बहुत भाता था। वह कहती कि इतना बड़ा शरीर लेकर दुनिया की परवाह किये बिना अपनी राह चला-चलता है, जो मिलता है सो खा लेता है। उसने पूछा—गोविन्द! कभी तुमने सोचा है कि इतने बड़े शरीर के लिये इतनी छोटी आँखें क्यों हैं।

वे बोले—उसकी एक आँख और है, वह सूँड से भी देखता है, अपने रास्ते को उसी से बुहारता है। अचानक उनकी कुर्सी के पीछे टँगी छड़ी नीचे गिर पड़ी। चाची उसे एकटक देखती रही, फिर उठाकर उनके हाथों में थमा दी।

चक्की बुहारते-बुहारते एक दिन चाची चल बसी।

गोविन्द बाबू को रास्ता मालूम था। शाम को सबसे आखिर में आटा पिसवाने वाला जो कोई भी होता, वह उन्हें सड़क पार करवाकर सीढ़ियों के पास छोड़ जाता। वे छड़ी के सहारे आहिस्ता-आहिस्ता सीढ़ियाँ चढ़ते, फिर अकेले आगे बढ़ते जाते। रास्ते में सामने से कोई गाय आ जाती तो वह भी रास्ता दे देती। वे मन ही मन अपने कदम गिनते हुए रेलिंग के सहारे चलते थे। उनसे किसी ने नहीं पूछा कि किस नम्बर के कदम पर उनका घर आ जाता है, पर वे तो ठीक अपने घर के सामने ही रुकते थे। जब लौटकर आते तो सीढ़ियों पर खड़े होकर सड़क पार करने के लिए आवाज देते। मुहल्ले का कोई लड़का उन्हें चक्की तक छोड़ जाता।

आँखें भींचकर कदम तो गिने जा सकते हैं, पैसे नहीं। वे सधे कदमों चक्की के पास पहुँच जाते। गेहूँ से भरा पीपा भी चक्की के मुँह में उँड़ेल देते। बिजली से बिना डरे दीवाल पर हाथ फेरते हुए वे स्विच के पास पहुँच जाते। चक्की चलने लगती। आटा बारीक पिस रहा है कि नहीं, अपनी दो अँगुलियों से देख लेते थे। वे अपने हाथों से बाँटों को देखकर आटा भी तौल देते। पैसे लेते समय सिक्के भी पहचान लेते, पर कागज के नोट की ओट में ग्राहक को नहीं पहचान पाते थे।

चक्की चलाने के लिए उन्हें नौकर रखना पड़ा। वह एक बातूनी लड़का था, जो गोविन्द बाबू को दिन भर हँसाया करता। जब वह उनके सामने नहीं होता, वे हमेशा की तरह मन्द-मन्द मुस्कराते रहते, जैसे कुछ याद आ गया हो। कोई भूला-बिसरा चित्र आँखों में फिर उतर आया हो। जब तक आँखें बिलकुल फूटी न हों, तब तक अँधे आदमी पर कोई विश्वास नहीं करता। शक बना रहता है कि कहीं वो देख तो नहीं रहा। अँधा आदमी मुस्कराकर सबको डरा देता है।

वह लड़का जब दिन भर के बचे हुए आटे और पैसों का हिसाब कर रहा होता, गोविन्द बाबू मन्द-मन्द मुस्कराते अपनी कुर्सी पर बैठे रहते। उसकी इच्छा पैसा चुराने की होती, पर नहीं चुरा पाता। आटा चुराने में उसे डर लगता।

कोई लड़की आटा पिसवाने आ जाये तो वह उससे चुहल करने में नहीं चूकता था। आटा पीसने के साथ-साथ उसे भी पीसने की कोशिश करता था। जब वह पिसने से इंकार करती तो उसका आटा मोटा पीस देता। जब वह शिकायत करती तो कहता—तेरा गेहूँ गीला है। वह कई बार कई औरतों को आटे के साथ पीस चुका था। वह चक्की में दाने गिरने की रफ्तार धीमी कर देता, ज़िससे कि पिसायी देर तक चलती रहे।

शाम को जब वह हिसाब करके पैसे देता तो गोविन्द बाबू शिकायत करते—चक्की तो दिन भर चली, पर पैसा बहुत कम आया।

लड़का कहता—बाबूजी, आज औरतों की पिसायी बहुत आयी। कितना भी बारीक पीसो, उन्हें संतोष ही नहीं होता। कहती हैं, आटा मोटा है। उनके आदमियों के साथ दिक्कत नहीं होती। फटाफट मोटा-सोटा पीसा और भगाया, फिर वे जाने और उनका काम जाने।

हफ्ते में एक बार चक्की टाँकी जाती थी—दोनों घिसे हुए पाटों को खोलकर छैनी से उन्हें खुरदरा बनाया जाता था। उस दिन पिसायी नहीं होती थी। दोनों पाट टाँकने में पूरा दिन बीत जाता था। दूसरे दिन आटा पिसवाने वाले डरते थे कि कहीं उनके आटे में कंकड़ न मिल जायें।

लड़का चक्की टाँकते हुए कहता—बाबूजी, ये तो बस आटा पीसने की चक्की है, पाट निकाले और टाँक दिये, पर इस संसार की चक्की के पाट कौन टाँकता होगा? कैसे टाँकता होगा, किस छैनी से, किस हथौड़े से? क्या टाँकने के बाद उन पाटों से भी रेत झरती होगी?

गोविन्द बाबू कहते—संसार की चक्की जगन्नाथ टाँकते हैं। उससे रेत नहीं, काल झरता है। प्रकाश ही उससे पाटों को खँगालता है। वे पाट कभी नहीं घिसते, हमारा जीवन ही घिसता जाता है। तू तो अपनी चक्की ठीक से टाँक, जिससे किसी का आटा खराब न हो, किसकिसा न हो।

पाटों को टाँकने के बाद वह चक्की के भीतर से जला हुआ, मटमैला आटा निकालता। तेल-पानी करके पाटों को फिर से चढ़ा देता। बचे-खुचे आटे से चक्की को खँगाल देता। इस आटे को मछली मारने वाले आटे की गोलियाँ बनाने के लिए मुफ्त में ले जाते।

जो लोग अपने सामने अपना आटा नहीं पिसवाते, वे घर जाकर चक्की और चक्की वाले को कोसते। आटा कम पड़ जाने की शिकायत करते।

गोविन्द बाबू कहते—सुबह से शाम के बीच ढलते-ढलते प्रकाश कम पड़ जाता है, जलते-जलते जोत भी तो कम पड़ जाती है। जीते-जीते जीवन भी कम पड़ जाता है, फिर यह तो आटा है, पिसते-पिसते कम पड़ ही जाएगा। चक्की दिन भर चलेगी तो क्या थोड़ा-सा आटा भी नहीं खाएगी।

एक दिन गोविन्द बाबू की चक्की चलते-चलते बन्द हो गयी...

❑

भौजी की कहानी

टड़ा, केसली, गौरझामर, सुरखी, चितौरा, सागर जाने वालेऽऽऽ चले आओ, चले आओ...

मोटर के पीछे लटका हुआ कण्डक्टर आवाज लगाता। उसकी आवाज सुनते ही बस स्टैण्ड पर हलचल होने लगती। फुटपाथ और इक्के-दुक्के पेड़ों के नीचे बैठे छोटे-छोटे समूह मोटर की ओर दौड़ पड़ते; जैसे किसी ने चिड़ियों के झुण्ड पर गुलेल मारी हो—घुटनों तक सफेद धोती, आधी बाँह की कमीज, कंधे पर लाल गमछा, पीली-सुनहरी किनार की लाल-हरी साड़ियाँ, हँसुली, बाँकें, तोड़ल, पायलें और नाड़ा हिलाती हुई पट्टेदार चड्डी सब दौड़ पड़ते। दौड़ते हुए कंधे पर लटका गमछा पीछे गिर जाता तो पलटकर उठा लेते। साफा ढीला हो जाता तो कस लेते। कोई बच्चा पीछे रह जाता तो गोद में लेकर दौड़ने लगते।

मोटर रोज बस स्टैण्ड के अहाते के बाहर रुकती। पुलिस वाले उसे बस स्टैण्ड की सीमा में खड़ी नहीं होने देते थे। वहाँ सरकारी बसें ही खड़ी होतीं। प्राइवेट परमिट वाली बसें आवाज लगाती हुईं बस स्टैण्ड से गुजर सकती थीं। यहाँ रुकने पर उनका चालान हो जाता। पुलिस वालों से नजर बचाकर मोटर रोकना जरूरी हो तो पुलिस को नजराना देना पड़ता। पुलिस वाले थोड़ी देर नजरें नीची करके खड़े हो जाते; जैसे कानून का पालन करने में शरमा रहे हों; मोटर मालिक को दिल दे बैठे हों। उनकी शरमाने की आदत इतनी बढ़ गयी कि वे बेशर्म हो गये। वे मोटर को आती देखकर शरमाने लगते, पर उनकी अदाओं पर मोटर नहीं रीझती। ड्राइवर मूँछों पर हाथ फेरता हुआ आगे बढ़ता जाता। मोटर मालिक कहता, पुलिस से प्यार करेंगे तो खायेंगे क्या? ये रास्ता चलते की छेड़खानी मुझे पसन्द नहीं।

मोटर के रुकते ही ठेलमपेल शुरू हो जाती। मोटर तीस सवारी की थी; जिसमें ड्राइवर और कण्डक्टर की सीट भी शामिल थी। ड्राइवर की सीट ही ऐसी थी; जिस पर बैठकर उसे लगता होगा कि वह मोटर चलाकर आगे की तरफ जा रहा है। बाकी

भीतर की सीटें आमने-सामने थीं—सीटें क्या थीं, दो लम्बे पटिए थे—सवारियाँ उन पर बैठकर एक-दूसरे के सामने होतीं। वे जिस खिड़की के पास बैठतीं, उस खिड़की से देख नहीं पातीं; अपनी खिड़की को पीठ देकर दूसरी खिड़की से देखतीं। जब दोनों पटिए ठसाठस भर जाते, तब बीच की खाली जगह में सवारियाँ बिठायी जातीं; जो कहीं नहीं देख पातीं; अपने ही अंगों को कुचलने से बचाती रहतीं। जब चलती हुई मोटर को दचका लगता तो सवारियों के सिर आपस में टकरा जाते। गोद में बैठा कोई बच्चा नीचे लुढ़क जाता; जैसे छलाँग लगाती हुई बँदरिया डाल पकड़ने में चूक गयी हो।

दोनों पटियों के आखिरी सिरों पर कंडक्टर की सीट थी। दोनों सिरों पर लिखा था—कंडक्टर सीट; जिसे कोई नहीं पढ़ता था। इसी तरह धूम्रपान भी वर्जित नहीं था। कंडक्टर किसी भी पटिए की सवारियों को खिसकाकर और यदि खिसकने की जगह न हो तो उठाकर बैठ जाता। सवारियाँ उसे कंडक्टर साब कहतीं।

मोटर में सवारियों के चढ़ने-उतरने के लिए पीछे की तरफ एक ही दरवाजा था। दरवाजे के दोनों ओर लम्बे-लम्बे हैण्डिल लगे थे। जब सवारियाँ उन्हें पकड़कर चढ़तीं तो लगता मोटर की पूँछ पकड़कर चढ़ रही हैं। कितनी ही सवारियाँ चढ़ती जायें कंडक्टर मना नहीं करता। वह बीच-बीच में आगे बढ़ो, आगे बढ़ो कहता रहता। जब बिल्कुल जगह नहीं बचती तब भी वह यही कहता। सवारियाँ अपने बैठने की जगह खुद ही बनाती रहतीं। जब मोटर ठसाठस भर जाती और चलने को होती; यदि कोई सवारी आ जाये तो उसके लिए भी जगह निकल आती; जैसे ठसाठस भरे गेहूँ के पीपे में एक दाना और समा गया हो। जब सवारियाँ भीतर नहीं समातीं, तब कंडक्टर उन्हें मोटर की छत पर सामान के साथ बिठा देता।

—कंडक्टर साब, जान निकरी जा रई है; गाड़ी तो आँगें बढ़ाओ।

—अरे! तुम्हें जान की पड़ी है; सवारी तो पूरी हो जान दो।

—अरे मालिक, उँगरियाँ रखवे की तो जगा नईं बची, अब का मूड़ पे बिठारौगे?

—जीखों जल्दी होय वो बाहर आ जाय। हम तो अपने हिसाब सें चल हैं।

—जब हमारे प्राण निकर जैहैं?

—तुम्हारे प्राणों का ठेका हमने नईं ले रखा।

—कैसें नईं ले रखा? टिकट के पैसे दए हैं; मुफत में नईं बैठे।

—अरे, बड़े आये पैसे वाले; निकलो बाहर; कोई और गाड़ी देखो।

कंडक्टर की बात सुनकर मोटर में शांति छा जाती; जैसे साँझ ढलते ही पंछी चुप हो जाते हैं; घोंसलों में बैठे टुकुर-टुकर ताकते रहते हैं; उड़ने की इच्छा नहीं होती।

ड्राइवर का चेहरा काला था। माथे पर लाल टीका और आँखों में लाल डोरे चमकते थे। वह बैठा—बैठा सामने लगे आईने में अपना चेहरा देखा करता और मूँछों पर हाथ फेरता रहता। उसकी मूँछें ऐसी लगतीं जैसे लगाकर आया हो। आईने के

नीचे लटकी महिषासुरमर्दिनी की तस्वीर अगरबत्ती की धुन्ध में कभी धुँधली पड़ जाती, कभी साफ दिखायी देती। वे महिषासुर को मार रही हैं। जब धुएँ के रंग का महिषासुर धुएँ में खो जाता; ड्राइवर का चेहरा भी आईने में दिखायी नहीं देता।

जैसे शेर गुर्रा रहा हो; मोटर भर्राने लगती। वह पीछे की तरफ इतना धुआँ छोड़ती कि पीछे का सारा दृश्य गायब हो जाता; आजू-बाजू का दृश्य भी धुँधला होने लगता; जैसे कोई गधा पीछे की दोनों टाँगों से घूरे की धूल उलीच रहा हो; उसी में लोट रहा हो। मोटर अपने ही धुएँ से घिर जाती।

कंडक्टर जोर से आवाज देता, ओस्ताद चल्लोऽऽऽ। वह ड्राइवर को उस्ताद कहता था। मोटर आगे बढ़ने लगती; जैसे कोई मोटी औरत पानी से भरा मटका अपने सिर पर रखकर मंथर-मंथर चल रही हो।

गाड़ी जरा-सी आगे बढ़ पाती कि कंडक्टर की आवाज फिर आती, उस्ताद रोक् केऽऽऽ। ड्राइवर झटके से ब्रेक लगाता तो मोटर में बैठी सवारियाँ ऐसे डोलतीं जैसे पानी छलक जाएगा। ड्राइवर कहता—अब क्या हो गया; क्या कोई और आ रहा है मरने के लिए?

भौजी आ रही थीं...

वे पान की दूकान पर खड़ी जर्दा मल रही थीं। पान वाला उनके बटुए में सुपाड़ी काटकर भर रहा था। भौजी ने जल्दी से बटुआ लेकर उसका सरकफुँदना खींचा और बटुआ हिलाती हुई मोटर की तरफ चल पड़ीं। काली मखमल का बटुआ उनके हाथ में छोटे-से कमण्डल की तरह लग रहा था। ऊँची-पूरी भौजी जब चलतीं तो मर्दानी लगतीं। उनके गहरे साँवले चेहरे पर हरे-हरे गुदने ऐसे दिखायी देते; जैसे किसी समुद्री चट्टान से हरे शैवाल चिपके हों। नाक पर सोने की पँगुरिया में जड़ा पीला नग जुगनू की तरह चमकता। ठुड्डी पर एक काला तिल; जैसे कोई बुझा हुआ जुगनू बैठा हो। वे लाल किनार की नीली साड़ी पहने आ रही थीं। पाँवों में चाँदी की बोरादार चौड़ी पायलें, कमर में करधोनी, गले में हँसुली, बाजुओं में कँगूरेदार बाँकें और हाथों में चाँदी के चूरा खनकाती वे चली आ रही थीं; जैसे अस्त्र-शस्त्रों से लैस होकर आ रही हों। माथे पर चमकता बड़ा लाल बूँदा मखमल कीड़े की तरह दमक रहा था। पान की लाली काले होंठों पर झलक आयी थी।

कंडक्टर ने आवाज दी—भौजी जल्दी करो; जल्दी करो; टाइम खराब हो रहा है।

भौजी मोटर के करीब आ गयीं—भोसड़ी के, जब हमने हाथ दिया था तो मोटर काय नई रोकी।

वे पुच्च से पीक थूककर मोटर में चढ़ने लगीं; पर वे बाहर ही लटक रही थीं, भीतर घुसने की जगह नहीं मिल रही थी।

कंडक्टर बोला–भौजी, भीतर आ जाओ।

वे बोलीं–बित्ता भर की तो जगा नईंयाँ; इत्ती बड़ी भौजी कहाँ समायेगी?

कंडक्टर बोला–तो भौजी हमें भीतर कर लो और हमाई जगा पे बैठ जाओ।

वे बोलीं–अरे, तेरे जैसे तो मैं छह भीतर लूँ; जगा बना भूतनी के।

भौजी की बातें सुनकर सवारियाँ हँसने लगीं...

कोई बोला–भौजी, बुरा न मानों तो हमाई ओली में बैठ जाओ।

वे बोलीं–मैं नईं बैठती रण्डुओं की ओली में, वहाँ तो छिनारें बैठती हैं।

कोई और बोला–भौजी तो भण्डुओं की ओली में बैठेंगी।

वे बोलीं–रण्डुओं से अच्छे भण्डुए हैं; कम से कम शेखी तो नईं बघारते; गा-बजाकर खा-कमा लेते हैं। अपनी घरवाली सम्हालते नहीं बनती; भौजी को ओली में बिठालेंगे खसुआ कहीं के।

किसी ने कहा–अरे, भौजी तौ बुरा मान गयीं, हम तो मसखरी कर रये हैं।

भौजी बोलीं–मसखरी करबे तुमाए घर में बहन-बिटिया नईंया का...

ग्राम देवता की तरह हर गाँव में एक ग्राम भौजाई भी होती है। माँ, बहन, बेटी ये ऐसे सम्बन्ध हैं कि इनसे मसखरी नहीं की जा सकती। मसखरी करने के लिए एक भौजाई चाहिए। घर की सगी भौजी से एक हद तक ही मसखरी की जा सकती है। हद से आगे बढ़े तो लट्ठ चलने लगते हैं। सिर फुटौव्वल होती है। चूल्हे अलग हो जाते हैं। इस झगड़े से बचने के लिए–ऐसी भौजी चाहिए जामे कुटम समाय। कुटुम्ब तो क्या पूरा गाँव ही समा जाये; ऐसी पक्के कलेजे वाली चाहिए।

दरवाजे के पास सबसे पीछे लछमन बैठा था।

कंडक्टर बोला–तुम नीचे उतरो; भौजी को जगह दो।

वह बोला–हम एक घंटा से बैठे हैं।

कंडक्टर बोला–एक घंटा से बैठे हो तो का मोटर तुमाई हो गयी?

वह बोला–हमने भी पैसे दिये हैं।

कंडक्टर बोला–एक टिकट के पैसे दिए हैं और अकड़ ऐसी जैसे पूरी मोटर खरीद ली हो। उतर। जा बैठ जा ऊपर टप्पर पे। मालूम है, कंडक्टर सीट पर बैठना गैर कानूनी है।

वह बोला–मैं नईं बैठूँ टप्पर पे।

कंडक्टर बोला–तो बाहर निकल। अपने पैसे वापस ले और आगे बढ़।

लछमन चुपचाप नीचे उतरा और टप्पर पर चढ़ गया। भौजी कंडक्टर सीट पर बैठ गयीं।

कंडक्टर ने आवाज दी–चलोऽऽऽउस्ताद...

इस सड़क पर यही एक मोटर चलती थी। दस-बीस गाँवों के बाशिन्दे इसी से अपने गाँव पहुँच पाते थे। गाँव वालों की विनती सुनकर सरकार ने प्राइवेट परमिट दिया था। सरकारी बसें पक्की सड़कों पर चलती थीं। अगर यह मोटर चूक जाये तो गाँव पहुँचना मुश्किल हो जाता था।

जब कभी मोटर चूक जाती तो गाँव वाले सड़क के किनारे ट्रकों की राह देखते रहते। ट्रकों में पीछे माल भरा रहता। उन्हें डर लगता रहता कि कहीं ट्रक में चोरी का माल हुआ तो ट्रक वाले के साथ पकड़े जायेंगे, पर वे गाँव पहुँचने के लिए यह जोखिम भी उठा लेते। बहुत सारे ट्रक तो हाथ देने पर रुकते ही नहीं; धूल उड़ाते भर्र से निकल जाते। अगर कोई ट्रक वाला जगह दे भी देता तो मनमाने पैसे वसूल करता। बैठने की जगह ड्राइवर की सीट के पास ही रहती। ट्रक ड्राइवर और क्लीनर शराब पिये रहते। अगर कोई जनानी सवारी साथ होती तो उसे वे अपनी बगल में बिठा लेते। मना करने पर अहसान जताते; ट्रक से उतर जाने की धमकी देते। धमकी और अहसान के बीच वह सहमी-सकुचायी बैठी रहती। ड्राइवर जब गेयर बदलता तो उसकी कुहानियाँ उसकी छातियों पर गड़तीं। किसी अँधे मोड़ पर जब ट्रक मुड़ने लगता तो ड्राइवर के कंधे का बोझ उसके कंधे पर पड़ता। ड्राइवर उसे पलटकर देखता और मुस्कराता। ट्रक चलाना एक तकनीकी काम है, इसीलिए वह कुछ नहीं कहती; कोई कुछ नहीं कहता।

जब मोटर ठसाठस भर जाती तो कंडक्टर दरवाजे पर हैण्डिल पकड़कर खड़ा रहता। वह चलती हुई मोटर में फिल्मी गीत गुनगुनाता। अगर उसकी सीट पर कोई जनानी सवारी बैठी हो तो वह उसे देखकर जोर-जोर से गाने लगता।

कंडक्टर बोला—भौजी, थोड़ी-सी खिसको। हम भी बैठेंगे।

भौजी बोलीं—हाथ हिलाने की जगा नईयाँ, तुमें कैसें बिठारें।

कंडक्टर बोला—भौजी, जब हमने तुम्हें जगा बनायीं तब तुमने कछू नहीं कहा। अब ऐसी बातें करने लगीं।

भौजी के सामने नैतिक संकट खड़ा हो गया। कंडक्टर उनकी ओर बढ़ा और उनसे सटकर बैठने लगा। वे झल्लायीं।

कंडक्टर बोला—भौजी, थोड़ी तकलीफ तो जरूर हुईए, पर क्या करें, जा हमारे बस की बात नहीं। सबके सब गाँव छोड़कर शहर आ जाते हैं, अब भीड़-भड़क्का तो मचेगी ही।

भौजी बोलीं—मैं तो दोई तरफ से पिसी जा रई।

कंडक्टर बोला—जा अच्छी बात है भौजी। तुमाओ आटा पिस जाए तो हम रोटी बना कें खा लैंहें।

कंडक्टर की बात सुनकर पूरी मोटर में हँसी दौड़ गयी। अचानक पीली धूल के बवण्डर ने मोटर को घेर लिया; धूल सबके मुँह में भर गयी।

यहाँ से कच्ची सड़क शुरू होती है। शहर का चुंगी नाका यहीं है। पक्की सड़क जैसे-जैसे आगे बढ़ती आती है, नाका भी आगे खिसक जाता है। सड़क के दोनों तरफ दो बोर्ड लगे हैं। एक पर लिखा है—नगर सीमा समाप्त और दूसरे पर—जयहिन्द। नाका आते ही लगता जैसे एक देश से दूसरे देश में जा रहे हैं। कंडक्टर उछलकर नीचे उतरा और धूल में खो गया।

धूल धीरे-धीरे नीचे बैठती जा रही थी—नाका एक पुराने चबूतरे पर बना था। चबूतरे के बीचोंबीच घना बरगद था, जिसकी छाया पूरे चबूतरे पर फैली थी। बरगद के तने को चारों तरफ से घेरकर टीन-टप्पर का एक झोपड़ीनुमा दफ्तर बना था। बाहर एक बोर्ड लटका था—यात्री कर पटाइए। भीतर एक बूढ़ा मुंशी खिड़की के पास बैठा झाँक रहा था। बाहर से देखने पर नाके का दफ्तर बरगद के नीचे रखे बड़े पिंजरे की तरह लग रहा था।

चबूतरे के एक कोने में प्याऊ थी। चार बड़े-बड़े घड़े जमीन में गड़े थे—जमीन में गाड़ देने से पानी ठंडा रहता है—सफेद धोती पहने अधेड़ औरत घड़ों के पास बैठी थी; जैसे सदियों से जमी हुई बर्फ हो और पिघल-पिघल कर घड़ों में भरती जा रही हो। उससे पानी माँगो तो पहले वह मुस्कराती; जैसे शक्कर का शीरा ठंडे पानी में घोलकर शरबत बना रही हो। कहते हैं कि पानी जमीन में गाड़ देने से बरसात नहीं आती है। जब एक गाँव वाले दूसरे गाँव वालों से जलते हैं तो चोरी-छिपे उस गाँव का पानी उसी गाँव में गड्ढा खोदकर गाड़ आते हैं। जब बहुत दिनों तक बरसात नहीं आती तो उस गाँव के लोग गड़े हुए पानी को अपने ही गाँव में खोजते फिरते हैं।

गाँव वाले मोटर की प्रतीक्षा में इसी चबूतरे पर आकर बैठते। प्रतीक्षा करते-करते दुपरिया हो जाती तो वे यहीं बैठकर कलेवा करते। आसपास के गाँवों की बरातें यहीं आकर बिलमतीं। दूल्हा-दुलैया बरगद के नीचे बैठते तो अक्षय-तृतीया के पुतरा-पुतरियों जैसे लगते।

वैशाख के शुक्ल-पक्ष में तीज के दिन अक्षय-वट की पूजा होती है। इस दिन गाँव की कुँवारी लड़कियाँ व्रत करती हैं; अपने ब्याह का खेल खेलती हैं। एक पखवाड़े पहले से ही गाँवों के बाजारों में मिट्टी के गुड्डे और गुड़ियाँ आने लगते हैं। वे रंगबिरंगी पन्नियों से सजे दूल्हा-दुल्हन बाजार से ले आती हैं; फिर अक्षय-तृतीया के दिन बाँस की नयी टोकनी में उन्हें बिठाकर और उसी में उबले हुए चने, गेहूँ और गुड़ रखकर बरगद के पास जाती हैं।

बरगद को देखकर लगता है कि उसकी जितनी बड़ी उम्र है, उतनी ही घनी

छाया है; जैसे कोई घनीभूत अनुभव, संसार का सारा रहस्य उसकी ठंडी छाँव में सिमट आया हो। डाली-डाली से बोल रहा हो, पत्ते-पत्ते से झर रहा हो।

लड़कियाँ पुतरा-पुतरियों को बरगद की जड़ों पर टिका देतीं। माटी की डबुलियों में भरे हुए चने और गेहूँ के दाने उसकी जड़ों पर बिखेरतीं; गुड़ चढ़ातीं। हल्दी से रँगा हुआ धागा उसके तने पर सात बार लपेटतीं। चारों ओर धागा घुमाते हुए जब थक जातीं तो उसी की जड़ों पर उसकी छाया में बैठी रहतीं। वहाँ बैठकर कामना करतीं कि उन्हें अक्षय-वट जैसा वर मिले। वे बरगद की एक घेंटी खाकर अपने गुड्डा-गुड़ियों के साथ घर लौट आतीं। जब तक उनका ब्याह नहीं हो जाता, वे अपने ब्याह का खेल खेलती रहती हैं।

चबूतरे के दूसरे कोने में एक बाबा जी कई सालों से जमे थे। उनके पास सेंदुर से पुता त्रिशूल गड़ा रहता और उसमें एक लाल कपड़ा बँधा रहता। वे काले कम्बल पर बैठे रहते। उनके पास एक कमण्डल भी था, जिसमें चिल्लर पड़ी रहती। वे हमेशा बोलते रहते, पर जब किसी राह चलते को बुलाते तो कमण्डल उठाकर हिलाते थे। चिल्लर की आवाज सुनकर लोग उनके पास आ जाते।

नाके से लगा हुआ बीस-पच्चीस घर का एक गाँव था। गाँव के फुरसती लोग बाबा के पास आकर दिन-रात बैठे रहते और गाँजे की चिलम से मस्ती छानते रहते। भक्तजन गाँजे की एक-एक पुड़िया लेकर बाबा के पास आते और उनकी चिलम भरते रहते। जब तरबूजों-खरबूजों से लदे ट्रक नाके पर आकर रुकते तो ड्राइवर दो-चार तरबूज बाबा को दे देते और बाबा चिलम की ओर इशारा करते हुए कहते—प्रसाद ग्रहण करो! ड्राइवर दो कश लगाते और धुआँ उड़ाते हुए आगे बढ़ जाते। मोटर की राह देखती सवारियाँ भी बाबा के पास बैठकर दो-चार कश लगा लेतीं, फिर वे ऐसे बैठी रहतीं, जैसे उन्हें कहीं नहीं जाना। लोग उन्हें टाइम-पास बाबा कहने लगे थे; वे आसपास के गाँवों में इसी नाम से मशहूर थे।

सब साधु एक जैसे नहीं होते। कहते हैं कि ज्ञान, ज्ञानी की आँखों से झाँकता है—जैसा ज्ञानी वैसी आँखें। लोग अपनी नजर की ताकत से टेबिल पर रखा काँच का गिलास बिना छुए चटका देते हैं। फूल जैसे सुन्दर बच्चों को किसी की नजर लग जाये तो बच्चे उल्टियाँ करने लगते हैं; उन्हें बुखार आ जाता है। वे इतना रोते हैं कि चुप ही नहीं होते। अलाय-बलाय दूर करने के लिए माँएँ उनकी नजर उतारती हैं; उन्हें दूसरों की आँखों से बचाये फिरती हैं। सम्मोहन विद्या आँखों में ही भरी है। इस विद्या का सहारा पाकर लोग कत्ल करवा देते हैं; औरतें भगा ले जाते हैं। एक तीसरी आँख भी है; जब प्रतीक्षा करते-करते बहुत देर हो जाती है, दोनों आँखें थकने लगती हैं, रास्ता ठीक से दिखायी नहीं देता; तब वह खुलती है।

गाँव वाले पूछते—बाबा, जब नाका आगे खिसक जाएगा तब आप भी यहाँ से चले जायेंगे?

बाबा कहते—इस बरगद को छोड़कर मैं कहीं नहीं जाऊँगा।

गाँव वाले कहते—जब सड़क बनेगी तब बरगद काट दिया जायेगा।

बाबा गुस्से से तिलमिला उठते—मैं अब आगे सड़क नहीं बनने दूँगा। मैं बीच सड़क पर बैठकर तपस्या करूँगा। भगवान से वरदान माँगूँगा। वे सबकी सुनते हैं; मेरी भी सुनेंगे। मैं सड़क बनाने वालों को भस्म कर दूँगा।

कंडक्टर नाका चुकाकर आया और झट्ट से मोटर में चढ़ गया—उस्ताद चलोऽऽऽ

एक छोटा बच्चा जोर-जोर से रोने लगा—ऊपरई तो चढ़े आ रये; मोड़ा कुचर दओ।

कंडक्टर बोला—ऊपर न चढ़ें तो क्या नीचे उतर जायें। ऊपर चढ़ हैं तबई तो गाड़ी आँगें बढ़ है।

वह बोली—जादा बातें न करो; हम सब समझत हैं। तनक पीछें सरको। हमाओ मोड़ा भूखो है; दूद पियावने है।

कंडक्टर बोला—बताओ हम कहाँ सरकें?

वह बोली—अरे भैया, तनक सरक जाओ; आँचर खोलबे की जगा तो हो जाये। सबके सब छाती सें चिपटे जा रये।

कंडक्टर बोला—बाई, जरा सँभर के पिलाइयो। नईं तो कौनऊँ और के मों में चलो जाय।

मोटर में बैठी सवारियाँ फिर हँसने लगीं।

कोई बोला—कंडक्टर साब, हम सोई बड़ी देर सें पेशाब रोकें बैठे हैं।

कंडक्टर बोला—अरे यार, तुम भी कैसी बाल-बच्चों जैसी बातें कर रये। कर दो कौनऊँ के खींसा में।

सबने फिर हँस दिया।

जाती हुई मोटर को नाके के पास वाला गाँव हेर रहा था; जैसे कह रहा हो, मुझे अकेला छोड़कर जा रहे हो; एक दिन मैं तुम्हें नहीं मिलूँगा, मेरे दिन पूरे हो गये हैं। एक छोटी बच्ची थोड़ी दूर तक मोटर के पीछे-पीछे दौड़ती आई; पीछे रह गयी, धूल में खो गयी।

इस कच्चे रास्ते में घाटियाँ बहुत हैं। सड़क बनाते समय छोटी-छोटी पहाड़ियाँ चीरना पड़ीं। चीरते-चीरते ऊँची-नीची घाटियाँ रह गयी हैं। पूरी धरती को समतल करना बड़ा कठिन है। घाटी आते ही मोटर हुर्र-हुर्र करने लगती। तब सवारियाँ ही नीचे उतर कर धक्का लगातीं। जब मोटर ढाल पर आ जाती तो तेजी से लुढ़कने लगती और सवारियाँ उसके पीछे-पीछे दौड़कर चढ़ने लगतीं। जो सवारियाँ पीछे रह जातीं वे बहुत दूर तक दौड़ती रहतीं। मोटर समतल जगह पर जाकर रुकती। मोटर पूरी भर जाती फिर भी चार-पाँच सवारियाँ नीचे खड़ी रहतीं।

कंडक्टर बोला—क्या घंटे-भर में इतने बाल-बच्चे पैदा हो गये कि जगह ही नहीं

बची। आगे बढ़ो; टाइम खराब हो रहा है।

किसी ने कहा—अरे, लछमन कहाँ हैं; वह टप्पर पर बैठा था।

कोई बोला—वो नीचे उतरा था। पेशाब करने गया होगा; लगता है पीछे रह गया।

भौजी बोलीं—आजकल के लड़के न जाने कैसे हैं? तनक-सी देर पेशाब नईं रोक सकते; आगे का करेंगे?

कंडक्टर बोला—भौजी , तुमें बड़ी फिकर लगी है लछमन की।

भौजी बोलीं—काहे न लगे; मेरा देवर है।

कोई बोला—भौजी कों तो अब देवरों का ही सहारा है।

भौजी तमतमा उठीं—तेरे मूँ में कीड़े पड़ें हरामजादे। जब से मेरा घरवाला घर छोड़कर गया है; कैसी-कैसी बातें सुनने को मिलती हैं। बाहर निकल कुत्ते अभी भुस भरती हूँ।

भौजी नीचे उतर पड़ीं। मोटर में सन्नाटा छा गया, जैसे हवा रुक गयी हो, भूसे से भरी कोई बैलगाड़ी सुनसान पगडंडी पर खड़ी हो, एक तिनका भी न हिल रहा हो।

टप्पर पर बैठी सवारी चिल्लायी—देखो, लछमन आ रहा है। वह दौड़ता आता दिखायी दिया।

कंडक्टर बोला—चलो भौजी, अब गुस्सा थूक दो।

भौजी बोलीं—मैं थूक के चाटने वालों में से नहीं। अगर मैंने इसे धूल न चटायी तो मेरा नाम...

भौजी नाम लेते—लेते रुक गयीं। वे हमेशा अपना नाम लेते-लेते रुक जाती हैं। उनका कोई नाम जरूर है, पर किसी को नहीं मालूम। सब उन्हें भौजी कहते हैं।

भौजी के पति गाँव में भैया कहलाते थे। भैया को जल्दी ही बैराग आ गया और वे घर छोड़कर चले गये। जब वे उनकी ब्याहता होकर आयीं तो पूरे गाँव में भौजी के नाम से जानी गयीं। वे जात के नाई थे। तीज-त्यौहारों से लेकर जीने-मरने तक हर घर में उनकी पूछ थी। वे दिन-भर गाँव वालों के बाल बनाते, रात में माहुल और पलाश के पत्तों से दोना-पतलें तैयार करते। भौजी भी इस काम में उनका हाथ बटातीं। उनके बनाये पत्तों के बर्तन गाँवों में मशहूर थे। जब पंगतों में दोना-पत्तल परोसे जाते तो गाँव के लोग पत्तल की गोलाई और दोने की गहराई देखकर कहने लगते—दोना-पत्तल बनाये तो कोई भैया जैसे। इनमें खूब छककर भोजन होता है। दोना कभी लुढ़कता नहीं, रायता खूब समाता है। पत्तल इतनी बड़ी कि प्रेम से भात सानकर खा सकें।

भौजी गाँव के घरों में नाइन का काम करती हैं। भौजी के हाथ बहुत कर्रे हैं। वे बाल-बच्चा होने के बाद हफ्ता-भर मालिश कर दें तो औरतें कनकनी हो जाती हैं।

कभी जब रात-बिरात किसी औरत के पेट में दर्द होता है तो गाँव वाले भौजी को याद करते हैं। गाँव के लड़के कहते हैं—जब बच्चा फँस जाता है तो भौजी हाथ डालकर बाहर निकाल लेती हैं।

नयी बहुएँ मालिश करवाने में शरमाती हैं तो भौजी कहती हैं—हमसे काहे की शरम। हममें और तुममें का भेद। शरम तो परायों से आती है। अपन तो लुगाईजनीं ठहरीं। मैं तो मालिश करती हूँ, लोंचा-चींथी नहीं करती।

भौजी की बातें सुनकर सासें झल्लाने लगती हैं—तुम्हें शरम नहीं आती; बहुओं से ऐसी बातें करती हो!

भौजी कहती हैं—इसमें काहे की शरम। का मैं सच्ची बात नहीं बोल रही?

भौजी के सामने सासें चुप हो जाती हैं। बहुएँ अपनी जाँघें उघार देती हैं। घर के पुरुष ओट में छिप जाते हैं। लड़के-बच्चे दायें-बायें हो जाते हैं। भौजी मालिश करती हैं तो लगता है कि जैसे नये जन्म की तैयारी कर रही हैं। मालिश के बाद धूप में चमकती बहुएँ ऐसी दिखायी देती हैं जैसे स्वप्न देख रही हों। खुले हुए बालों की ओट में झाँकता उबटन लगा चेहरा जैसे पहाड़ी के पीछे से पूर्णिमा का पीला चाँद उठ रहा हो।

भौजी रोज सबको दर्शन देती हैं। अगर किसी दिन भौजी न दिखें तो गाँव के लोग एक-दूसरे से पूछते फिरते हैं—आज भौजी नहीं दिखानी—वे उनका हाल पूछते-पूछते उनके घर तक पहुँच जाते हैं।

जब से भैया बाबा हो गये; भौजी अकेली हैं। कोई बाल-बच्चा भी नहीं है। बरसों बीत गये उनने किसी दूसरे को नहीं किया। आसपास के गाँव के मर्द अभी भी भौजी पर रीझते हैं और अपने घर बिठाने का प्रस्ताव करते हैं, पर भौजी उन्हें झिड़क देती हैं। इस गाँव के मर्द तो ऐसी बात भी भौजी से नहीं कर सकते। वे भुस भर देंगी। कोख के उजालों और अँधेरों के बीच भौजी का जीवन बीत रहा है।

भौजी बीमार होती हैं तो गाँव के लोग उनकी दवा-दारू में हाथ बटाते हैं। दूध-दवाई का इंतजाम करते हैं। भौजी उन्हें असीसती हैं, पर वे मसखरी करने से नहीं चूकते। भौजी का बुखार उतरा नहीं कि गाँव को बुखार चढ़ा।

भौजी का गुस्सा ठंडा पड़ गया। न जाने क्यों गुस्से से भरकर जब वे अपना नाम लेने लगती हैं तो उनका गुस्सा ठंडा पड़ जाता है; जैसे कोई पूर आयी नदी सिमटकर झरना बन गयी हो। ऊँचाई से गिरते झरने की बूँदों को देखो तो लगता है कि पानी हँस रहा है।

लछमन आ गया।

वे बोलीं—काय रे लछमन, तू कहाँ रह गया था?

लछमन बोला—हम पेशाब करवे गये तो तुम हमें छोड़कें चली आयीं भौजी।

भौजी हँसने लगीं—तो का मैं तोरे संग बैठ के सू-सू करन लगती! चल बैठ भीतर।

लछमन बोला—मैं तो टप्पर पे बैठा था?

भौजी बोलीं—टप्पर पे कोऊ और बैठ जैहैं; का मोटर में मर्द नईंयाँ।

कोई बोला—भौजी, अपनी मर्दानगी हवाले करो तबई तो पता चल है, को है मर्द।

भौजी बोलीं—हे भगवान, बचाओ इन खसुओं सें। हाथ में हथियार नहीं; मुँहजोरी करते फिरते हैं। चल बैठ लछमन।

लछमन मोटर में चढ़ा तो लोगों ने उसे बाहर ठेल दिया। भौजी ने एक जोर का धक्का मारा। धक्का खाकर लछमन एक औरत के ऊपर गिरा। वह इतनी जोर से चिल्लायी; जैसे उसकी नाक काट ली हो।

भौजी मोटर में चढ़ गयीं। नीचे खड़ी सवारियाँ टप्पर पर बैठ गयीं। कंडक्टर हैण्डिल पकड़ कर लटक गया- लागा डुलनियाँ का धक्का बलम कलकत्ता पहुँच गये ...मोटर चल पड़ी।

बड़ागाँव आ गया। न जाने इस गाँव का यह नाम कैसे पड़ा। गाँवों को देखकर लगता है कि वे हमेशा से छोटे हैं। बंजर टीले पर छुई से पुते छोटे-छोटे घरों को देखो तो तपस्वियों जैसे लगते हैं और उनके सामने दूर-दूर तक फैली रहती है उर्वर जमीन। पर यह गाँव इतना छोटा भी नहीं है कि इसे बड़ा गाँव न कहा जा सके। यह गाँव प्रगति के रास्ते पर है। गाँव वाले मोटे होने लगे हैं। टीले से उतरकर उपजाऊ जमीन पर बसने लगे हैं। होटलें खुल गयी हैं। हाट-बाजारों में टिकुली, ईंगुर, बूँदा के साथ 'मेकअप' का सामान भी बिकने लगा है। लड़के नयी चलन के कपड़े पहनने लगे हैं। हाईस्कूल सुबह से शाम तक और कलारी चौबीसों घंटे खुली रहती है। जिस दिन हाईस्कूल का उद्घाटन हुआ, उसी दिन शराब ठेके की नीलामी हुई। स्कूल के हेडमास्टर और कलारी के ठेकेदार की तख्तियाँ हबीब पेंटर ने बनायी थीं। ब्याह-शादियों में अब शक्कर और काली मिर्च का शरबत पीने को नहीं मिलता, बराती ठर्रा पीकर झूमते हैं, फिल्मी गाने गाते हैं—दो हंसों का जोड़ा बिछड़ गयो रे, गजब भयो रामा जुलम भयो रे...

मेरे दोस्त की बारात गाँव में गयी थी। जब शाम को बारात की अगवानी का समय आया तो यही गाना बज रहा था। दोस्त घोड़े पर बैठकर द्वारचार के लिए जा रहा था।

मैंने दोस्त के पास जाकर कहा—मुझे तुम्हारे बारे में तो सब कुछ मालूम है; तुम्हें

तो किसी ने नजर भर के भी नहीं देखा; मिलना-बिछुड़ना तो दूर की बात है। लगता है यह गाना कन्या की ओर से बज रहा है। अगर यह बात सच है तो हमें लड़की वालों से पूछ लेना चाहिए। अभी कुछ नहीं बिगड़ा है; बारात लौट सकती है।

दोस्त बोला—बकवास बन्द करो। गाँव वाले सीधे-सादे होते हैं; उन्हें तो लाउडस्पीकर बजाने से मतलब। गाने का क्या अर्थ निकल रहा है, वे इस चक्कर में नहीं पड़ते। यह तो शहरातियों का चोचला है।

मैंने कहा—गाँव में हाईस्कूल है। लड़की हायर-सैकेंड्री पास है। हो सकता है उसने यही सोचकर कि तुम शहर के हो, गाना सुनकर सब समझ जाओगे, अपनी सहेलियों से कहकर यह गाना बजवाया हो।

दोस्त चिढ़ गया। शादी होने के कई महीनों तक वह मुझसे नहीं मिला। उसने मुझे घर भी नहीं बुलाया। एक दिन मैं ही बेशर्म होकर उसके घर पहुँचा। वे दोनों बगीचे में बैठे थे। दोस्त मुझे देखकर सन्न रह गया।

तुरन्त आगे बढ़कर उसने मुझे रोक लिया—देखो, अब तुम आ ही गये हो तो कोई हँसी-मजाक मत करना। मैंने वचन दिया कि नहीं करूँगा। वह खुश हो गया। उसने भाभी के पास ले जाकर मेरा परिचय कराया।

वे बोलीं—शादी हुए इतने दिन हो गये। मैं सोचती रहती थी कि इनका कोई छोटा भाई होता। चलो आज मुझे देवर मिल गया। आखिर इनके साथ कहाँ तक हँसूँ-बोलूँ। ये तो बात-बात में चिढ़ते रहते हैं। कोई मसखरी करने वाला भी तो चाहिए जो बात-बात में हँसी उड़ाये।

भाभी की इतनी बात सुनकर मैं फूला नहीं समाया। मैंने उन्हें पूरी कहानी सुना दी। वे हँसते-हँसते दोहरी होने लगीं। दोस्त सीधा घर के भीतर भागा।

सवारियाँ उतारकर मोटर आगे बढ़ी। दूर से एक गीत पास आता हुआ सुनायी दिया। निहत्थेपन के अहसास से भरे हुए स्वर और शब्द हवा में हिचकोले खा रहे थे। उस गीत के बोल और तानें सुनकर लगा, किसी घर में लड़की की बिदा हो रही है। घर से बाहर निकलती हुई सिसकारियों की ताल पर गाँव की स्त्रियाँ गा रही थीं—

हमरे बाबुल की चन्दन अटरियाँ
आँगन में तुलसा की छाँह मोरे लाल
तुलसी के बिरछा तरें बैठे मोरे बाबुल
माता के बदन मलीन मोरे लाल

माता के रोयें गंगा-जमना बहत है
बाबुल के रोयें सागर ताल मोरे लाल

भैया के रोयें मोरी छतिया फटत है

भौजी के जियरा कठोर मोरे लाल
माता कहें बिन्ना निसदिन अइयो
बाबुल कहें दोऊ जोर मोरे लाल
भैया कहें बिन्ना औसर अइयो
भौजी कहें का काम मोरे लाल

जाओ रे जाओ रे मोरे बन के बरेदी
माता खों दईयो सुनाय मोरे लाल
हमरे खेलत की धरी हैं पुतरियाँ
गंगा में दईयो सिराय मोरे लाल

भौजी पुराण कभी कहीं समाप्त नहीं होता। आदिकवि से लेकर लोकगीतों तक भौजी की कथाएँ भरी पड़ी हैं। उनका एक रूप तो जगज्जननी का है; उनसे आँख नहीं मिलायी जा सकती; चरणों की तरफ ही देखना पड़ता है। जब रावण उन्हें हर ले गया तो वन-वन भटकते हुए राम-लखन को उनके गहने मिले। राम ने लछमन से पूछा—देखो लछमन, क्या ये गहने जानकी के हैं? लछमन बोले—आप तो मुझे कर्णफूल दिखा रहे हैं; अगर पाँव का कोई गहना मिले तो मैं उसे तुरन्त पहचान लूँगा। भौजी का दूसरा रूप है कठोरता; लगता है उनकी कठोरता को पिघलाने के लिए ही सब उनसे हँसी-ठिठोली करते हैं। युगों से करते आ रहे हैं।

जब भौजी से मसखरी बरदाश्त नहीं होती, तो वे गुमसुम खड़ी रह जाती हैं; जैसे कुछ याद कर रही हों। वे अपने एक पाँव को दूसरे पाँव से दबाने लगती हैं; अचानक वे तपाक से बोल उठतीं—नजरें मिला के बात करता है; पाँव की तरफ देख।

आगे चलकर गाँव के मुहाने पर कुछ लोगों ने मोटर रोक ली। लाल-पीला बागा पहने और खजूर के पत्तों का मुकुट लगाये दुल्हा-दुल्हन पेड़ के नीचे खड़े थे।

ड्राइवर ने मोटर रोक दी। वह जोर से चिल्लाया—जल्दी-जल्दी बैठो। शाम होने से पहले गाँव पहुँचना है; जानते नहीं आज सीताहरण है।

भौजी का गाँव सबसे आखिर में आता है। मोटर रात को वहीं रुक जाती है और सबेरे फिर चल देती है। रात के सन्नाटे में पीपल के पेड़ के नीचे खड़ी एक भरी-पूरी दुनिया की खाली मोटर डरावनी लगती है। उसकी बुझी हुई बत्तियाँ देखकर लगता है; जैसे आँखों के सामने अँधेरा छाया हो और उनके गोलक चमक रहे हों।

ड्राइवर और कंडक्टर इसी गाँव के हैं। गाँव में एक महीने से रामलीला चल रही है। रामलीला हर साल होती है, जिसमें ड्राइवर रावण का पार्ट अदा करता है। गाँव के

ठाकुर का लड़का राम बनता है। कंडक्टर शुरू से ही वानर-सेना में है; उसे लम्बे संवाद याद नहीं होते। पिछले साल उसने जल्दबाजी में रावण को उस्ताद कह दिया था। लछमन तो मोटर में बैठा ही था। पहले वह रामलीला में काम नहीं करता था। इसी साल उसे लछमन का पार्ट दिया गया है।

पिछले साल पंचवटी-प्रसंग के मौके पर किसी ने यह खबर उड़ा दी कि लछमन और सीता का नैन-मटक्का चल रहा है। लछमन खुद ही लछमन-रेखा लाँघ रहे हैं। यह खबर सुनकर आसपास के गाँव वालों ने रामलीला में आना बन्द कर दिया। चढ़ोत्री कम होने लगी। रामलीला वालों को भूखे मरने की नौबत आ गयी। तब मैनेजर ने लछमन को पार्टी से निकाल दिया और उसकी जगह लछमन को लछमन का पार्ट दे दिया। सब गाँव वालों ने कहा—इसका नाम भी लछमन है; यह है असली लछमन।

रामलीला तो पूरा गाँव खेलता है। पूरे गाँव में रामलीला होती है। रामरसोई पकती है, भगवान के घर-घर न्यौते होते हैं, उन्हें नेंग मिलते हैं। जब राम-लखन-सीता वन को जाते हैं तो पूरा गाँव विलाप करने लगता है; उस दिन किसी घर में खाना नहीं बनता। गाँव वाले उन्हें नदी किनारे छोड़ने जाते हैं। वे अपने गाँव की नदी को सरजू कहते हैं। पूरा गाँव अयोध्या बन जाता है।

एक बूढ़ा आदमी कंडक्टर से बोला—हमें गौरझामर तक जाना है। बहू और बेटे को भीतर बिठा लो; मैं टप्पर पर बैठ जाऊँगा। कंडक्टर नीचे उतर पड़ा—चलो भाई दो सीट खाली करो।

कोई उतरने का नाम ही नहीं ले रहा था। सब अपनी-अपनी जगह पर जमे बैठे रहे। भौजी और लछमन ही नीचे उतरे। कंडक्टर ने दो सवारियों के हाथ पकड़कर उन्हें नीचे खींच लिया—बोदा कहीं के; चढ़ जा टप्पर पे।

दूल्हा-दुल्हन मोटर में बैठ गये। भौजी और लछमन उस बूढ़े के साथ टप्पर पर चढ़ गये। एक बँदरिया नचाने वाला दौड़ता हुआ आ रहा था। वह भी अपना बन्दर और बँदरिया लेकर सीधा टप्पर पर चढ़ गया। बन्दर और बँदरिया कपड़े पहने थे।

मोटर चल पड़ी। बँदरिया घबरायी हुई एक कोने में बैठ गयी। दूसरे कोने में बन्दर बैठ गया। दोनों की डोर उसके हाथ में थी। बूढ़ा आदमी उन्हें गौर से देख रहा था; शायद सोच रहा हो—सम्बन्ध जोड़ने वाले हम कौन होते हैं? डोरी से बाँध देने भर से तो सम्बन्ध जुड़ नहीं जाते। डोरी हाथ से छूटी कि सम्बध टूटा। फिर यह पहचान कितनी मुश्किल हो जाती होगी कि कौन किसका बन्दर है और कौन किसकी बँदरिया?

भौजी बोलीं—चलो थोड़ी देर इनका भी तमाशा देख लें। क्यों भाई दिखाओगे?

भौजी की बात सुनकर वह डुगडुगी बजाने लगा। दोनों तमाशा दिखाने के लिए

तैयार हो गये। तमाशा शुरू—

—मैं तुझे लिवाने आया हूँ रामकली।

—मैं नहीं जाऊँगी; सास मारती है।

—अब नहीं मारेगी।

—मैं नहीं जाऊँगी।

—अब क्या हुआ मेरी चुलबुल।

—वचन दो! मैं पानी नहीं भरूँगी।

—अच्छा मत भरना।

—वचन दो! मैं रोटी नहीं बनाऊँगी।

—मत बनाना मेरी रानी।

—वचन दो! मैं झाड़ू नहीं लगाऊँगी।

—अच्छा मत लगाना, बस।

—मैं नहीं जाऊँगी।

—अब कौन-सी आफत आ गयी?

—वचन दो! मैं बर्तन नहीं माँजूँगी।

—मत माँजना मेरी सयानी। अब तो चलो।

बन्दर ने उसके गले में मोतियों की माला पहना दी। बँदरिया खुश होकर उसके साथ ससुराल चल दी।

घर पहुँचते ही बन्दर एक लट्ठ लेकर आया—

पानी नहीं भरेगी, बोल—भरूँगी।

रोटी नहीं बनाएगी, बोल—बनाऊँगी।

झाड़ू नहीं लगाएगी, बोल—लगाऊँगी।

बर्तन नहीं माँजेगी, बोल—माँजूँगी।

सास मारेगी, बोल—पिट लूँगी।

—हाँऽऽ, अब आयी रास्ते पर।

अचानक एक पेड़ की डाल टप्पर के ऊपर से गुजरी। बँदरिया उछलकर डाल से चिमट गयी। मोटर आगे बढ़ती जा रही थी। पेड़ पीछे छूट रहा था। डोरी हाथ से छूट गयी। बन्दर अकेला रह गया। कहते हैं कि अगर कोई बन्दर छलाँग लगाते हुए डाल पकड़ने में चूक जाये तो बाकी सारे बन्दर उसे जात-बाहर कर देते हैं।

भौजी बोलीं—फिकर मत कर; बहुत मिल जायेंगी; बँदरियों की का कमी!

सूरज डूब रहा था। दूर गाँव की बत्तियाँ झिलमिला रही थीं; जैसे प्रतीक्षा में हजारों पलकें एक साथ झपक रही हों...

नौटंकी के नगाड़े बज उठे। सारा गाँव चौपाल की तरफ उमड़ पड़ा। भौजी भी रामलीला देखने घर से बाहर निकल पड़ीं।

लछमन बोला–भौजी चाहे कुछ भी हो जाय; इस रेखा के बाहर पाँव मत रखना...

न जाने वे किस रेखा के भीतर हैं और किस रेखा के बाहर। वे जब भी किसी रेखा के बाहर आ जाती हैं तो उनके सामने एक और रेखा खिंची दिखायी देती है; लगता है कि वे अब उससे बाहर नहीं जायेंगी और वे हर बार वह रेखा भी लाँघ जाती हैं...कोई उन्हें अपनी ओर खींचता है।

वह उन्हें खींच रहा है...वे रेखा के बाहर आ गयीं; उसकी डरावनी हँसी से घिर गयीं।

अट्टहास सुनकर पेड़ काँपने लगे। पक्षी घोंसले छोड़कर भागे। डरे-सहमे बदहवास जानवर वन में भटक गये। हिरनियों के गर्भ गिरने लगे। धोबन ने आकर भौजी से कहा–चलो, ठाकुर ने बुलाया है; बहू के पेट में दर्द शुरू हो गया है।

❑

कवि-कथाकार ध्रुव शुक्ल

11 मार्च 1953 को सागर, मध्यप्रदेश में जन्म

मध्यप्रदेश में साहित्य और कलाओं के माध्यम से हुए सांस्कृतिक पुनर्जागरण में दस वर्षों (1981-90) तक विशिष्ट भूमिका। समाचार पत्रों और पत्रिकाओं में संस्कृति, कला, साहित्य और राजनीतिक विषयों पर लेखन। अनेक राष्ट्रीय कविता समारोहों और परिसम्वादों में शिरकत।

उसी शहर में और **अमर टॉकीज** दो उपन्यास, **खोजो तो बेटी पापा कहाँ हैं, फिर वह कविता वही कहानी** और **एक बूँद का बादल** तीन कविता संग्रह, **चाँद मिटता नहीं मिटाने से** शाइरी की किताब, **हिचकी** कहानी संग्रह और बच्चों के लिये **हम ही हम में खेलें** कविता पुस्तिकाएँ, कृति केंद्रित समीक्षा पुस्तक **ध्रुव शुक्ल की ईक्षा,** सामयिक विषयों पर **एक नागरिक की डायरी** और महात्मा गांधी की प्रसिद्ध पुस्तक **हिन्द स्वराज्य** पर केंद्रित **पूज्य पिता के सहज सत्य** पर पुस्तकें प्रकाशित। इसके अलावा **मध्यप्रदेश में लोक आख्यान** और भीलों के मदनोत्सव **भगोरिया** पर विशिष्ट लेखन। कविता चयन **होना शुरू होना** और **मेरा शहर** के अलावा अनेक सम्पादित पुस्तकों में कविताएँ, कहानियाँ और निबन्ध संकलित।

पहले मध्यप्रदेश कला परिषद और बाद में भारत भवन, भोपाल से प्रकाशित आलोचना द्वैमासिक **पूर्वग्रह** में आठ वर्षों (1982-90) तक सह-सम्पादक। 1995-96 में मध्यप्रदेश साहित्य परिषद के सचिव और **साक्षात्कार** पत्रिका के सम्पादक।

फिट्ज बेनेविट्ज द्वारा निर्देशित ब्रेख्त के नाटक **इंसाफ का घेरा** और ब.व. कारन्त द्वारा निर्देशित कालिदास के नाटक **मालविकाग्निमित्र** में बुन्देली गीतों का संयोजन। तुलसीदास के रामचरितमानस पर आधारित **जल सत्याग्रह** प्रवचन की बनारस, दिल्ली, भोपाल आदि नगरों में पारम्परिक प्रस्तुति। कथक के रायगढ़ घराने के गुरु पण्डित रामलाल के निर्देशन में **रूपमति-बाजबहादुर की प्रणय गाथा** पर आधारित कथक नृत्य रूपक के लिये गीत लेखन।

भारत भवन के कविता पुस्तकालय **वागर्थ** के लिए कवि सोमदत्त पर **मघा** और सेन्ट्रल इण्डिया न्यूज नेटवर्क के लिए कवि त्रिलोचन पर **उस जनपद का कवि** और कविवर अशोक वाजपेयी पर **थोड़ी-सी जगह** फिल्मों का निर्माण। कवि पिता माधव शुक्ल मनोज की चुनी हुई कविताओं के संकलन **नीला बिरछा** और महात्मा गाँधी अन्तर्राष्ट्रीय हिन्दी विश्वविद्यालय के लिए कवि त्रिलोचन के काव्य और लेखन पर केन्द्रित **संचयिता** का सम्पादन।

1992 में भारत के राष्ट्रपति द्वारा **कथा एवार्ड** और 1993 में मध्यप्रदेश कला परिषद द्वारा कविता के लिए संस्थापित **रजा पुरस्कार** से सम्मानित। 1995 में भारत सरकार के संस्कृति विभाग द्वारा फैलोशिप। 2003 में स्वामी प्रणवानन्द द्वारा स्थापित **गाँधी पीस एवार्ड फॉर लिटरेचर**। 2007 में राष्ट्रीय **वैद सम्मान**। 2009 में मध्यप्रदेश लेखक संघ का **अक्षर आदित्य सम्मान**।

—संपर्क : एम.आई.जी. 54, कान्हा कुंज (फेस-1), कोलार रोड, भोपाल-462 042 फोन : 91-9425301662, 0755-2494636